本书由大连市人民政府资助出版
国家自然科学基金项目 （70773016）

大连理工大学管理论丛

知识溢出与产业集群中的企业学习研究

王国红◎著

科学出版社
北京

内 容 简 介

本书以集群中的企业学习为研究对象,以大连市软件园软件产业集群和大连高新技术产业园区 IT 产业集群为例,对产业集群中的企业学习影响因素进行了实证分析。本书的研究成果兼具学术研究性和实际指导意义:在企业层面,为集群内强化研发协作、促进知识共享、实现企业价值增值奠定了理论基础;在区域层面,为区域产业整体成长提供了依据;在政策方面,为区域政府的科技政策和项目投资决策提供了参考依据。

本书适合工商管理研究人员、企业管理人员、经济管理专业的高校师生以及相关领域的专业研究人员阅读。

图书在版编目(CIP)数据

知识溢出与产业集群中的企业学习研究/王国红著. —北京:
科学出版社,2010.6
 ISBN 978-7-03-027556-1

Ⅰ.①知… Ⅱ.①王… Ⅲ.①企业管理 Ⅳ.①F270

中国版本图书馆 CIP 数据核字(2010)第 085343 号

责任编辑:唐 璐 赵丽艳/责任制作:董立颖 魏 谨
责任印制:赵德静/封面设计:耕者设计工作室
北京东方科龙图文有限公司 制作
http://www.okbook.com.cn

科 学 出 版 社 出版
北京东黄城根北街 16 号
邮政编码:100717
http://www.sciencep.com
北京天时彩色印刷有限公司 印刷
科学出版社发行 各地新华书店经销

*

2010 年 6 月第 一 版 开本:B5(720×1000)
2010 年 6 月第一次印刷 印张:11 1/2
印数:1—2 000 字数:210 000
定 价:30.00 元
(如有印装质量问题,我社负责调换)

大连理工大学管理论丛
丛书编委会

丛书序

世界已经步入 21 世纪的第二个十年,经历了金融危机洗礼的世界经济迎来了新的发展机遇,但也同时带来一系列新的挑战。我国的"十二五"发展规划已经正式启动,中国已经进入工业化快速发展阶段,中国经济已经融入世界经济。如何在保持我国经济平稳快速增长和环境可持续发展间寻求平衡,如何在经济全球化条件下提高我国企业的自主创新能力等诸多问题对新时期的科学研究提出了更高的要求。

作为学术界重要组成部分的我国管理学研究,理当具备国际化的视角、立足中国经济高速发展的实际,夯实学科基础、规范研究方法、提高学术研究水平,形成具有中国特色的管理理论体系,为中国企业的管理实践提供具有普遍意义的理论支撑和指导。

大连理工大学管理学院作为我国最早引进西方先进现代管理教育的管理学院,于 1980 年正式起步。经过三十年的建设,目前已经拥有"管理科学与工程"和"工商管理"两大一级学科。其中,"管理科学与工程"为一级学科国家重点学科,工商管理下属的二级学科"技术经济及管理"为国家重点(培育)学科。学院的广大教师始终践行"笃行厚学"的院训,在人才培养、科学研究、学科建设、队伍建设、社会服务等方面孜孜追求,取得了一批有影响力的学术研究成果,为我国的管理现代化贡献了自己的力量。

本着沟通交流、成果共享、共同提高的原则,大连理工大学管理学院特推出系列学术专著。本系列专著是大连理工大学管理学院建院三十年来学术成果的大集成,凝聚了全院师生多年的辛勤劳动与成果。其根本目的是与我国管理学同行共同探讨当前管理学领域的热点问题,更好地服务于我国的管理实践,促进我国的经济快速发展。

大连理工大学管理学院

2010 年 5 月

前　言

纵观世界各国产业领先区域的产业发展状况,产业集群中的企业学习已经成为提高企业乃至整个产业集群竞争力的最有效途径。

产业集群中的企业学习可以使各企业或各要素经过主动优化、选择搭配,形成一个优势互补、供需匹配的有机体,可以为实现产业集群整体技术能力的突破提供基础条件平台,识别产业关键技术发展方向,拟定未来重点扶持的战略性产业,解决关键的产业共性技术问题,实现产业技术能力的跃迁和区域产业的整体成长。可以说,产业集群中的企业学习为我国产业集群实现协同发展、重点跨越,提供了有效的路径选择。另外,在知识经济的条件下,知识网络越来越成为区域发展战略的关键手段.尤其是在与国际知识网络相连接时,本地知识网络会成为一个非常重要的地方决策要素。

在目前我国产业自主创新能力不强,产业自身存在巨大的"知识缺口"的情况下,我国产业集群中的企业通过集群内外的知识溢出,进一步促进企业的技术创新活动。产业集群通过构建知识网络,打破了企业的组织边界,从知识溢出中获取充足的技术创新资源,识别并把握技术融合的机会;同时,长期的合作使参与者彼此之间建立起了信任,有利于合作的长期性和稳定性;而与产业集群中的其他参与者合作,通过合作研发实现风险和成本的分担,缩短开发周期,这些为产业集群中的企业在竞争中获胜提供了有力的保障。

20世纪80年代以来,社会经济组织呈现一种网络化发展的趋势。尤其是随着互联网的迅速发展,网络化组织成为超越传统的市场与企业两分法的新组织形态,与此同时,产业集群在区域经济增长中的作用非但没有削弱,反而比传统时代更为显著。学术界已经对产业集群进行了大量的理论和实证研究。目前,产业集群研究更多集中在产业与地区发展规律,侧重产业布局、技术创新、区域产业发展、集群竞争力等研究领域,而缺少在产业集群微观层次下企业学习机制方面的系统研究。企业学习可以给企业乃至产业集群带来竞争力和创新优势,促进集群的成长和发展;推动和促进产业集群中学习的形成和发展会使产业集群保持竞争优势。因此,如何通过产业集群中学习以提高集群竞争能力,从而动态地应对这些内部矛盾和外部威胁以确保可持续发展,是集群中的企业、机构、各级政策制定者和学术界需要认真面对和研究的问题。

本书以知识溢出为研究的逻辑起点,对产业集群中企业学习的机理进行了较为详尽的阐述,并把模型分析与理论分析结合起来,探讨了产业集群中企业学习动力机制、学习过程及学习效果的良性互动关系。

本书为国家自然科学基金(70773016)项目的重要组成部分,同时也是辽宁软科学研究计划项目(2008401002)的一部分,并受到大连市人民政府资助。写作过程中,邢蕊、王进、刘颖等在文献收集、资料整理方面做了许多工作,在此向他们表示衷心的感谢。

谨以此书献给我成长中的女儿——王慕和!

王国红

2010 年 5 月于大连凌水河

目 录

第1章 导 论

在产业不断升级和发展的今天,企业学习是企业提高自身技术能力,进而提高持续自主创新能力,保持核心竞争力的重要手段。而获取充足的知识溢出等资源,实现资源共享,通过合作研发实现风险和成本的分担,缩短开发周期是企业在竞争中获胜的关键因素。知识网络打破了企业及产业集群的组织边界,为企业学习提供了丰富的资源与途径;同时知识溢出所带来的各主体长期合作,彼此间建立起信任,有利于产业集群中企业合作的长期性和稳定性。

1.1 研究背景

近年来,我国的区域产业经历了产业的地理集聚、专业化产业集群等发展阶段,工业增加值保持持续增长,但是产业发展中也出现了诸多亟待解决的问题:①产业发展的路径锁定。中国产业沿着既定技术轨道上升的速度越来越慢,阻力越来越大。瑞士洛桑国际管理发展学院(IMD)研究产业竞争力影响要素可比国家排名表明,我国产业发展虽然在绝对数量上有所进步,但在国际动态比较中却相对落后。②对跨国公司的技术依赖。中国企业走向世界市场所遇到的技术约束越来越明显,企业对跨国公司的技术依赖现象也越来越严重。如中国 DVD 企业与 6C联盟之间的争端,结果以中国企业同意支付专利使用费而告终。③区域产业空心化。多数产业集群的动力来自市场的强大需求,依靠规模与成本的相对优势,产业效率低下,缺乏可持续的国际竞争力。区域产业集群内各企业之间网络联系、企业间产业链联系不稳定,缺乏核心技术支撑,成熟的工艺、制造技术很容易被新兴技术边缘化,造成产业迅速衰退。比如,中国首创的 VCD 产业尽管辉煌一时,但是由于缺乏核心技术而昙花一现。

纵观世界各国产业领先区域的产业发展状况,产业集群中企业学习已经成为提高企业乃至整个产业集群竞争力的最有效途径。通过产业集群中企业学习可以使各企业或各要素经过主动优化、选择搭配,形成一个优势互补、供需匹配的有机体;通过产业集群中企业学习可以为实现产业集群整体技术能力的突破提供基础条件平台,识别产业关键技术发展方向,拟定未来重点扶持的战略性产业,解决关键的产业共性技术问题,实现产业技术能力的跃迁和区域产业的整体成长。可以说,产业集群中企业学习为我国产业集群实现协同发展、重点跨越,提供了有效的路径选择。

　　另一方面,在知识经济的条件下,知识网络越来越成为区域发展战略中的重要手段,尤其是在与国际知识网络相联结时,本地知识网络会成为一个非常重要的地方决策要素。在目前我国产业自主创新能力不强,产业自身存在巨大的"知识缺口"的情况下,我国产业集群中企业通过集群内外的知识溢出,进一步促进企业的技术创新活动,打破了企业的组织边界,产业集群通过构建知识网络,从知识溢出中获取充足的技术创新资源,识别并把握技术融合的机会;同时,长期的合作使参与者彼此间建立起了信任,有利于合作的长期性和稳定性;而与产业集群中的其他参与者合作,通过合作研发实现风险和成本的分担,缩短开发周期,这些为产业集群中企业在竞争中获胜提供了有力保障。

1.2　　问题的提出

　　19世纪产业集群现象的出现是基于自然资源共生或交通物流成本降低。20世纪80年代以来,社会经济组织逐渐呈现一种网络化发展趋势。特别是互联网的发展,使这种网络化组织超越了传统的市场与企业两分法的组织形态而存在。与此同时,产业集群在区域经济增长中的作用非但没有削弱,反而比传统时代更为加强了。产业集群研究不仅包括了产业与地区发展规律,同时,更多关注产业布局、技术创新、区域产业发展和企业竞争力等方面。

　　产业集群也不可能长久保持竞争优势,它们会由于来自外部或内部的各种因素而导致竞争地位的丧失。来自于外部的威胁,比如市场需求的转换、技术的不连续性等;内部矛盾,比如集群在发展过程中产生的拥挤效应、恶性竞争等,最终都会削弱集群的竞争力,对集群的发展甚至生存构成威胁。事实上,也确实有很多集群由于内外部矛盾而在竞争中走向衰败。

　　导致产业集群走向衰败与解体的原因是什么?或者换句话说,促使产业集群形成可持续竞争优势的原因是什么?本书认为产业集群所特有的集群中企业间集体学习是其中的一个重要的原因。企业间集体学习可以给企业乃至产业集群带来竞争力和创新优势,促进集群的成长和发展;推动和促进产业集群中集体学习的形成和发展会使产业集群保持竞争优势。因此,如何通过产业集群中学习以提高集群竞争能力,从而动态地应对这些内部矛盾和外部威胁以确保可持续发展,是集群中的企业、机构、各级政策制定者和学术界需要认真面对的问题。

1.2.1　　知识溢出的资源性

　　知识溢出(Marshall,1890)是指在正常的经济活动中,对任何稀缺资源的消耗都取决于供求关系的比例,经济低效率的根源在于"外部不经济(即溢出)"。萨缪尔森(1992)认为溢出就是外部性,是一个经济人的行为对另一个人福利所产生的效果,而这种效果并没有从货币或市场交易中反映出来。布钦南认为溢出是指某个人的效用函数的自变量中包含了他人的行为。溢出是一定社会环境中的人或组织的一种行为结果,是由作为主体生活于社会中的个人或组织的行为引起的,人的行为以动机为动力,以目标为导向,而行为结果未必都合乎目标要求,有目标结果,也有非目标结果,溢出就存在于它的非目标结果之中。

知识溢出可看作是一种过程、一种结果或一种影响。知识溢出的资源性不表现为过程,而仅显示出它的影响、作用或结果。知识溢出的资源性是指知识的接受者或需求者消化吸收所导致的知识创新以及所带动的经济增长等其他影响。

Pena(2002)认为集群企业在获取外部知识方面处于有利的地位。Marshall(1927)指出集群企业在获取外部知识的过程中得益于"产业氛围"的影响。这种"产业氛围"使得集群企业可以像获得空气一样免费地获取某些技术和知识,而集群以外的企业却很难获得这些知识和技术。Loasby(1998)指出:"因为有很多企业(聚集在一起),集群企业通过与自己的顾客、供应商和竞争者的接触,在评价每一个操作常规的有效性方面具有重要的优势。在这样的环境下,个人能够摆脱自身知识的限制,吸取各自的经验教训。"Rosenfeld(2002)也指出:"集聚或者集群,使企业比孤立的竞争者更具优势,人们在会面和交谈的过程中不可避免地发生知识的转移。在集群的所有优势中,没有一样比获得创新成果、知识和技术诀窍更重要。"

集群环境下的知识溢出与企业学习是什么样的关系?过去关于知识溢出的研究大多集中于寻找和衡量知识溢出对创新的效应(Jaffe,1986;Anselin et a.l,1997,2000;Audretsch and Feldman,1999;Kelly and Hageman,1999;Smith,1999;Piergiovanni and Santarell,2001;Wal-sten,2001;Beal and Gimeno,2002等),但对于知识溢出如何影响企业学习,则研究甚少。再者,大多数文献中对知识性溢出的研究仅停留在集群整体层面的视角,而没有深入到企业微观层面。

针对目前研究的不足,本书在现有文献的基础上,提出一个面对知识溢出的产业集群中企业学习的理论分析框架,试图对产业集群中企业学习的机理作系统性归纳和探讨。

1.2.2 企业学习的动力与过程

我国的产业集群如何适应知识经济的发展,实现产业集群的可持续发展及竞争力提升已经成为产业创新发展的一个关键问题。从战略的高度,如何系统地建立一套面向知识溢出的产业集群中企业学习体系,实现产业集群的自主创新能力,提升产业集群中企业竞争力成为学者们研究的重点问题。

Romer(1986,1990)、Gross-man 和 Helpman(1992)的一个核心观点,认为积累的知识最终会通过某种方式运用于企业实践,从而促进经济增长。Gross-man 和 Helpman(1992)认为知识溢出带来知识创造的累积,如果地点在这个过程产生了影响,那么地点就成为地区间经济增长速度差距的一个解释因素。随后一些学者深入到产业集群对企业成长的作用机理层面展开研究。Glaeser(1992)的实证研究验证了集群企业的确从知识溢出中受益。与此同时,Brezis 和 Krugman(1993)与 Pouder 和 St. John(1996)等人的研究结果表明集群会发生衰落,而且可能会被其他基于新技术形成的新集群所替代,或者转移到其他地方。事实上,在美国产业发展过程中就出现过产业集群迁移的现象,创建于美国的一些制造业、软件开发和服务业集群,为了利用更廉价的资源搬到了亚洲等国家,形成了新的集群(M. Hosein Fallah,Sherwat Ibrahim,2004)。

企业学习的效果——创新产出与其所在地理空间有关(Krugman,1995)。从地理接近形成的集群特殊性和知识学习特点来说,越是外显性知识越有利于知识传递和组织学习,越能创造更多潜在的集群价值。因此,从集群整体优势来看,为了促进集群企业学习,提升知识溢出的经济价值,应该尽可能降低知识系统的市场和技术专用性,以提高创新资源的可转移性。另一方面,从企业资源观来看,企业要获取持续经营优势,需要从战略高度加强对异质性资源的积累,构筑具有企业特质的稀缺知识。由此看来,集群整体优势和企业个体优势对共享机制和传递过程的要求不同。

集群内的溢出知识具有准公共产品特性,企业间距离越近,越便于企业间的学习和模仿,但另一方面也会产生"搭便车行为"。知识溢出中还可能培养了周围新的强有力的竞争者。因此,从短期来看,企业学习和集群创新反而可能不利于实力较强的企业。企业缺乏进一步创新的动力,选择模仿可能成为一般企业的个体理性行为,由此产生"个体理性与集体非最优化"的矛盾。集群企业面临着学习动力不足,可能形成"锁定"效应。

本书认为产业集群的可持续发展研究最重要的是探讨推动集群中企业学习的内外动力与学习过程。产业集群是开放系统与专业分工的统一,开放系统有利于提高分工,有利于加深专业化的深度。在产业集群中,企业主要致力于发展核心能力,利用知识溢出和集群网络获得相关知识,形成产业集群内外企业间交互作用的动态过程。

1.3 研究的意义

本书围绕产业集群中企业学习的相关问题进行研究,对知识溢出的含义、演进过程及其对产业集群中企业学习机理、动力机制、学习过程等问题进行理论分析,同时,进行知识溢出与产业集群中企业学习影响因素实证分析。本书研究具有以下几个方面的意义。

第一,为面向知识溢出集群内强化 R&D 协作,促进知识共享,实现企业价值增值奠定理论基础。

知识溢出增加了企业技术决策的不确定性,使得单个组织无法完成创新。在技术复杂性环境中,技术创新面临非线性、协同竞争、动态进化和社会合作等复杂性难题。技术创新过程正向综合一体化、复杂化过程演化,这就要求企业在整个社会网络中去寻找资源,要将那些在社会分工的框架中划分出来的职能重新聚合在一起,在新的目标下实现合作和资源整合。传统的每个创新环节分离的创新组织模式,显然不能适应技术复杂性创新过程的要求,这就必然要求在产业组织内部和组织之间建立一种跨专业的机制。企业学习将有效地整合区域的技术资源,强化企业间的研发协作,降低技术投资风险,提高企业绩效。

第二,为实现产业集群技术能力的跃迁和区域产业整体成长提供依据。

产业集群是一个系统。一个产业是否具备完整的产业技术能力和商品化经验,通常决定一个产业集群系统的生存能力、适应变化的能力以及成长能力。因此,产业集群中的企业与产业集群的成长能力和适应性是协同演化的。我国目前区域产业集群内各企业之间网络联系不稳定、企业间产业链联系不紧密,存在着集群风险。通过企业学习使各企业或各要素经过主动的优化、选择搭配,形成一个优势互补、匹配的有机体,联合解决产业共性技术的关键问题,为实现产业集群整体技术能力突破提供基础条件平台。通过企业学习可以识别技术发展的优先性,通过联合研发前景广阔但风险较高的技术,实现蛙跳式跨越发展。另外,可以促进影响产业集群系统成长的经济、社会、环境等各方面驱动因素的互动,满足产业成长需求。

第三,为区域政府的科技政策和项目投资决策提供参考。

企业学习是一个官产学研多方互动参与的过程。通过企业学习研究,为政府产业部门预测产业技术的发展方向,制定长期的产业技术规划与能力规划提供参考。企业学习将促使创新投资者优先投资于有前景的产业关键技术,促进跨部门的技术转移、政府项目的成本分摊和技术扩散,识别区域产业能力和知识的差距,使政府决策部门重点关注能够创造新兴产业的技术领域。此外,通过企业学习有利于打破国外对国民经济支柱产业核心技术的技术壁垒,有利于提高国际竞争力,增强经济安全。

1.4　研究内容与技术路线

1.4.1　研究对象与范围的界定

本书以知识溢出为研究的逻辑起点,对产业集群企业学习的机理进行较为详尽的阐述,并把模型分析与理论分析结合起来,深入探讨了产业集群中企业学习动力机制、学习过程及学习效果的良性互动关系。

由于研究渊源的多学科性,不同视角下的研究使得知识溢出、集群中企业学习的概念与表述十分丰富。这些概念一方面反映出产业集群理论研究重点的变动,另一方面也反映了不同学科研究集群的方法与视角上的差异。本书对研究对象与范围的界定如下。

第一,关于内涵的界定。

(1)企业学习

企业学习是致力于长远发展的企业以提高企业技术水平和技术创新能力、增强企业抗风险(干扰)能力和企业盈利能力,不断提升企业市场竞争力为目标的企业组织的集体性活动(行为)。产业集群中企业的学习行动是嵌入于由当地企业和其他辅助机构,包括政府、行业协会、中介机构构成的关系网络之中的。

(2)知识溢出

本书对知识溢出的界定进行泛化,把主动和非主动(非自愿)的溢出都称为知识溢出。知识溢出效应是指知识的接受者或需求者对知识消化吸收后所带来的知识创新以及所带动的经济增长等影响。

第二,研究对象锁定为集群中企业这一微观层面。

对于产业集群中产业的界限,本书无特别规定。凡是建立在专业化分工基础上形成的产业或行业都属于本书的研究范围。本书的"产业"可以理解为"行业",如软件行业、电子行业、动漫行业等等。此外,本书所研究的产业集群不仅包括传统产业集群,还包括各种高新技术产业集群,如各级政府组织规划而成的科技园区或科技产业区。目前,学术界对集群研究主要从三个层面展开:一是宏观层面的产业集群经济分析,主要从国家和地区层面考察产业集群经济的空间分布、区位选择以及战略发展等问题,如韦伯工业区位、克鲁格曼经济地理学等;二是中观层面的企业集群分析,主要研究整个集群的产业联系与竞合关系等;三是微观层面的集群内部企业分析。在这三个层面的研究中,在微观层面的集群知识溢出和企业学习动力的研究较少。因此,本书将研究对象确定为产业集群内的企业。

1.4.2 主要研究内容

本书的总体研究框架是建立在对现有产业集群理论与实践分析的基础上,全文共由三个部分组成。

第一部分是研究对象的概念澄清与研究范畴的界定,介绍全文的分析方法与理论基础,最终确立全文的研究逻辑起点。

该部分包括第1章、第2章和第3章,这是为全文后续部分章节的深入研究做铺垫工作。第1章主要是对选题背景、研究对象与范围、研究的重点等进行阐述,并提出解决问题的思路和技术路线。第2章知识溢出的界定,阐述了知识溢出的演进过程与路径,探讨了知识溢出与产业集群中企业学习能力之间的关系。第3章是产业集群中知识溢出机制的分析,首先回顾了产业集群的概念、特征、优势及研究主题的相关文献进展,基于对集群中知识溢出过程的两阶段划分(知识溢出与知识流入),分析了认知距离、吸收能力、技术差距、集群文化和政策环境五个要素对知识溢出过程和结果的影响作用,进而揭示了集群内知识溢出的动力机制。

第二部分是产业集群中企业学习机理、动力机制与学习过程的研究(如图1.1所示),包括第4章、第5章和第6章,是全文的方法论基础。第4章是企业学习概念与学习机理的研究,在明晰企业学习概念并剖析了企业学习与组织学习之间的关系的基础上,揭示了企业学习能力的成因,深入分析了企业学习与企业成长、企业的“干中学”与知识内化过程、企业学习能力与集群绩效之间的关系。第5章重点是对企业学习动力机制的研究,分别从集群集体学习层面、价值链上同一环节和价值链上下游层面探究了集群中企业学习的动因,在此基础上,深入分析了企业学习的主体、学习动力的构成并设计了集群企业学习的动力体系,并从知识溢出的正、负经济效益角度出发,系统分析了在知识溢出过程中集群企业之间的博弈关系。第6章从集群中企业的学习分工入手,深入探讨了产业集群中企业学习分工与知识传导路径的选择问题,揭示了企业的组织学习过程与特点,从集群中企业间学习过程和知识溢出双方利益关系两个方面对产业集群中企业学习协调机制进行了详细分析。

第三部分为实证研究与结论部分,包括第7章和第8章。第7章基于前几章理论分析结果,首先对知识溢出与产业集群中企业学习关系影响因素进行了分析与假设,通过数据的收集、变量的度量与分析,进行了回归分析并建立了回归模型,对书中提出的假设进行了检验分析。第8章为总结和展望,结论部分对

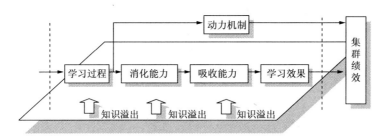

图 1.1　知识溢出与企业学习过程

本书的基本结论进行总结,并提出不足之处及今后的研究展望。

1.4.3　研究方法与技术路线

本书综合运用了产业集群理论、新增长理论、技术创新理论等相关学科的理论和方法,一方面注重理论研究,另一方面,充分立足于产业集群中企业学习实践活动。

(1)文献整理与实地调研相结合

文献整理是指对于本书所涉及理论观点相关的已有研究成果进行收集、整理、阅读、评判及引用;实地调研是指针对本研究理论观点所涉及的实际现象,与实践工作者围绕相关主题进行考察、访谈、交流及讨论。文献整理与实地调研二者相辅相成,已有相关的企业学习理论和产业集群方面的研究文献为本书的研究提供了理论借鉴与支撑。本书从开始选题到观点形成及理论模型的构建,从模型检验到基于理论框架的对策建议的提出,无不体现出文献整理与实地调研方法的紧密结合。

(2)理论研究与实证研究相结合

企业学习动力机制与学习过程侧重于以理论研究为主,知识溢出与产业集群中企业学习关系影响因素分析以实证研究为主。

本书的研究采用了文献整理与实地调研相结合、理论分析与实证研究相结合的研究方法。研究从相关理论基础入手,分析企业学习机理、学习动力与企业学习过程作用机制,并对产业集群中企业学习进行了模型的概念化、变量的操作性设计,在此基础上形成了系统的理论假设;为了验证这种理论推断是否成立,本研究通过社会网络分析、相关性分析、因子分析、回归分析等统计分析方法,采用 SPSS13.0 软件对基于理论分析推导出的概念模型进行了实证研究。最后,在聚类分析的基础上考察了企业学习变量影响。本书的研究框架与技术路线如图1.2 所示。

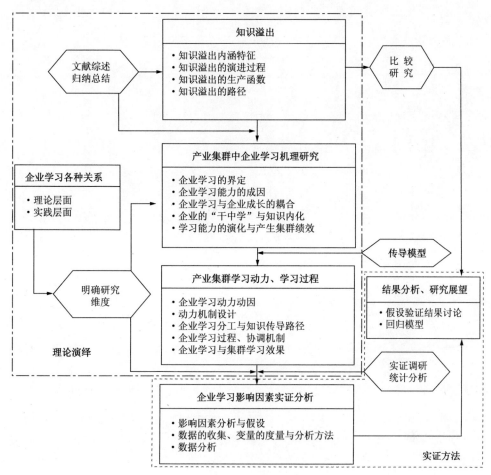

图 1.2 本书的研究框架与技术路线

第2章 知识溢出的产生与发展

在实际经济中,随着现代科学技术的发展,特别是信息科学和信息传播手段的日益发展,知识量在短时间内剧增,人类已经步入一个以智力资源的占有配置,知识的生产、分配、使用为重要因素的经济时代。知识扮演了决定社会——经济结构变化的决定力量。在现代经济学中,知识被认为是经济增长的关键因素。虽然这并不排除资本与劳动力的推动作用,但近几十年来知识增长对经济增长的推动作用越来越被强化。知识溢出行为作为一种重要社会现象,与空间集聚和报酬递增紧密关联、相互作用,近几年受到了学者们的广泛重视。

2.1 文献回顾

溢出概念是 Marshall 于 1890 年在其名著《经济学原理》中最早提出的[1]。他认为,在正常的经济活动中,对任何稀缺资源的消耗,都取决于供求关系的比例,经济低效率的根源在于"外部不经济(即溢出)"。Marshall 的外部经济包括了小企业群落所产生的外部经济,并且他注意到了具有分工性质的工业在特定地区的集聚,并指出集聚的产生原因在于为了获取外部性经济提供的好处。他发现企业聚集有利于技术、信息和新思想在群落内企业之间的传播与应用。他在书中指出:"当一种工业已选择了自己的地方时,它是会长久地设在那里的。因此,从事需要同样技能的行业的人,相互从邻近的地方得到的利益是很大的。行业的秘密不再成为秘密,而似乎是公开了的,同行们不知不觉学到了许多秘密。"这里的秘密,可以理解为就是知识、技能等,它在集群内是可以传播的。

Arrow(1962)用外部性解释了"溢出效应"对经济增长的作用,提出"干中学"和"学习曲线"两个重要概念,认为技术进步、生产率提高、新知识是资本积累的副产品,是具有溢出效应的公共产品。也就是说,新投资具有溢出效应,不仅进行投资的厂商可以通过积累生产经验提高生产率,其他厂商也可以通过"干中学"提高生产率,他把技术进步看成由经济系统决定的内生变量[2]。

沿着 Arrow 的思路,Romer(1986)提出了知识溢出模型,通过假设知识和技术的创造是投资的一个副产品来消除掉报酬递减的趋势,开创了新经济增长理论[3]。新经济增长理论是由 Romer(1986,1990),Lucas(1988),Barro(1990),Grossman(1991),Helpman(1991)和 Rebelo(1991)等学者于 20 世纪 80 年代发起的新古典主义的研究计划,新经济增长理论的经济模型的共同点是它们都从内生角度来解释经济的长期增长率。在 Romer 的模型中,他假定知识是追逐利润的厂商进行投资决策的产物,知识不同于普通商品之处在于知识具有溢出效应,这使任何厂商所生产的知识都能提高全社会的生产率,正是由于知识溢出的存在,资本的边际生产率才不会因固定生产要素的存在而无限降低,内生的技术进步是经济增长的动力[4]。知识溢出的存在还造成厂商的私人收益率低于社会收益率,不存在政府干预时厂商用于生产知识的投资将减少,从而使分散经济的竞争性均衡增长率低于社会最优增长率。Lucas(1988)认为由知识溢出的聚集经济、规模经济产生的技术外部性和金融外部性使要素边际收益递增,从而引起经济活动的地域空间聚集和扩散[5]。由此可见,Arrow、Rome 和 Lucas 都认为知识溢出对提高经济增长起着重要的推动作用,知识溢出能够使整个区域内的组织得到溢出效应,促使该区域内各组织的生产率的提高以及技术的不断进步。

Krugman(1991)进一步发扬了 Marshall 的思想,他把马歇尔外部性(Marshall externalities)定义为三个方面:①专业化经济。由于产业区内提供大量专业化的服务与中介,使得区内企业借此获得一个较低的生产成本;②劳动力市场经济。产业区吸引并建立起一个具有相近技能的劳动力蓄水池,可以平滑因商业周期带来的经济震荡;③知识溢出。借助于集群内人们之间的信任、社会交往,区域内的企业更容易获得关于创新的信息,因此,集群的存在为企业提供了更多的创新机会[6,7]。

美国经济学家 E. Stiglitz(1997)把"未被市场交易包括在内的额外成本及收益"统称为溢出,他认为溢出是个人或厂商没有承担其行为的全部成本或没有享有其全部收益时所出现的一种现象[8]。

Griliches(1979)认为有两种知识溢出。第一种溢出体现于产品的输出;第二种是纯粹的知识溢出,是指不体现于产品之中,而是通过例如会议、研讨等形式[9]。这两种方式区别在于纯粹的知识溢出是一种信息交流,不需要直接付费,而产品输出型则需要直接付费[10]。技术缺口方面的文献主要集中于纯粹的知识溢出。也有一些文献,在国际无实质载体的知识溢出研究中作出了贡献。

20 世纪 80 年代初,新贸易理论开始将技术作为主要因素来解释国际贸易的过程,同时将经济增长引入这一框架。新贸易理论中涉及溢出效应与"边干边学"的最新理论主要是以帕伦特(Parente)、科洛姆波和莫斯考尼(Colombo & Mosconi)为代表。帕伦特(Parente,1994)研究了技术扩散、边干边学和经济增长之间的关系。他设计了一个特定厂商选择技术和吸收时间的边干边学模型。他认为在前后各种技术吸收之间,厂商通过边干边学积累的专有技术知识为进一步的技术引进做好了准备。他还证明,厂商技术吸收的决策和产出增长依赖于资本市场的有效性。

之后,Aspremont 和 Jacquemin(1998)构建了一种知识溢出模型分析企业 R&D 战略行为,指出当知识溢出较高时,企业就有彼此合作的强烈动机,参与合作的企业相对于竞争状态更希望投资于 R&D。Coe 和 Heleman(1995)利用多边交易来衡量溢出的强弱[11]。他们假设一个国家所进口的东西越多则他所接受的知识溢出越多。他们发现知识溢出对一个国家的要素生产率和劳动生产率有很大的影响。

知识理论对于研究企业竞争优势的来源具有重要作用,随着企业竞争优势从静态的价格竞争优势转向动态优势,知识越来越成为企业动态竞争优势的来源,企业需要不断修改、精炼与创造新知识以维持竞争优势(Maskell,Malmberg,1999)[12]。因此,知识理论的文献近年来受到广泛的关注。值得注意的是,对于企业集群与知识理论关系的研究,在最近十五年来取得了相当大的进展,尤其是集群中知识溢出(LKS)作为一个主题更是得到了高度的重视。

Nicola Brandt(2006)认为知识溢出主要产生于从事创新活动的公司[13],同时,由于这些公司所提供的知识对于接收知识溢出的公司来说几乎是全新的。因此,这些从事创新活动的公司对整个集群是有贡献的,他们的创新活动是有价值的。通过接收技术知识溢出,有利于公司了解所在行业的技术发展动态,并使其可能了解到其他公司在从事哪些技术活动、他们在这些活动中可能达到的技术水平以及成功的几率等等[14]。知识溢出有助于公司在使用最新技术上占有优势地位,并在多数情况下协助其在最具吸引力的市场上参与竞争。因为它们提供了对新市场机遇的洞察,企业家被认为是知识溢出的主要受益者[15]。对以产业为先导的技术方向的预测,使得企业家能够使他们新公司的技术适应新出现的趋势,也能使他们不断改进自己的创新活动。

陈有富(2002)认为知识价值的溢出是知识流动的最终目的。他将知识的流动方式概括为三种:知识的扩散、知识转移和价值溢出[16]。其中,知识扩散是知识流动的最原始、最低级的方式,知识转移是知识流动的较高层次;知识的扩散往往没有目的,是自发的、随意的,而知识转移则是知识的拥有者或者创造者有目的的行为;在知识的扩散、转移过程中,常常伴随着知识价值的溢出,而知识价值的溢出为知识创新成果的产生提供了条件,进而引起社会收益的增加。一般来说,因创新成果而生产的社会收益是知识创新投资的倍数,这就是知识价值溢出的倍增效应。创新知识的社会收益远远大于研究机构开发投资的边际收益。这个认识对扩散型溢出过程给出了完整认识,但是细节尚是不够准确的,因为溢出往往是扩散的后果,不是扩散的目的,扩散在许多情况下是无目的的。刘丽也指出知识溢出往往是作为知识扩散的后果出现的,是扩散之后产生的效应溢出,她认为知识扩散的含义更广,它涵盖了知识跨越时间与空间的各种方式,而知识溢出则是知识扩散中的一种[17]。

叶建亮(2001)通过分析浙江省的企业集群现象[18],认为知识的溢出是导致企业集群的重要原因,它不仅决定了集群的规模,也影响集群组织内企业的生产函数。同时,还指出知识的溢出也会导致集群内部产品的雷同和恶性竞争的发生。金祥荣和叶建亮(2001)认为一方面企业网络组织不断吸引企业进入[19],另一方面由于网络内知识的外部性又会导致竞争加剧和限制网络的扩展。提出存在一个均衡的网络规模和最优的知识溢出水平使得整个网络的集聚效率最大化,从而提出集群效率最优的问题。

魏江(2003)从集群整体和集群成员两个方面揭示了小企业集群创新网络产生和创新网络中知识溢出的经济性和存在意义[20],分析了集群知识溢出的途径和影响因素,以及知识溢出的动态控制机制。提出作为集群整体和集群成员,在组织和制度设计时,都需要综合考虑各方面影响知识溢出的因素,这样既能有效控制稀缺性核心知识的溢出,使每个集群成员去发展具有自身特征的知识;又能激励集群成员承担应有知识溢出义务,与其他成员共同促进集群学习的活力,维持知识溢出和知识控制之间的动态平衡。

辛文昉(2004)根据企业集群知识溢出的特点[21],认为企业集群内的知识溢出是多波多级进行的,着重探讨了一个波级的知识溢出范围和时间,设计了相应的计算模型,对知识溢出进行了量化研究。

侯汉平,王浣尘(2001)分析了 R&D 知识溢出效应,讨论了知识创新与模仿的旋进机制[22],指出要利用知识溢出效应,推动技术进步。

王子龙,谭清美(2004)在 Logistic 曲线的基础上建立知识溢出效应模型[23],认为区域创新网络中知识溢出呈现螺旋上升态势;知识溢出带来区域集聚经济、规模经济形成的同时也造成区域产品雷同化和网络内部企业的竞争加剧。解决问题的有效途径是将知识溢出效应的外部性内在化,通过某种方式将外部收益或成本内含于某种经济关系中。内在化的过程就是使个别厂商的成本与社会成本相等的过程,也是通过外力对企业生产函数调整的过程。

张明龙(2004)分析了企业之间会产生溢出效应[24],公共经济也存在溢出效应。产业聚集提高了资本、财富和劳动力的运行密度,促使企业和公用事业走向集中,从而造成多方面的积极溢出效应,其中最重要的是信息、知识和技术的溢出与共享。龚艳萍,周育生(2002)从产业组织角度研究产业内横向溢出[25],产业间纵向溢出,及不同 R&D 溢出水平下四种合作类型(非合作型,横向合作型,纵向合作型,混合合作型)对企业 R&D 投资行为的影响。

吴寿仁和李湛(2004)阐述了科技孵化企业知识溢出效应的内涵与机理[26],在企业知识分类的基础上,运用新经济增长理论的知识溢出理论建立技术企业聚集的生产函数,并分别对不同技术领域企业、同技术领域非竞争企业和同技术领域竞争企业三种类别科技孵化企业聚集的知识溢出效应进行了理论分析和推导。结果表明,同技术领域非竞争企业聚集更有效率,从理论上证明了相对宽泛的专业孵化器更有效的命题,为企业孵化器的建设并深化其服务提供了理论依据。

邓莉与梅洪常(2004)认为 R&D 投资具有公共物品的特性[27],外部性显著,社会效益远大于私人效益,即溢出效应非常明显。他们研究了 R&D 溢出效应对企业簇群创新能力的影响,认为 R&D 溢出效应的存在对中小企业簇群创新能力的影响具有两面性:一方面,在不具备内部创新能力时,R&D 溢出效应会削弱簇群创新;另一方面,如果簇群有创新源的情况下,R&D 溢出效应可增强簇群创新能力。

辛文昉(2004)认为创新网络内知识溢出是造成集聚效应的主要动力之一[28],但在知识溢出量化研究方面仍十分有限。他认为企业集群内的知识溢出是多波多级进行的,并着重探讨了一个波级的知识溢出范围和时间,设计了相应的计算模型。

溢出的定量研究是最近几年得到了发展,Caniels 认为空间溢出与扩散之间存在着联系,这个联系出现下列关系[29-32]:

$$S_i = \frac{\delta_i}{r_{ij}} \mathrm{e}^{-(\frac{1}{\delta_i}G_{ij} - \mu_i)^2} \tag{2.1}$$

$$G_{ij} = \ln \frac{K_i}{K_j} \tag{2.2}$$

其中,S_i 为 i 区的知识溢出,δ_i 为学习能力,r_{ij} 为区域 i 与区域 j 之间的距离,μ_i 为追赶系数,G_{ij} 为 ij 区域知识缺口,K_i 为区域 i 的知识储存量。

在这一关系中,知识缺口、空间距离共同决定了溢出。空间距离的存在,空间扩散规律和知识缺口的存在,至少部分地反映了递阶扩散规律。因为只有区域等级相近时,知识缺口才会不小,换言之,这个理论引导学者们去思考知识递阶扩散的本质,可能是溢出。

孙兆刚(2006)从经济学的角度进行分析[33],认为知识溢出包含四层含意:一是某人或厂商的某项活动所用到的知识与本活动的成本和收益没有直接联系,从而未计入本活动之内的外部影响;二是这种影响与运用该知识而产生某种效用没有直接关系,与被影响的各个方面没有直接财力投入关系;三是知识溢出一般不是故意引起的,而是长时期没有预料到和意识到、或没有完全意料和意识到的;四是知识溢出并不仅限于某个人或厂商的利益活动对他人或其他部门生产的经济活动影响。从知识管理的角度看,知识溢出是知识扩散的一种方式,与知识传播不同,知识溢出一般是被动的、无意识的、非自愿的、泄漏出来的,或表现为技术贸易中信息的占有。

林健、曹静(2007)认为知识溢出是知识的非自愿外溢[34],可以促进区域的技术和生产力水平的提高,增强集群的竞争力,是经济外在性的一种表观。在产业集群中,知识溢出可以分为两种情况:一是集群内部成员企业之间由于业务联系相互合作、相互学习所形成的相互溢出;二是由于知识本身具有公共物品的属性,即知识使用的非排他性,集群内部的成员企业可以在边际成本为零的情况下使用其他主体生产出的知识。前者"溢出者"和"受溢者"是明确的、互利的;而后者"受溢者"无须征得"溢出者"的同意,甚至无须明确知道谁是"溢出者",好像是在使用集群的共享知识。共享知识可视为集群内部成员企业知识的自然外溢形成的。

综上所述,本书认为对知识溢出效应的研究将越来越偏向企业集群,研究如何提高企业集群的效率等问题。知识溢出效应对集群效率的提高存在特别的作用,尤其是体现在对创新能力、资源配置效率和生产效率的提高上。

2.2　知识溢出的内涵与特征

知识溢出概念的始于 20 世纪 60 年代,Mac. Dougall(1960)在分析 FDI(Foreign Direct Investment,FDI)的社会收益时,首次将知识溢出效应考虑到 FDI 的测算中。依照国际贸易理论,Dougall 采用静态局部均衡比较法对国外边际投资增量的分配问题进行分析,他认为资本在国际间的流动不存在任何限制性因素,资本可以自由地从资本要素富足的国家流向资本要素短缺的国家,这种资本要素流动的根本原因在于两国之间存在不平衡,即前者的资本边际生产力和价格均低于后者,资本流动的结果将通过资本存量的调整使各国的资本的边际生产力趋于均衡,从而提高世界资源的利用率,增加世界经济的总产量并提升各国福利。同年,Cooden(1960)也在分析 FDI 对关税、产业模式和福利的影响时多次提到了知识的溢出效应。随后,Simunic(1962)在研究审计定价和风险收费时使用了"知识溢出效应"这一术语,他认为提供非审计服务所获得的知识,可能向审计产品"溢出",在一定程度上降低审计成本并提高审计产品的效率,从而降低了社会的总成本。Geroski(1988)认为本质上,知识、技术、经验都具有溢出效应,因为它们本身就是一种在创新生产者和使用者之间流动的外在物,知识、技术与经验的重要价值就在于它们是可传递、可供学习和借鉴的,而在实现其价值的流动过程中就必然会产生溢出效应。

　　基于现有文献,可以看出,目前关于知识溢出概念的含义基本上是一致的,只是表述方式不尽相同,比较有代表性的是哈佛大学 Zvi Griliches 的定义,即"做相似的工作并从彼此研究中受惠"[35,36],但此处知识溢出的概念偏向于同类产业之间的知识溢出问题,即从马歇尔发端并由阿罗和罗默延续的产业内溢出(MAR 溢出)。知识溢出的另一方面则是以 20 世纪 60 年代末简·雅各布(Jane Jacobs)对地方多元化产业间溢出为代表的研究成果,她认为多元化的产业结构更有利于地方竞争力和创新,被称为 Jacobs 溢出[37,38]。与此相对应,MAR 溢出与地方性集聚、Jacobs 溢出与城市化集聚一脉相承,成为解释空间集聚和城市发展动力的重要概念。Zvi Griliches 还道出了知识溢出的本质和对其的共识:"尽管困难重重,仍有许多优秀的研究都指出了同样的方向,R&D 溢出是存在的,它十分重要,其社会回报率明显高于私人回报率。"[39,40]

　　对于区域和城市经济研究来说,关于知识溢出有两组经过反复学术讨论和争论的概念:一是知识溢出至少包括产业内溢出和产业间溢出两种类型,即 MAR 溢出和 Jacobs 溢出;二是知识溢出既可能是地方性的,也可能是非地方性的。如根据 Fallah 和 Ibrahim(2004)的观点[41],隐性知识只能在个人层面上交流,而显性知识则可在个人、企业乃至国家层面交流,因此隐性知识是地方性知识溢出的基础,这也是许多区域研究学者的共识,知识的地方性溢出特征也成为区域增长和创新研究中的重要概念。一些实证研究也表明,高技术产业知识溢出的地方性特征更为显著,因为它比传统部门涉及更多的隐性知识[42]。

　　基于文献研究,本书整理了国内外学者有关知识溢出的一些有代表性的定义,汇总如表 2.1 所示。

表 2.1　知识溢出含义汇总表

知识溢出的定义	作　者
从事类似的事情(模仿创新)并从其他的研究(被模仿的创新研究)中得到更多的收益。	Stiglitz,1969[43-45]
做相似的工作并从彼此研究中受惠。	Zvi Griliches,1992
外商企业所拥有的知识未经外商企业的正式转让而被本地企业所获得的现象,即溢出效应是跨国公司在东道国设立子公司而引起当地技术或生产力的进步,而跨国公司的子公司又无法获取全部收益的情形。	Kokko,1992[46]
通过信息交流而获取智力成果,并且不给知识的创造者以补偿,或给予的补偿小于智力成果的价值。	Caniels,2000
一般被认为是产业中没有任何纸面痕迹的生产率或产品的改进,知识溢出是技术改进,如产品设计或性能方面的改变,或生产系统的升级,或开发新客户的结果。这些改进并不能成为专利,由此通过溢出得以便利地被其他企业或产业应用,有关这些改进的知识通过不同渠道在企业间传播,如人员流动、投入品(中间产品)、客户或非正式会谈等。	Norman,Pepall,2002

知识溢出的定义	作　者
地方知识溢出是正技术外部性,其含意是企业 A 不能从创新活动中获取经济收益,结果企业 B 就会直接无偿利用企业 A 的新产品或新知识。	Kesidou,2004[47]
知识从一部分到另一部分的直接或间接的转移。	Nicola Brandt,2006[48]
指组织的技术、技能、管理以及信息等自然外溢至其他组织或市场中,同时,组织间空间距离越小,载体对知识保护得越好,知识溢出的效果越佳。	徐碧祥,符韶英,2006[49]
是知识扩散的一种方式,知识扩散中的知识传播一般是主动的、有意识的、自愿的;知识溢出则相反,它一般是被动的、无意识的、非自愿的,或表现为技术交换中信息的占有。	孙兆刚,2004[50]
知识不通过市场交易的方式进行传播,也就是一些组织可以免费获取其他组织创造的知识。	樊钱涛,2006[51]
某一组织的知识尤其是隐性知识,在同一地区、行业内不同组织之间的扩散、传播、转移和获取。	林健,曹静,2007

　　知识溢出由于它的学习效应促进了经济的发展而成为增长理论的微观经济基础,它有利于节约社会资源。新技术革命的高效快速发展,高新技术的供给不断增加,技术商品的寿命不断缩短,必然迫使对新知识的消化、吸收、创新的进一步加快。根据溢出的定义"不给知识的创造者以补偿,或给予的补偿小于智力成果的价值",可以认为不断的知识溢出行为能够在原有生产要素供应量不变的条件下,改变生产的可能边际,提高资源利用效率,减少资源的浪费,进而保证经济的可持续发展。基于此,国内外学者针对知识溢出展开了热烈的讨论。

　　本书对知识溢出的界定进行泛化,把主动和非主动(非自愿)的溢出都称为知识溢出,因为在集群内企业之间的研发合作等过程中的知识(技术)溢出有些是可以认为进行适当控制的,如艾凤义(2004)提出了混合知识溢出的概念[52],指出大多文献都假定只存在外生溢出(不可控制的溢出),而没有考虑内生溢出(可控制的溢出),实际上二者是共同存在的。综合以上分析,本书认为知识溢出是指在非完全市场化环境下,企业间通过正式或非正式信息交流而获取(或转让)智力成果,以达到集群及企业知识结构优化互补的过程,知识溢出不给予知识创造者以补偿,或给予的补偿小于智力成果的价值。

　　知识溢出具有以下七方面特征:

　　(1)对象性

　　在产业集群中,知识溢出依据参与者的相互关系可以划分为三类。一类是集群中有前后向联系的企业参与的知识溢出,比如总装企业和零配件企业之间、印染企业和织造企业之间的知识溢出等;另一类是同一价值链环节中的同行,如总装企业之间、零配件企业之间的知识溢出等；再一类就是前两类的结合，既有前后向企业，又有同行企业[53]。

（2）功效性

依据产业集群的核心能力，集群可以分为低成本型集群和创新型集群[54]。低成本型集群以低成本为核心能力，重点改进产品质量，其知识以低成本型知识为主，其知识溢出类型为低成本型知识溢出。创新型集群以集群内企业协作创新为核心能力，重点从事产品和工艺创新，其知识以创新型知识为主，其知识溢出类型以创新型知识溢出为主。

（3）知识专用性

知识依据专用程度的不同一般可分为专门知识和普通知识，进而可以把知识溢出划分为通用知识溢出和专用知识溢出。所谓专门知识是指在知识传递或转移过程中转换成本很高的知识，而普通知识则为转换成本低廉的知识[55]。资产专用性是专门知识产生的源泉，资产专用性程度越高，专用性越强，专用知识交易费用越高，适宜在组织内溢出，而在组织间难以溢出。

（4）知识的黏滞性

知识是人们在实践中积累起来的经验和理性认识的总和。产业集群的知识包括产品知识、技术知识、管理知识、供求信息等。集群知识有两大特征[56]：一是公共物品性质，即它一旦被创造出来，传播的速度越快拥有的人越多，为群体带来的福利就越大，这部分知识是集群知识中的显性知识；二是大部分的集群知识属于隐含经验类知识（隐性知识），这类知识难以具体化，系统化，在知识溢出中具有黏滞性，难以在集群企业中传递和转移。

（5）知识溢出的可控性

在知识溢出中，依据溢出知识是否可控可以分为可控知识溢出、非可控知识溢出和混合知识溢出。在可控知识溢出中，知识传播一般是主动的、有意识的和自愿的，知识原体能够有效控制传播知识的内容、对象和渠道，多采用合作生产、合作 R&D 等溢出形式；在非可控知识溢出中，知识传播一般是被动的、无意识的和非自愿的，知识原体无法控制传播知识的内容、对象和渠道，多采用人员流动等溢出形式；混合知识溢出兼具上述两种溢出形式的特点，较为复杂。

（6）对象之间的知识势能差

集群企业之间的能力呈现非均衡分布的状态，可以分为高知识势能企业和低知识势能企业，高知识势能企业的实力较强，主要从事中、高端产品的设计、研发和生产；而低知识势能企业的能力相对较弱，主要从事低端产品的生产。根据知识溢出参与双方能力相对大小，可以把知识溢出分为"高位势—高位势"之间的溢出与

"高位势—低位势"之间的知识溢出。

（7）知识基础与互动联系

知识溢出中知识受体的知识基础是吸收溢出知识的基础，同时知识原体和知识受体的互动联系反映了知识溢出的协调程度。互动联系越紧密，知识溢出阻力越小。因此，可以将知识溢出分为"强联系—弱知识基础溢出"和"弱联系—强知识基础溢出"两类。

2.3　知识溢出的演进过程

知识溢出与产业集群的发展息息相关，随着产业集群所处发展状态的不同，集群中呈现出的知识溢出的表现形式、载体和溢出方式也不同。产业集群的发展过程其实是一个聚集企业模仿、研究、消化及与自身实际情况相结合的学习过程，是一项复杂的系统工程，一个企业的发展首先要去学习、模仿其他聚集企业，在学习过程中根据自己的特点和市场的特点，再进行创新。

传统型的集群中隐性知识占优势，具有很强的文化根植性，外界缺少其生长的土壤，因而集群内的知识难以逾越集群的边界，集群的知识外溢活动很少，外界知识溢入集群内的难度也较大。而对于一些外向性较强的集群，即知识在生产及应用上对外界的开放性、吸收性和依赖性都较强，集群知识溢出和溢入的频率、数量以及速度都很高，有利于集群创新能力和技术水平的提升，由此引发更多的知识涌入，进而形成良性循环。

知识溢出作为产业集群的典型特征，其表征形态、溢出的方式和溢出的程度也随着集群的发展变化而变化，呈现出演化性的特征。在集群发展的初级阶段，集群内企业通常把同行仅仅视为竞争对手，企业学习的方式也很单一，主要就是通过对方的知识溢出来学习，对于新产品企业一般进行的是独立自主的研发方式。集群内部同类企业模仿的便利性使得企业的新产品开发更为紧迫，且要具有突破性，因而伴随产业集群的发展，集群内部的企业关系也逐渐发生了微妙的变化，集群内的竞争对手开始有选择地开展合作，集群学习兼具了知识溢出和知识转移过程，在这一过程中企业之间的竞合关系与协同关系也逐渐得到改善，彼此之间越来越信任，合作越来越默契，知识共享活动与创新活动也更频繁，从而使得企业自身创新能力与集群整体创新水平都得到了提升。值得一提的是，对于一些高新技术产业集群，由于新产品开发的投入巨大，高级技术人员资源稀缺，选择建立战略联盟收益要大于各类成本之和，因而集群内企业间知识转移活动比传统产业集群相对更多些。

2.4　知识溢出的生产函数

知识溢出可看作一种过程,一种结果,一种影响。溢出效应则不表现为过程,而仅显示出它的影响、作用或结果。溢出效应是指知识的接受者或需求者对知识消化吸收后所带来的知识创新以及所带动的经济增长等影响。当知识溢出以企业被动接受的形式发生时,知识溢出可看作是空间距离和组织距离的函数。从经济学的最大化思想出发,知识溢出的发生可看作是企业进行主动选择溢出的结果,即当知识溢出以企业主动选择的方式发生时,知识溢出可看作是企业学习的函数[57]。

Simona Iammarino 和 Philip McCann(2006)从知识流入和知识流出两个方面研究知识溢出,认为公司对知识外溢净效益的度量将取决于它对这两个效果对自己相对重要性的评估[58]。对于知识流入,他们认为公司所有的知识流入都是有积极效应的。对于知识流出,他们认为非故意的知识流出对公司既可能有负面效应也可以有正面效应。一方面,非故意知识流出对公司所有者的个人影响是宝贵的智力资本和无形资产的外泄,这将被看成是负面影响(Grindley 和 Teece,1997)[59];另一方面,非故意知识流出的潜在积极效应体现在知识的公益事业方面(d'Aspremont et al. ,1998)[60]。通过加强本地知识基础来形成当地知识外流的良性循环是十分重要的,这样可以吸引更多其他创新型公司的入驻,带来未来较大的知识流入,这是一个典型的理想化的演进过程。

$$P_{ik} = I_{ik}^{a_1} U_{ik}^{a_2} \mu_{ik} \tag{2.3}$$

式中,P 代表集群的专利数(新经济有用知识),I 代表产业 R&D 经费,U 代表研究机构,μ 为随机扰动项。

有学者通过研究在专利引用中的信息来量化知识外溢的经济价值。通过对半导体公司无形资产的各种决定因素进行托宾 q 方程估计,发现包含在一项专利引用中的知识流的平均价值是 60 万到 120 万。对于一个中等的半导体公司,这意味着在样品期它接收到的知识外溢的总价值高达同期内实际研发投资总额的一半[61]。

郑德渊和李湛(2002)在具有纵向关系的两个上游企业和一个采用 Leontief 生产技术的下游企业的框架内,研究上游企业具有双向溢出效应的 R&D 政策[62]。认为溢出效应有利于增加 R&D 数量和最终产品供给,政府应采取有力措施鼓励技术转移,如鼓励一个上游企业 R&D 人员向另一上游企业流动,缩短创新企业产品的专利保护期限,鼓励企业采用反求工程技术分析创新产品,政府应补贴上游企业的 R&D,并加速 R&D 成果在上游企业之间扩散。

喻金田(2002)研究了科技企业技术知识的增长和知识资本的增值,认为知识溢出会导致企业知识资本的流失和技术优势的丧失[63]。他分析了企业科技经营与技术知识外溢的关联性,并探讨了知识溢出的表现形式及对企业发展的影响,提出了防范企业不合理技术知识外溢的策略。

产业集群中独特的学习效应导致了学习曲线的变化。学习曲线是指学习效果(单位产品所需时间)与学习次数(或产量)之间的关系曲线。学习曲线分为狭义学习曲线和广义学习曲线。狭义学习曲线也称为人员学习曲线,是指直接作业人员个人的学习曲线,反映了随工作熟练程度提高而得到的学习效果。广义学习曲线可称为生产进步函数,是指某一产业或某一产品,在某产品生命周期内的学习曲线,是融合技术进步、管理水平提高等许多人努力成效的学习曲线。学习曲线受学习效果的影响,而学习效果又受以下因素影响:操作者的熟练程度、管理技术水平、产品设计、生产设备的先进程度、原材料的供应状况、专业化分工、信息反馈效果、规模经济及外部竞争压力等。

学习曲线的实质是一个组织随着时间的推移,产生的学习累积效应开始释放,其采用新技术、新工艺并使之适应组织的实际时间缩短。通过学习,可以提高工人的熟练程度;提高管理水平,掌握更加有效的生产组织方法;改进生产设备、生产工具以适应生产发展的需要;及时、合理的供应原材料、元器件,引起了成本的下降和变化。因此,学习导致生产成本下降的根本原因在于生产者的生产技能和管理能力在生产过程中通过不断积累经验而得到提高;另一方面,这些生产技能和管理能力形成隐性知识根植于这些具体生产过程参与者之中。

2.5 知识溢出的路径

集群内的知识溢出是一个复杂的过程,只有具备了畅通的传导路径,来自于核心企业或其他创新活动的知识溢出才能较容易的被地理上接近的其他企业所吸收、利用,集群中的知识溢出效应才能有效发挥。产业集群中知识溢出的路径表现为从知识溢出源对集群中企业的知识输入到企业创新产出在集群中重新扩散的一个动态过程。由于知识的累积性,知识溢出的动态过程使集群中知识存量不断增加,进而形成持续的竞争优势。

Kokko 认为知识的溢出效应一方面可能来源于示范、模仿和传播,另一方面也可能来源于企业之间的竞争,指出知识溢出发生的三种途径:①外商企业通过与本地供应商及销售渠道的联系,传递关于存货控制、质量标准及控制等方面的知识;②外商企业培训的员工转到本地企业就职,使得外商企业的组织、生产、市场等方面的知识被本地企业获得；③外商企业有能力进入具有壁垒的行业，打破原有的垄断格局，提高该行业的竞争压力，并且通过自身的示范效应，促使本地企业主动改进生产方法和管理模式，优化资源配置以提高自身竞争力。

国内学者对于知识溢出路径的研究，如付跃龙(2006)在研究了广东阳江产业集群实践的基础上，总结了产业集群中技术溢出的五条路径[64]，即劳动力迁徙导致的技术溢出、跨国公司对当地企业的技术溢出、集群网络产生的溢出、集群中联盟企业之间的技术溢出以及母子公司之间的技术溢出。其中，劳动力迁徙导致的技术溢出被认为是最容易引起外部经济的路径；跨国公司对当地企业的技术溢出需要集群中必须存在跨国公司，并且跨国公司已经进行了技术转移时才会发生，而在我国的许多中小企业集群中，这种技术溢出效应并不明显或者根本不存在；集群网络产生的技术溢出通常较为隐蔽，易被人们所忽视，然而，实际上产业集群内确实存在着能够产生技术溢出的各种网络，并且这种集群网络产生的技术溢出效应更加广泛而复杂。关于后两条技术溢出路径，国内学者主要集中于研究知识联盟内的知识转移和一般意义上的母子公司之间的知识转移层面上，而实际上，产业集群中确实存在着联盟企业之间的技术溢出，也存在着与产业集群有关的母子公司之间的技术溢出。

彭中文(2005)研究了知识员工流动、技术溢出与高技术产业集聚的关系，构建了一个技术溢出模型，模型的重要因素是知识和创新都是累积性的，技术溢出的主要途径是知识员工的流动[65]。他通过模型分析了第一代创新和第二代创新的成功概率及其收益关系，企业为了分享技术溢出的好处，在区位选择时会尽力聚集在同一地区，聚集也有利于创新和产业利润的提高，同时商业秘密保护并不能阻止技术的溢出，特别是在高技术产业聚集区。

缪小明和李刚(2006)按照产业集群中企业知识溢出的介质不同，将知识溢出分为无介质的知识溢出、以产品为介质的知识溢出和以流动人力资本为介质的知识溢出[66]。其中，无介质知识溢出并不是绝对意义上的无任何媒介的知识扩散，而是指知识扩散的过程中从扩散源企业到接收企业间无可以承载知识的要素流动，如人力资本流动或产品流动等。但在这个过程中可能伴随着价值的流动，如技术或专利等的有偿转让。

Maskell(2001)把产业集群内部的知识溢出划分成两种情况：水平方向的知识溢出和垂直方向的知识溢出。水平方向的知识溢出发生在集群内生产相似产品并且具有竞争关系的企业之间，在产业集群形成的早期阶段，水平方向的知识转移扮演重要的角色。

通过技术的非自愿扩散而引起技术和生产力水平提高的过程即为知识溢出的

传导路径[67]。

Gwanghoon Lee(2006)认为有别于租金溢出仅仅来源于经济交易,真正的知识溢出并不需要经济交易,他通过运用1981～2000年16个经合组织国家最新的面板数据对国际知识溢出的四条主要渠道的有效性进行了实证研究,这四种渠道包括:对内外国直接投资、对外外国直接投资、中间品进口和非实质直接渠道。研究表明,跨境知识溢出效应对一国生产力增长的重要性日益显著[68]。

Branstetter(2000)利用日本投资公司和美洲本土公司之间的专利引文方面的数据进行研究,结果表明国外直接投资是知识溢出的一个重要渠道,其重要性无论是在投资公司对本土公司的投资还是在本土公司对投资公司的投资都是显著的。

Van Pottelsberghe de la Potterie 和 Lichtenberg(2001)(henceforth PL)运用普通最小二乘法(OLS)的研究结果表明,重要的知识溢出都是通过进口和对外直接投资显现出来的。

根据知识的属性可将知识溢出划分为显性知识溢出和隐性知识溢出两大类。其中,显性知识是指用书面文字、图表和数字表述的知识。显性知识溢出途径通常有两个:一个是通过产品、语言以及文字等方式溢出;另一种是在合作创新中的主动溢出。本研究认为集群中的显性知识溢出是通过上述两种方式溢出的新技术、新专利或有关行业发展动态的信息。隐性知识是指尚未被语言或其他形式表述的知识,是高度个人化的知识,有其自身的特殊含义,因此很难规范化也不易传递给他人。集群中隐性知识溢出包括各种信息、经验及技能在集群内成员企业或机构之间的交换。

Jaffe(1989)发现,尽管存在着知识产权和专利权这样的法律保护,企业和大学在研发上的投资仍然不同程度地溢出给第三方的企业,有的行业甚至相当严重。这表明知识的溢出是普遍的。对于企业而言,如何来享受这种知识的外部性,对于企业的创新有着重要的影响。

关于溢出的速度和程度,Marshall(1920)和Krugman(1991)曾指出在一个行业中,企业之间知识的溢出效应存在空间距离的边缘,同时还受到知识本身性质的约束,比如所谓的隐含知识(Tacit Knowledge)的溢出就有很大的限制。Audretsch 和 Feldman(1996)的研究表明,熟练的工人有助于知识的溢出。

另外,根据李镜文(2002)等人研究,硅谷的知识溢出效应渠道包括以下五点:①来自企业家、大企业员工、大学师生、风险投资家和各地迁入此地的人的知识的融汇,包括新产品、新服务、新市场和新的商业模式,都在这里得到传播;②由于价值得到回报,吸引大量人才从世界各地涌向硅谷,造就了能满足个人和企业对于人才高速、持续周转所需要的市场,技术人才跳槽时,尖端技术也在企业间共享;③开放的商业环境,尽管竞争激烈,但都愿意分享知识,开发者得以在其他公司的平台或产品的基础上开发许多新应用、新产品,也为原有的平台提供了更广泛的用户;④大学、研究所与产业界的互动,大学允许教师作为咨询顾问参与到产业界,担任企业的董事,甚至短期离职,企业也出资支持大学的科研。他们常常在论坛和会议中进行有意义的交流;⑤企业、政府与非赢利机构间密切合作,为知识溢出搭起了良好的平台[69]。

　　本书对于知识溢出与集群中企业学习的研究,主要以知识的载体为研究切入点,从知识溢出的载体方面对其进行分析,认为知识溢出的方式可分为两种:即以人为载体的知识溢出和不以人为载体的知识溢出。以人为载体的知识溢出主要由劳动力的流动发生,这种流动主要有三种方式:第一种是劳动力在企业与企业之间以跳槽的方式流动,第二种方式是研究机构中的人员向企业的流动,第三种是企业之间的知识共享愿望而引起的劳动力流动。其中,第一种流动是因为在产业集群内,企业的集聚引起了技术人才的大量集聚,基于行业的相似性和地域上的相近性,使得集群内的从业人员在各个企业之间跳槽的成本很低,由此带来集群内高的劳动力流动性,这种频繁的人员流动促使集群内知识溢出的速度和数量大大上升;第二种流动是因为研究机构和中介机构的技术和管理人员也会向企业流动,或者自己创建一个新企业,引起一部分知识溢出的发生;第三种流动是典型的企业主动学习的结果,这种流动可以发生于企业与企业之间,也可能发生于企业与研究机构之间,通过互相学习,知识共享,提升彼此的技术水平与创新能力。此外,除了以人为载体,集群中的知识溢出还可能以产品为溢出的载体,也可能以知识转移或知识扩散的方式发生,当集群中的某一家企业运用新技术开发并生产出一种新的产品,一旦这种产品问世,技术的保密性就大大削弱了,知识溢出现象即已发生,其他同行企业可以较容易通过模仿的方式开发出同类产品,这样就促使原开发商第二代、第三代升级产品的出现,进而促进了整个集群创新活动的开展,增加了整个集群的创新动力,提升了其创新能力。由此可见,无论知识溢出的方式如何、载体如何,知识溢出总是会为集群整体创新活动的开展带来活力,会增强集群内企业创新的动力,对集群内企业创新能力的提升有着重要的推动作用。

　　在以上文献研究的基础上,本书构建了集群中知识溢出的传导路径,如图 2.1所示。集群中知识溢出的传导过程可分解为三个阶段:

　　阶段一,知识从知识源的溢出过程。集群的知识溢出源包括集群内知识源与集群外知识源两部分。按照知识的属性,其中隐性知识的传递通常需要面对面交流才能实现,知识的传递往往受到地理距离的限制,因而隐性知识的溢出主要发生在集群内企业之间,知识源主要指企业的专利与专有技术,知识源主要发源于集群

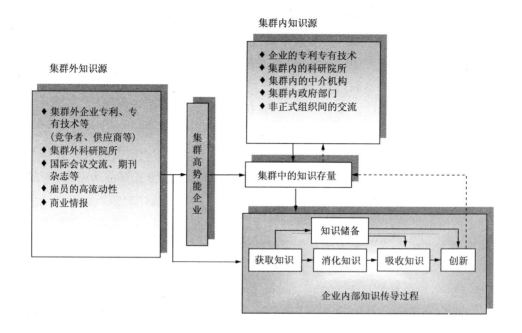

注:━━━━━▶ 代表知识流动方向
━━ ━━ ━▶ 代表知识反向流动方向

图 2.1   产业集群知识溢出的传导路径

内的科研院所及技术领先企业。地理距离对集群中显性知识的传播影响较小,因而集群外的显性知识源可以突破集群的边界溢入到集群内。集群外知识的溢入有两种途径:一种是集群外的知识以"集群技术守门人"为接口溢入集群内,转化为集群的知识存量。"集群技术守门人"指集群中具有较高知识积累水平或技术能力的行为主体(可以是个人、企业或机构代理商),他们在吸收外部知识并将其扩散给集群内其他企业的过程中起着关键性作用,他们是先进技术的早期采用者,是集群知识系统中的"核心行动者",其他落后企业都向其寻求技术建议和问题解决方案。"集群技术守门人现象"的存在源自于集群内企业间在地理上的集中而形成的一种彼此之间天然的联系,这种天然的联系促使集群内企业有着一种对外部知识、技术及文化的集体排斥与防御,集群技术守门人在整个集群知识溢出过程中既起到监控外部环境,确定企业可能需要的相关知识的作用,又肩负着向企业内部成员转移、扩散所获取的知识的重任。正是由于在技术先进程度方面技术守门人与其他企业有着显著的不同,即存在着显著的技术差距,这对本地其他企业向其学习形成了一种激励。从这种意义上讲,吸收能力高的企业是本地知识的重要来源,显示出更高的认知中心度。另一种途径是越过"集群技术守门人"而直接与集群内企业发生知识溢出。在实际的知识源溢出过程中以第一种途径为主,即集群外知识源的溢出主要是通过"集群技术守门人"引入到集群中的。

阶段二,知识溢入企业后企业的学习过程,即企业内部的知识传导过程。这一过程始于企业的主动获取外部知识的行为,经过企业对知识的消化吸收过程,终结于对知识的创新。企业在获取知识的同时即增加了企业内部的知识储备;储备的知识仅从形式上属于企业,但能否真正内化为企业自身的知识还需要经过消化、吸收的过程,而吸收知识的多少以及吸收的程度则取决于企业消化知识与吸收知识的能力。对知识溢出的吸收会带来企业技术水平的提升与知识存量的增加,而这部分知识又以冗余知识(obsolescence knowledge)与适宜知识(appropriate knowledge)两种形式存在。其中冗余知识由于未被企业所内化而将再次作为一种新的溢出源,参加整个集群的知识溢出循环,而内化为企业自身知识的适宜知识则会进一步促使企业创新活动的开展,产生新的知识。

阶段三,企业的创新成果在集群中的扩散。企业对内化知识的成功创新,会产生新的知识源,进而增加集群整体的知识存量。同时,创新成果又通过企业间学习在集群中扩散,影响并促进着其他企业的技术创新活动及创新绩效的提高,进而产生更多的创新成果,进一步提高整个集群的知识存量,这些知识作为新知识源参加整个集群的知识溢出循环。

2.6　知识溢出与产业集群中的企业学习能力

随着高技术产业集群在区域经济发展中地位日益提升,理论界对产业集群中的技术变革、企业学习现象也越来越关注。由于知识溢出的大量存在是产业集群内部知识转移的重要特点,知识溢出对集群整体的技术水平有着重要的影响,而产业集群的环境特征也为知识溢出的发生提供了更好的条件。因此,目前有不少文献在探索产业集群内部的知识溢出现象,这些研究主要着眼于专门生产要素的溢出对集群整体发展的影响[70,71]。研究结果表明,在信息与知识网络的形成和发展过程中,地理集中起着主要的作用。由产业集聚而形成的正式、非正式网络是当代产业经济的新特征,随着新技术、新知识的采用,它们代表了集群发展的新形式。

知识溢出与集群知识共享之间不是单向的知识溢出导致企业集聚的过程,而是一个互动过程,由于企业集聚带来的集群知识的共享加速了知识溢出,同时,知识溢出又促进了集群知识的共享,更促进了企业集聚的可能[72]。

经验显示,公司生产率的增长得益于技术溢出,而技术溢出效应随着地理距离增加递减。这说明,技术溢出驱动了产业集群,换言之,公司可以在集群中分享技术溢出。这种溢出可以是信息的自愿交换、雇员之间的非正式谈话、工人流动、甚至工业间谍的结果[73]。

　　研究表明,知识溢出对集群中的创新活动有着积极的影响。Todtling 和 Kaufrnann(1999)认为:"知识的溢出构成了集群创新能力的本质特征。"知识溢出促进技术创新活动的重要原因之一在于集群中企业之间的激烈竞争。由于集群内的企业往往存在行业的相似性与技术水平的相近性,因而集群中企业之间的竞争强度非常高,有时甚至超过了集群内企业与集群外企业的竞争,为了在集群中生存下去,集群内的企业必须进行持续的创新,而企业进行创新活动最经济的途径,就是设法从其他企业获取具有累积创新知识和潜在创新能力的熟练技术工人。

　　有学者指出,知识溢出,尤其是从多种来源中获得的知识溢出,能帮助公司降低参与创新活动的不确定性[74]。地理学、创新经济计量学的研究文献,经常认为这种地区化的知识溢出(LKS)是创新活动在地理上集中的主要原因[75]。

　　产业集群由企业和研究机构、中介机构等组成,它们都是知识的生产者、持有者和接受者。换而言之,产业集群是追求规模经济和范围经济的企业的大量集聚,这些企业之间的合作是多方面的,包括生产经营的前向和后向联系、技术知识创新和技术知识共享等。而产业集群自身就是一个有利于创新的环境,它能提高集群中企业创新的效率和成功的几率。从单个企业角度来看,自身的知识存量会不断外溢、转移至其他企业,但也会得到其他企业、科研机构和中介机构的知识流入,这是一个双向流动的过程。在这个过程中,企业的知识不断更新和积累,整个产业集群由于企业知识共享创造出新知识而丰富了知识库。这里的企业可以是处于水平或垂直生产链上的供应商、生产商或竞争者,因为各自拥有互补性知识,为了生产和竞争的需要,彼此携手共同学习。从整个集群角度来看,集群是个开放系统,不断地与外界进行各种资源的交流。

　　本书认为,知识接收方之间的差异性也会影响知识溢出。差异性的主要来源是潜在接收方吸收知识的能力,这是由企业的相关技术能力决定的。一些企业(领导者)有更为先进的技术能力,另一些则相对不太先进(跟随者),企业的技术能力影响着成功吸收知识溢出的能力,并引起对不慎外溢的战略关注。

　　一个企业的技术能力将决定它从周边地区吸收知识的能力。Cohen 和 Levinthal(1990)指出,一个企业的吸收能力就是它"识别、吸收和从环境中开发知识"的能力,一个企业既有的知识和想要获取的知识之间的巨大差距会阻碍知识的吸收。对于拥有先进技术能力的企业,其应用溢出时所遇到的差距将会大大缩小,他们更有可能从先进的知识来源中意识到潜在的溢出,然而技术上落后的企业在应用溢出时的困难通常较大,其对潜在溢出的识别能力也较弱。

　　Ellison,1997 曾指出地理临近有利于企业通过正式或非正式渠道分享集群内部知识,即分享智力溢出,集群恰恰为企业间的非正式交流提供了优越的环境条件。许多学者都认同知识的绝大部分内容是通过非正式交流来传播的,这些非正式交流的传播速度要比正式交流快得多。研究表明,科学家的 40% 的知识是通过非正式交流获取的,工程师通过非正式渠道获取的知识则高达 60% 以上。例如硅谷维尔山的"马车轮酒吧"是当地颇受欢迎的酒吧,工程师们常常在那里相互交换意见、传播信息,马车轮酒吧由此被誉为"半导体工业的源泉"(萨克森宁,1999)。非正式交流还是传播未编码化知识的重要途径,尤其是在高技术产业集群中,许多最新的、超前性的知识,或者介于隐含经验类知识和显性知识之间的知识,都以未编码化的知识形式存在,通过非正式交流,这些知识得以快速有效地传播,如通过与顾客、供应商和研究院所的交往,可以获得最新的市场信息、技术信息等。

高新技术产业是充满激烈竞争的,但是硅谷内激烈的竞争并不阻止竞争者之间的交流。在硅谷有许多例如咖啡馆、俱乐部、协会等人们聚会聊天的场所,在这里人们自由地交流,获取有关竞争对手、顾客和市场的最新情况。在硅谷这样一个技术发展迅速、竞争激烈的区域中,这种非正式的交流有时比传统的论坛等方式更具有价值。正是由于硅谷内特殊的文化氛围,确保了知识在各种水平的公司之间和产业之间,从最低水平的技术人员到高级工程师之间的通畅流动。区域内人与人正式与非正式的交流,使信息在区域内快速传递,从而为区域的发展适应当今世界迅速变化的技术和市场环境准备了条件。而这种利于创新的文化氛围,正是其他科技园区所缺乏的,也正是这种知识的高度流动性使得硅谷内产业的整体科技水平不断上升,区域的整体竞争力不断提高,成为世界上最没有边界的产业家园。

第3章 产业集群中的知识溢出机制

3.1 文献回顾

产业集群作为目前区域经济发展的重要模式,以其外部经济、柔性生产、规模经济、创新活力与持续竞争优势等特点受到社会各界的广泛关注,各国各级政府也对其高度重视并积极实践,为当地经济的可持续发展和产业结构调整与优化升级提供很好的发展路径。国内外众多学者对"产业集群"现象的研究主要涉及经济学(包括古典经济学、新古典经济学、新兴古典经济学、区域经济学、发展经济学和创新经济学等)、地理学(主要是经济地理学)、管理学(包括区域网络理论、竞争优势理论、战略理论和创新理论)和社会学(主要是对社会资本、信任等的研究)。纵观国内外学者对于产业集群的研究,发现研究领域主要集中在如下几个方面:产业集群形成的原因、条件、产业集群内企业的发展战略、产业集群的演化、产业集群(集群内企业)的竞争优势、产业集群的政策和产业集群的研究层次和方法等。

从当前产业集群研究的进展可以看出,各种学科、学派的理论呈逐步融合的趋势,术语、概念、方法相互借用。由于理论的融合,学术派别的界限逐渐被打破。所以本书不采用传统的以各流派为线索来进行文献综述,而是综合分析最新理论进展,从不同研究主题进行分类阐述。以下主要从以下四个方面展开:①产业集群概念界定;②产业集群的要素及特征;③产业集群的竞争优势;④知识观视角下的产业集群研究主题。有关集群内知识溢出机制的研究呈现出逐渐细化和具体化的趋势,研究内容也逐渐从对集群整体知识溢出的规律性研究逐渐过渡到对集群内知识溢出的机制和机理方面,研究范畴也越来越广,这些研究领域和研究内容方面的进展为本书的撰写提供了必要的理论的支撑和有益的借鉴。

3.1.1 产业集群的概念、要素及特征分析

(1) 产业集群的概念

长期以来,在各国研究文献以及有关集群战略的一些会议和政府文件中,由于对产业集群认识角度的多样化,研究目的的差别化,产生了对"产业集群"的多种称谓,例如产业集群又称企业集群(clusters of enterprises)、区域集群(regional clusters)、产业区(industrial district)、地方产业系统(local industrial system)、地方产业网络(local industrial network),在我国台湾地区和内地又有产业群、企业集群、特色产业区、块状经济和专业镇等多种提法[76,77]。国外对集群有两种比较公认的定义:一是 Michael Porter 从竞争优势角度认为产业集群是指,"在某一特定领域内相互联系的、在地理位置上集中的公司和机构的集合[78]"。它包括一批对竞争起重要作用的、相互联系的产业和其他实体。例如,它们包括零部件、机器和服务等专业化投入的供应商和专业化设施的提供者。集群还经常向下延伸至销售渠道和客户,并从侧面扩展到辅助性产品的制造商,以及与技能技术或投入相关的产业公司。最后,许多集群还包括提供专业化培训、教育、信息研究和技术支持的政府和其他机构——例如大学、标准制定机构、智囊团、职业培训提供者和贸易联盟等。二是 J. A. Theo, Rolelandt 和 Pim den Hertog 对产业集群进行的定义,认为产业集群是指"为了获取新的和互补的技术,从互补资产和利用知识联盟中获得收益、加快学习过程、降低交易成本、克服(或构筑)市场壁垒、取得协作经济效益、分散创新风险,相互依赖性很强的企业(包括专业供应商)、知识生产机构(包括大学、研究机构和工程设计公司)、中介机构(包括经纪人和咨询顾问)和客户,通过增值链相互联系成网络,这种网络就是集群"[79]。前者强调集群的空间集聚特征,后者强调集群的网络特征以及集群形成的动机和功能。

在借鉴西方学者对产业集群概念的研究基础上,我国学者也提出了自己对产业集群的定义。仇保兴、芮明杰、张辉等认为产业集群是一种新的产业组织形式[80,81];慕继丰等认为产业集群是在一定区域内形成的企业网络[82];曾忠禄、徐康宁、符正平等都强调产业集群的产业特征,认为产业集群是指同一产业的企业以及该产业的相关产业和支持产业的企业在地理位置上的集中和成长现象;王辑慈等强调产业群内企业共同的社会文化背景及价值观念,认为只有具备了这些条件,群内企业才具有区域的"根植性",才可以形成稳定的产业群[83];柳卸林和段小华在综合众多学者研究成果基础上,认为产业集群是具有高度创新能力的社会生产系统[84]。

其他学者也从不同角度对产业集群进行了定义,如表 3.1 所示:

从以上定义的变化看,产业集群存在一种泛化的趋势,表现出更大更深的内含。以往对产业集群的界定及其阐述大多数出自传统经济学、经济地理学、区域经济学和产业经济学等理论研究和学术观点,比如认为产业集群是一组在地理上靠近的相互联系的公司和关联机构,它们同处于或相关于一个特定的产业领域,由于具有共性和互补性而联系在一起。但近年来,关于产业集群经济理论及实践的解释与经济全球化、创新全球化、城市或区域创新、科技产业转型、产业转移等有密切联系。"产业集群"不仅从传统的区位经济现象,而且从与全球市场、城市系统、自主创新、区域环境以及纵横交织的行业周期性变动等来揭示了相关产业集群获得产业竞争优势的现象和运作机制。产业集群内部的相关企业共存于某种特定的产业链、供应链和技术链,相邻于相关产业,并受到供应商、制造商和用户之间的专业化分工协作等对其竞争力的影响。因此"产业集群"一词不仅仅揭示了相关企业及其支持性机构在地域上靠近而集结成群,更多的是一种由产业链、供应链、技术链和创新链共同构成的价值链以及产业集群竞争优势的独特现象和运作机制。

表 3.1 产业集群含义汇总表

学 者	角 度	产业集群的概念
Marshall(1890)	规模经济和外部经济	产业集群是企业为追求共享基础设施、劳动力市场等外部规模经济而产生的聚集体[85]。
Alfred Weber(1929)	空间角度	产业群是在某一地域相互联系的企业的聚集体[86]。
胡佛	规模经济	企业为追求规模经济而在空间集聚的现象[87]。
威廉姆森	产业组织	产业群是基于专业化分工和协作的众多企业集合起来的组织,这种组织结构介于纯市场和纯科层之间,比市场更稳定,比科层更灵活[88]。
RoGenfeld(1997)	集群的标准	产业集群是为了共享专业化的基础设施、劳动力市场和服务,同时共同面对机遇、挑战和危机,从而建立积极的商业交易、交流和对话的渠道,在地理上有界限而又集中的一些相似、相关和互为补充的企业[89]。
盖文启(2002)	创新网络角度	新产业区是指大量的中小企业在一定地域范围内集聚成群(cluster)集聚区内的企业在生产经营中进一步专业化,并在市场交易与竞争过程中彼此之间形成密集的合作网络(包括正式的和非正式的)协同创新。这种创新的网络根植并融入当地不断创新的社会文化环境,进而形成具有较强创新动力和竞争力的区域创新系统(Regional Innovative System)——柔性生产地域系统(Flexible Production System)[90]。
刘友金,黄鲁成(2001)	聚集经济的概念	产业集群集中的产业概念不是指广义上的产业,而是指狭义上的产业,如个人计算机产业、大型计算机产业、传真机产业以及医疗器械产业等[91]。
张辉(2003)	竞争力角度	产业集群是保证各种行为主体相互间各种活动具有更高效率的一种有效的经济组织形式,不仅包括区域内直接从事某一特定产业的生产和经营企业,还包括了政府、金融机构、研究机构、客户和行会等许多对其存在和发展起直接和间接支撑作用的各种行为主体[92]。

(2)产业集群的要素及特征

从产业集群定义和学者们的观点可以看出产业集群的构成要素包括集群目

标、集群主体、经济联系、知识权威、运行机理和集群精神六要素。其中集群目标主要强调目标市场，即具有相似终端市场是产业集群主导产业企业和相关产业企业及服务机构地理上集聚通过分工进行合作的凝聚力；而集群主体可分为同质和异质两类，体现产业集群的协同竞争性特征[93]，在产业集群中的主体通常包括主导产业企业、供应商、服务商、销售商、政府、相关产业企业、培训机构、协会以及咨询等中介机构、研究机构和金融机构等[94,95]，各主体提供核心资源与关键技术，彼此间分工与合作；产业集群中经济联系体现着由分工与交易所形成的能诱发各种交互作用的社会经济联系，围绕集群目标，各主体通过一定信息沟通方式实现交易与合作，从而将内外信息、物质和技术在生产功能、市场功能、服务功能的交互作用中沿价值链或产业链形成网络状的经济联系，这种经济连接有契约性连接与非契约性连接，在产业集群内非契约性连接占主要地位，体现为产业集群的非正式的社会网络性特征[96]；另外，在产业集群中，分工促使知识产生，交易提高了知识转化的效率，低进入门槛和近距离交流诱发了低成本学习和增进了知识的扩散和应用，同时，低信息搜索成本和决策的分散有利于新思想出现，展示出不同的创造力，这样拥有最新信息、技术并得以转化者将拥有主动权而成为权威，这使得产业集群具有区域创新性特征；运行机理是供给与需求统一体的实现，因资源、文化和需求使创业主体自发或有意识地集聚于某一特定区域，至临界数目时，会触发集群的自我强化过程，体现为产业集群的自我增强特征，也称自组织性；最后一个要素集群精神是产业集群主体合作和集体效率的升华，是合作各方实现资源共享、优势互补而共同遵守、有激励和约束作用的无形约定，包括信任、非正式契约、共同行为规范以及企业家精神等。

从上面分析可以看出产业集群构成要素使产业集群体现出协同竞争性、非正式的社会网络性、组织性和区域创新性。除此之外，一些学者从产业集群内涵中还总结出以下特征：

① 产业关联性。产业集群成员拥有跨产业的连接和互补性，产业上关联是集群的两大基本特征，这个特征使集群企业对外呈现出联系紧密的网络特性。

② 柔性专业化，也称为弹性专精（flexible specialization）。集群可以看成是柔性生产（flexible production）的地域系统。在专业化基础上集聚的大量中小企业的生产经营方式将随着外部市场和技术环境发生与时俱进的变化。如原来以手工技术为主的工艺品生产，由于以 CAD、CAM、CIMS 等技术的采用，生产方式逐步转向弹性化，而企业内部的组织架构和企业外部与其他企业之间的关系，也会随着外部技术条件变化和市场竞争加剧具有伸缩特征。

③ 经济外部性。产业集群的经济外部性特征使处于集群内部的企业比处于

集群外部的企业享受更多的利益,更容易形成竞争优势,这也是许多企业选择进行集群的原因。克鲁格曼将产业集群的外部性定义为三个方面:专业化经济、劳动力市场经济和知识溢出。魏江认为产业集群经济外部性可以从创新网络观和知识观层面考察[97]。

④ 地方根植性。在产业集群中根植性具有多层定义,产业集群中的隐性知识具有组织植根性;产业集群中生产网络、知识网络和社会网络具有空间植根性。植根性决定了产业集群的竞争优势难以模仿。

3.1.2　产业集群的竞争优势分析

波特(1990)最早对竞争优势进行了系统分析,提出了波特的钻石模型。在他看来,国家的竞争优势正是建立在成功地进行了技术创新的企业的基础之上。从某种意义上讲,国家只是作为一个公司的外在环境发挥作用,加强或者削弱其竞争力。他提出了评价国家竞争优势的“钻石模型”。集群有利于区域和国家获得竞争优势,体现在三个方面:(1)提升地区为基础的公司的(静态)生产率,包括企业获取专业的资金和雇员、获取信息和知识,实现资源互补,接近公共机构和公共物品,激励和业绩衡量等;(2)推动革新的步伐,增强创新动力;(3)促进新企业的形成,进而扩大集群的边界并增强集群的整体实力。

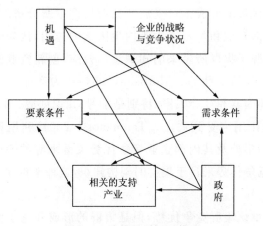

图 3.1　波特的“钻石”模型

全球化时代下,集群、地方经济发展和技术进步三者之间的关系是复杂而微妙的,区域产业要得以长久发展,就必然要参与到国际市场竞争中去。企业参与国际化竞争的程度越高,就越可能接触到新的市场信息与技术信息,从而有效把握市场发展方向并及时调整企业的经营策略。在这方面,单个企业的信息获取能力与产业集群之间的差距是十分明显的,集群不仅为群内企业之间沟通与合作提供了平台和环境,并且在一定程度上将企业边界扩大为集群边界,从而接触到更多的机会和信息。当然,集群在为群内企业带来发展机遇的同时,也可能将企业引入到更为激烈的竞争中去,而在这一竞争中起决定性作用的因素已经逐渐由传统产业的成本因素转变为技术和创新因素。因此,如何能够提升区域产业的创新能力和技术水平,也成为地方政府和学术界普遍关注的重要问题。

Marshall's(1920)认为产业集群的优势主要在于地方信息和知识溢出,地方非贸易投入的支持,以及当地劳动力的技能水平。Martin 和 Ottaviano(1999)在研究集群对区域经济增长作用时发现,虽然产业内的技术外溢会影响到该生产领域(Henderson et al.,1995)技术水平的改变,但事实上,不同产业间的技术外溢与共享要比产业内的技术外溢更为重要,对区域经济整体水平的提升和竞争力的增强发挥着更为有效的推动作用。此外,有学者认为产业集群的竞争优势既可以体现在直接经济要素上,如低成本优势、产品差异化优势、区域营销优势和市场议价能力优势,也可以体现在非直接经济要素上,如区域创新系统,从创新系统角度出发对集群竞争优势的研究,主要是强调集群的区域创新能力,并把特定的资源和制度环境作为重要的影响因素加以考察,认为企业之间非经济关系的积累,如信任、惯例和隐形知识,是促进集群创新、培育企业家精神和降低交易成本的关键。

随着知识经济的到来,知识和学习在集群竞争优势获取中的作用日益突出,有学者指出区域竞争优势的形成不仅受波特钻石模型中所分析的外生因素的影响,更重要的是集群内部知识和学习能力等内生因素的作用,认为产业集群能够带来区域创新优势主要源于集群所带来的知识溢出效应,创新资源的可得性,"追赶效应"和"拉拔效应"以及植根性等。Morosini(2004)认为产业集群竞争优势的来源包括外部因素、内部因素和社会因素,特别是学习、知识创造、知识分享等因素在创造集群竞争优势上作用应受到关注。Tanmanotal(2004)利用集群理论和战略理论,构建了一个作为集群及其内部企业竞争优势关键来源的知识存量和知识流量模型,认为集群的竞争优势来自于集群的架构知识,这种架构知识造成了知识流动的非对称性。

尽管学术界都承认集群竞争优势,但是集群的形成和竞争优势的来源的解释还是争论不断。早期的分析主要集中在外部经济性、集聚经济、交易成本以及柔性专业化等方面,普遍偏向于外生因素对集群的影响。随着新产业区的出现,学者们逐步认识到在区域集群中知识的分工和协调机制是决定绩效的关键,开始从交易费用、知识和社会文化等角度对集群发展进行解释,分析了知识流动(如技术溢出,非正式交流,人员的流动)、企业间信任等要素对集群发展的影响作用(Tallman et al.,2004;Morosini,2004)。

Martin 和 sunley 认为,尽管当前集群理论认为社会网络的嵌入性对于集群的功能的完善和结构的升级是非常关键的,但是集群的具体关系构成和集群动态性等仍然是他们研究工作的黑箱,没有将知识、学习以及社会网络分析充分纳入到研究框架中(Martin,Sunley,2003)。

3.1.3　产业集群发展模式及特点分析

基于分析角度的不同,产业集群发展模式的阶段划分也不同。对于传统产业而言,交易成本的降低是集群最突出的竞争优势,也是集群演进的标志性指标;而随着知识经济的到来,知识和创新对经济、社会发展的影响作用越来越大。因此,本节分别从交易成本和知识两个角度,对产业集群的发展模式进行分析。

(1)基于交易成本的集群发展模式

按照集群内企业的性质和企业间交易成本的特点和不同,可将产业集群的发展模式划分为三阶段:单纯的集聚、产业群和社会网络,如表 3.2 所示。

表 3.2　基于交易成本的集群模式划分及特点分析

模式 / 指标	单纯的聚集	产业群	社会网络
企业规模	小企业居多	有部分大企业	可变的
成员间关系特征	不确定的 隔断的 不稳定的频繁贸易	确定的 稳定且频繁的贸易	信任、忠诚 联合游说、合资 非投机的
成员进入	开放的	封闭的	部分开放的
聚集条件	支付租金 必要的选址	内部投资 必要的选址	历史 经验 必要但不充分的选址
集群的空间产出	租金升值	对租金无影响	部分租金资本化
集群的空间范围	城市	地方区域、非城市的	地方区域、非城市的
分析方法	纯聚集模型	区位-生产理论 投入-产出分析	社会网络理论
典型集群	有竞争力的 城市经济集群	钢铁或生产复杂化 工产品的集群	新产业领域的集群

资料来源:Simona Iammarin, Philip McCann, The structure and evolution of industrial clusters: Transactions, technology and knowledge spillovers. Research Policy 35 (2006) 1018-1036.

在单纯的聚集模式下,企业之间的关系是十分不稳定的。企业规模普遍较小,没有哪个企业具有对市场的支配力,因此,所有企业都必须通过及时调整产品的经营方向,维系与客户的良好关系,才能在不确定性较强的市场竞争中得以生存。尤其在特定市场下,区域内企业之间的竞争非常激烈。可以说,在企业之间没有忠诚可言,也没有任何可以维系企业双方长期关系的其他因素,集群整体经济的发展仅仅是依靠一个个孤立的企业,并没有出现集群效应。此时,集群内所有成员的费用只是全部的不动产租金,集群是完全开放的,集群价值的评价指标是不动产租金的增长。这个理想化模型最好的代表就是新经济地理模型中的马歇尔聚集模型,在这里,空间本质上是指城市空间,在城市空间中集群的类型只存在于独立的城市中。

产业群模式,是以集群内企业及其频繁交易的长期稳定性和可预测性为特征的。这种集群类型大多出现在钢铁和化工产业中,并且是 Weber 所探讨的经典模型(Weber,1909)和 Moses 所探讨的新经典区位—生产模型(Moses,1958)的空间集群类型,可综合运用区位—生产理论和投入—产出分析方法进行分析(Isard and Kuenne,1953)。为了成为群内成员,集群内的组成企业各自承担一些重要的长期投资,特别是物资资本和当地的房产。这样,凭借高昂的进入壁垒和退出成本,集群对企业形成了严格的限制。此类产业出现空间集聚的根本原因在于集群内企业的空间临近性,大大降低了企业的运输成本和交易成本,有利于实现企业成本最小化。在这一模式下,租金的升值并不是集群的特征,因为土地已被企业所购买。产业群的范围是区域(地方)的,但并没有限定在某一个城市内,集群的范围主要依靠运输成本来界定,也可能延伸越过次国家地区层面。

社会网络模式下的产业集群是较为高级的集群发展阶段,嵌入与社会网络中的集群,有更好的沟通平台和更高的沟通效率,从而加速了知识在集群中的传播并加快了集群和企业创新能力的提升速度。社会网络模式是对 Williamson(1975)科层制模型的延伸,强调集群内组织之间沟通和建立相互信任关系的重要性。组织间的信任关系可以由组织之间的沟通情况反映出来,如联合游说、合资、信息联盟及贸易关系间的互惠安排等。良好的信任关系有利于降低企业之间的交易成本,因为在合作中,企业避免了对投机行为的防范成本。企业间因合作而建立的关系可能会因合作的间断或合作对象的改变而不断重构,这一点在很大程度依靠决策经验的共享。社会网络模式,本质上是一个空间,但从地理角度上讲,社会网络强调的是集群的空间临近有助于群内企业培养出信任关系,进而增强对地区发展环境的信心,积极承担风险并开展合作。

事实上,所有产业集群都具有以上一个或多个理想模式的特征,但只有其中一种模式会在集群中占主导地位。

（2）基于知识的集群发展模式

通过对产业区或区域集群的模型的研究，学者们发现企业群体结合是通过地理的协同定位和复杂的社会关联共同作用而产生的，这个群体内部的非正式交流实现了技术知识的有效共享。如果只注重外生力量的分析，研究中一个核心的假设就是集群中的所有企业行为都是相似的，这种假设对于经济地理学研究和企业战略研究都会造成约束，所以对于集群的分析必须从其发展的内生机理来分析竞争优势的来源、维持以及消散，应该将集群内企业主动学习机理及知识流转作为主要的分析对象，对于集群和构成集群的企业，长期的竞争优势必须基于企业为主体的组织学习、所有企业共同拥有的知识存量扩张和限制这些知识扩散的机制上（Tallman et al.，2004）。加之 20 世纪 90 年代以来，知识经济的兴起，知识资产已经成为组织中最重要的资源和可持续竞争优势的源泉，区域内企业间知识和学习的重要性已经成为最为关注的要点。

Morosini（2004）通过大量的文献检索和挖掘，总结出了基于知识理的产业集群划分方法，给出了划分集群发展模式的关键结构和要素，如表 3.3 所示。

表 3.3　基于知识的产业集群划分及关键要素分析

关键结构/要素	主要文献来源
I. 制度结构	
社会群体 · 价值观和观点的同源系统 · 价值观和观点系统鼓励主动性和技术变革 · 制度体系在集群内传播了价值体	Amin and Thrift（1992），Becattini（1990），Gordon and McCann（2000），Ingley（1999），Porter（1998），Pyke et al.（1990），Rabellotti（1995），Saxenian（1994）
经济主体 · 具有专业技能和知识的个体的相对数量 · 地理邻近的企业相对数量 · 经济上相联系的企业相对数量 · 国际化和跨国企业的相对数量 · 中观制度的相对数量 · 中观制度的多样性 · 中观制度的性质	Arni（1999），Brusco（1999），Czamanski and Ablas（1979），Feser and Bergman（2000），Gordon and McCann（2000），Hudson（1998），Meyer-Stamer（1999），Muller-Glodde（1991），Piore and Sabel（1984），Ramos Campos，Nicolau，and Ferraz C_ario（1999）
II. 地理邻近性	
· 内部范围经济优势 · 专业劳动优势 · 企业间知识分享和网络优势 · 企业间技术转移优势 · 共享的市场知识优势 · 产品、技术和管理创新优势	Berardi and Romagnoli（1984），Camagni（1991），Cheshire and Gordon（1995），European Commission（1999），Keeble and Wilkinson（1999），Lazerson（1990），Marshall（1925），Piore and Sabel（1984），Porter（1998），Sabel（1982），Simmie and Sennett（1999），Swann and Prevezer（1996）

关键结构/要素	主要文献来源
III. 经济联系	
· 共同顾客(包括企业和个人) · 共同供应商和服务提供商 · 共同公共设施,如交通、通讯和基础设施 · 共同的劳动力资源,包括高技能专家和专业化劳动力 · 为工人提供的共同教育、培训和训练设施 · 为工人提供的共同教育、培训和训练方法 · 共同的大学、研究中心和专业技术机构	Amin and Thrift (1992), Arthur (1994), Becattini (1990), Becker (2000), Cheshire and Gordon (1995), Cooper and Folta (2000), Feser and Bergman (2000), Gordon (1996), Lazerson (1990)
IV. 共同凝聚力	
领导力 · 是集群的显性领导者 · 集群显性领导者受到集群内所有经济主体的认同 · 显性领导者的职能包括: 　——知识分享协调 　——引导、培训集群企业的未来领导者 　——争议仲裁 　——愿景和驱动变革	Buck, Crookston, Gordon, and Hall (1997), Evans (1993), Leonard and Swap (2000), Meyer-Stamer (1999), Rabellotti (1999), Rosenberg (2002)
构成模块(Building blocks) · 跨边界的强社会文化关系 · 集群经济主体中共同的行为编码 · 集群经济主体之间的信任程度 · 集群经济主体之间相互合作态度 · 共同的语言 · 共同的产业文化 · 共同的产业氛围 · 共同的人力资本发展方式 · 共同的商业理解和倾向 · 共同的竞争方式和途径	BRITE (2001), Dominguez-Villalobos and Grossman (1992), Humphrey and Schmitz (1998), Leon (1998), Leyshon and Thrift (1994), Lorenz (1996), Meyer-Stamer (1999), Morris and Lowder (1992), Piore (1990), Rabellotti (1995), Simmie and Sennett (1999), Zhang (2001)
沟通仪式 · 通常/定期的沟通活动 · 通常/定期的沟通互动 · 一定的沟通方法	Pyke et al. (1990), Porter (1998), Schmitz and Nadvi (1994);Amin and Thrift (1992), Granovetter (1973), Magplane (2001)
知识互动 · 来自集群企业的波士顿矩阵中标杆任务的压力 研究中心、技术机构、大学的作用包括: 　——集群企业员工的管理知识培训 　——集群企业间的相互合作动机 　——集群企业间技术转移 　——集群企业间联合 R&D 动机 　——集群企业间联合制造的动机 　——集群企业间联合产品设计的动机 　——集群企业间联合销售和营销的动机	Group (1998), Saxenian (1994) Bagchi-Sen (2001), Brusco (1999), Christensen (1997), Keeble, Lawson, Moore, and Wilkinson (1999), Leon (1998), Lorenz (1996), Pedersen, Sverrisson, and van Dijk (1994), Porter (1998), Saxenian and Hsu (2001), Schmitz (2000)

续表 3.3

关键结构/要素	主要文献来源
"中间层次"机构的作用包括： ——促进集群中协作机制的形成 ——管理集群中协作机制的运行	Amin and Thrift（1995），European Commission（2002），Keeble et al.（1999），Sanch_ez，del Castillo，Lacave，and Terras（2000）
员工流转 · 集群本地区域本部门就业程度 · 集群内企业间流动性程度 · 由集群内员工创建或新成立的企业数量	Athreye（2001），Becker（2000），Baptista and Swann（1998），Bortagaray and Tiffin（2000），Brusco（1999），Keeble et al.（1999），Leonard and Swap（2000），Lorenz（1996），Paija（2001）

　　资料来源：PIERO MOROSINI. Industrial Clusters，Knowledge Integration and Performance. World Development Vol. 32，No. 2，pp. 305－326，2004.

　　从 Morosini 的分析中我们可以看出，一方面知识理论与集群研究融合的趋势越来越明显，所涉及的专题已经得到深入的分析，另一方面各种新的研究成果实际上是多个学科知识的综合，尤其是组织学习、知识理论和社会网络理论已经逐步进入了集群研究的主流。Maskell(2001)与 Morosini(2004)研究思路比较接近，提出了集群知识观理论的雏形，他联系现存集群经济效率和知识产生的优势，在一个封闭的地理区域内，多样的水平竞争的公司整合在高效的垂直网络中运营。这个网络一旦建立起来，位于知识创造前沿的集群吸引新的进入者，进而提升集群和扩大它的知识基础(Masken，2001)，他认为，产业集群的描述应该是多个维度的，包括经济联系，制度条件以及社会因素等。

3.1.4　知识集成、竞争范围与集群绩效之间的关系

　　现有实证研究表明，知识集成与竞争范围是集群发展的协同演变因素，对于解释产业集群的经济绩效非常重要。众多实证研究结果表明，成员企业之间的知识集成度越高，成员企业的全球竞争范围越广，产业集群的经济绩效越高。具体而言，在那些集成程度不高的产业集群中，企业往往只关注本土市场，因而激烈的竞争往往发生于本土市场中；而在高集成度的产业集群中，企业之间的知识集成度、创新能力和国际化程度普遍较高，企业拥有较强的成长能力，对外部环境变化的适应能力较强，因而企业普遍呈现出持续稳定的绩效增长态势（Meyer-Stamer，1998；Porter，1998；Pyke et al. ，1990；Rabellotti，1995；Schmitz，2000；Simmie & Sennett，1999）。

　　基于外部因素、内部因素和社会因素三个维度，Morosinit 总结了用于界定产业集群中企业竞争范围的关键性指标，详见表 3.4。

表 3.4 产业集群的竞争范围度量的关键指标

根据如下指标评估产业集群内企业竞争的驱动力是来自本土化还是全球化	
关键要素	主要文献来源
外部因素 ·主要客户 ·主要产品和服务市场 ·主要的人口流动趋势 ·主要的法律和监管框架	Brusco（1999），Feloy，Gordon，Lloyd，and Roe（1997），Lazerson（1990），Mishan（1971），Sanch_ez et al.（2000），Schmitz（1995）
内部因素 ·关键资源（如：人力资本，金融资本等） ·关键流程（如：创新流程，产品开发，供应链管理等） ·关键技术和能力（如：关键技术，创新速度等）	Porter（1998），Simmie and Sennett（1999），Rabellotti（1995），Puri and Hellmann（2000），Saxenian（1994）
社会因素 ·学习（如：关于客户、产品、技术、管理方法等的学习） ·知识创造 ·知识共享 ·文化行为和规范	Brusco（1999），Keeble et al.（1999），Leonard and Swap（2000），Rabellotti（1995）Sanch_ez et al.（2000）

Morosinit 通过对 Brazil、Brazil's Amazon State 和 northern Italy 地区的产业集群相关主体（企业家、协会代表）的实地调研和访谈，从知识对集群发展的影响作用出发，基于知识集成度、竞争范围和经济绩效三个维度，描绘了产业集群的演变模式如图 3.2 所示。

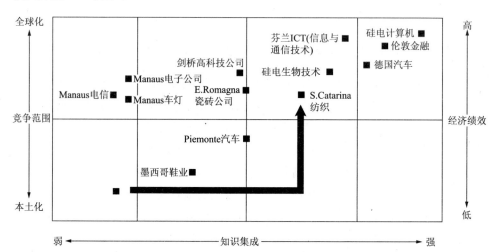

图 3.2 产业集群的知识集成、竞争范围和经济绩效之间的关系

在图 3.2 中，不同产业产业集群基于产业本身发展特性的不同，在图中所处的位置也不同，由各个产业集群的位置分布（从左到右，从下到上）可以直观地看到过去 20 年间产业集群发展的普遍模式和演进趋势，即从劳动密集型向技术/知识密集型演进、从传统的制造业向高新技术产业发展。从如上集群的发展模式我们可以看出集群发展的一些特征,这些特征中有一些是与产业运营过程中涉及的部门内部竞争因素有关,还有一些是与产业集群的组织机构、地理临近性、经济联系和共同凝聚力有关,一方面能够解释集群的发展过程,另一方面也对集群发展起着决定性作用。由此可见,知识集成与集群市场竞争范围和集群经济绩效之间有着密切的关系。

3.3　集群中知识溢出的过程分析

要分析产业集群中知识溢出的过程,首先要明确知识溢出的两个相关行为主体,即知识溢出的供给者和知识溢出的接受者,其中供给者是指提供知识的企业或组织,也称溢出源。获取外部知识的企业或组织则是溢出的接受者。产业集群内的知识溢出过程具体表现为,从溢出源的知识外溢,到溢出接受方企业对溢出知识的技术学习,再到提升企业知识存量和产生新知识的过程。由于知识的累积性,知识溢出的动态过程使集群中知识存量不断增加,形成持续的竞争优势。所以知识溢出是一个动态的过程,它所带来的结果是溢出效应。

3.3.1　知识从提供方外溢的过程

从知识溢出的流程上看,知识溢出的起始阶段就是从知识源开始的,知识源(或称创新源)是整个溢出的逻辑基础和诱因,是整个集群发生溢出和知识接受方获得知识的基础和前提。Audretseh 和 Feldman(1996)、Glaeser(1992)等人的研究验证了不同产业和技术领域内的知识溢出的相对独立性,可以归纳为,不同产业和技术领域内溢出效应对企业创新影响程度不同;不同产业和技术领域间的知识溢出较之其内部的知识溢出要少。从知识溢出的势能差的原理上来讲,溢出源基本处在势能场的高势能阶段。

3.3.2　接受方对溢出知识的学习过程

作为整个知识溢出过程的第二阶段,学习过程变得尤为重要。而在这个过程中,溢出通道或者流程的畅通性和适用性是决定整个溢出过程成功与否和效果的重要参数。通常认为用于描述这个过程的参数可以用包括地理空间、知识的异质性、集群创新氛围和集群的社会经济制度等因素来进行描述和表示。

此外,在知识受让方的知识获得实际效果方面,最重要的因素就是受让企业或企业群的吸收能力。关于企业群对知识溢出(知识源)的获取能力涉及集群内企业的微观层次。本书专门有部分章节涉及企业的吸收能力问题。

3.3.3 社会网络环境下的集群中知识转移和共享

产业集群嵌入在社会网络之中,社会网络按照连接方式可以分为正式和非正式网络。通过正式的经济关系联结起来的网络称之为正式网络,而非正式网络主要是依靠人际关系联系起来的关系网络。

社会网络关系有助于共同社会文化和经济价值体系的形成,这一点与产业集群整体的经济实力和集群内企业的创新能力之间都有着密切的联系。有实证研究表明,在拥有一致性价值体系的集群内,有创新能力的企业数量更多[98]。从知识流动特点上看,正式网络中以显性知识的流动为主。显性知识通常指用书面文字、图表和数字表述的知识,其可编码性较强,能够以数据库或文档的形式储存在"组织知识库"中,支持知识的获取、消化、吸收、创新、溢出和扩散,通过"组织知识库"可以方便地实现显性知识在组织之间的传播。图3.3描绘了知识在产业集群社会网络中的转移、共享过程。

由于非正式网络环境一般比较宽松和自由,因而能够营造出较好的隐性知识传播环境。隐性知识通过非正式网络在组织之间的转移和共享过程如下:①通过"企业知识内部化",完成个人对于知识的积累(即知识的内化);②通过"人员流动(如跳槽)、无形学院(invisible college,意指非正式的学术交流)、朋友聚会"等非正式交流完成个人之间的知识转移和共享;③通过"知识编码化"完成个人知识向企

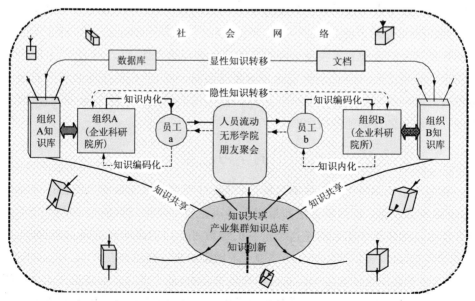

图3.3 知识在产业集群社会网络中的转移与共享

业知识的转化(即知识的外化),存储进"组织知识库"中,完成隐性知识在组织之间的转移。

非正式网络的关系互动,通常在日常生活中不知不觉就已发生,无需作大量复杂的准备,因而其互动频率要远高于正式网络。例如,在硅谷的酒吧里,经常有工程师聚在一起讨论工作中遇到的各种各样的技术问题。在这一过程中,传递知识的主体往往是个人,而不是企业或其他组织机构,他们可能来自不同的企业和组织,不同的知识源使他们所拥有的知识具有更大的异质性,知识的碰撞和整合效应更为显著,更容易激发出新想法和新构思。非正式网络不仅加速了知识的转移与共享,也为创新活动提供了更多的机会和可能,对产业集群整体知识水平与创新能力的提升都有着重要的影响作用。

在产业集群中,基于知识资源在企业/组织之间分布的不均衡性,即企业之间在知识和技术水平上的差异,通过社会网络生成的各种信息流通渠道,各"组织知识库"的部分知识资源会以知识溢出、技术转让等方式,沿着网络关系连线流入"产业集群知识总库"中,进行知识的共享、碰撞和创新;随后,创新成果再沿着网络关系连线从"产业集群知识总库"重新流入到各"组织知识库"中,在组织内部实现创新成果的应用与再次创新,完成一轮知识的创新及扩散过程,周而复始,不断增加产业集群内部的创新资源。具体而言,创新资源在产业集群中的生成途径主要有两个:

纵向上,基于产业链或价值链上下游企业之间的合作性互动关系,企业能够在市场需求和技术进步的共同推动下实现技术创新。需求方面,时时掌握最新市场需求信息的终端销售商,通过定制新产品或者直接参与产品设计,可以对生产商施加高标准的压力,激励其进行流程和产品的改良与创新;技术方面,享有"网络边界管理员"之称的供应商们,通过为企业直接提供新型的设备和物料,或者直接参与下游企业的研发活动,能够推动企业的产品创新与工艺创新。

横向上,基于合作性和竞争性互动关系,企业之间既可以通过合作实现新技术的突破与创新,又能够在激烈的竞争中加快创新的步伐。在发达的社会网络中,任何企业新技术或新专利的应用,都能够通过复杂的网络连线传达到相关企业中,进而激发企业模仿、跟进和持续创新的热情,相互之间你追我赶,共同传递着技术的前沿信息。就像马歇尔所说的"秘诀飘荡在空中"一样,企业为了保持竞争优势,不得不持续快速地进行创新。在这一过程中,逐渐在产业集群中织起一张纵横交织的高密度信息网,进一步拓宽了知识在组织之间的传播通道,推动新知识和创新成果的不断涌现。

可见,在社会网络环境下,知识在各组织之间的流动和扩散的速度明显加快,知识的共享程度更高、学习成本更小,随着社会网络的发展,产业集群整体创新资源的动态存量也在不断增多。

3.4 集群中知识溢出的动力因素分析

知识溢出过程中,企业是主体,集群内企业间知识溢出的动力主要来源于两个方面:一是主动溢出,即知识的溢出是建立在集群内企业之间合作关系的基础之上,双方在合作的沟通交流过程中,发生显性知识和隐性知识的溢出、转移和共享;二是被动溢出,即通过产品、语言及文字等方式的知识溢出,这是由于产业集群的空间聚集性,使得信息(包括新产品、新技术及新需求等)在集群中的传播变得非常容易。集群中知识溢出的动力受到集群企业间的认知距离、技术距离、空间距离、企业的吸收能力以及市场政策等多方面因素的影响。

3.4.1 认知距离与知识溢出

认知(cognitive)是一个心理学术语,指个体或群体对他人或自我的心理行为的感知和判断,是个体或群体对来自他人、自己以及周围环境的社会信息进行加工的复杂过程。实证研究表明,企业之间的认知距离越小,彼此之间的知识沟通障碍也越小。Nooteboom(2000)通过对认知距离与知识溢出之间关系的研究发现,在认知程度上比较相近的企业,彼此间往往有着较高的理解度和认同度。Santangelo(2002)在研究欧洲电子工业时发现,企业彼此之间的知识平台越相似,彼此吸收对方知识的能力就越快。

Cantwell(2002)探究了认知距离在产业集群中的重要作用,指出在核心领域内,企业间重叠性的知识是集群成长的关键因素。一方面,企业间单纯的竞争关系不能实现彼此的知识互补和提升;另一方面,只要两个企业知识库并不完全一直,即没有全部重叠,就意味着存在集体学习的条件和需求,通过企业间学习,企业可以通过内、外知识传导路径获取到所需要的关键知识或技能,从而实现知识的互补性。

Nooteboom(2000)认为企业间的合作过程就是知识的溢出过程,并构建了知识溢出 S 与理解程度 C 和新知识 N 之间的函数如下:

$$C=-|\alpha|d+\beta, \quad N=-|\alpha'|d+\beta', \quad S=-|\alpha''|d^2\beta'd+\gamma$$

其中,α、β、γ 是非零常数。知识溢出 S、知识理解程度 C、新知识 N 和认知距离 d 之间的关系函数曲线如图 3.4 所示。

从上图可以看出,随着知识距离 d 的增大,新知识量 N 也增大,理解程度 C 却

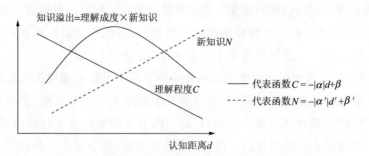

图 3.4　知识溢出、理解程度、新知识和认知距离之间的关系

减少,即较小的认知距离可以带来企业彼此之间较高的理解程度,较大的认知距离会产生更多的新知识。因此,知识溢出与认知距离之间的关系并非简单的线性关系,而是存在一个阈值,只有将认知距离控制在一定的合理范围内,才能对知识溢出起到正向的促进作用。

企业吸收另一个企业的知识溢出需要建立在相近的认识、理解方式和评价标准基础之上,相互之间要能够理解彼此的行为和表达方式,基于共同的背景才能进行有效的知识沟通。了解认知距离的大小有利于确保企业的联系限于认知框架内进行交流沟通和吸收新知识。如果企业之间的认知距离为零,那么自然情况下不会发生知识溢出,这是因为共同的认知和竞争会产生知识库的大部分甚至完全重叠,此时不存在合作的领域,尽管企业间的理解力较高,但是能够产生相互作用的新知识的概率却很低;如果两个企业之间知识的认知距离无穷大,则表明两企业进行有效沟通的渠道和方式几乎是封闭的,企业之间的知识库完全不重叠,企业缺乏共同的经验和知识基础,而这种基础是实现知识沟通的前提条件,因而也就无法实现企业间的知识溢出、知识转移和知识共享。

由此可见,恰当的认知距离可以提高学习效率,实现企业间的有效合作和知识沟通,进而促进企业自身和集群整体知识水平与创新能力的提升。

3.4.2　吸收能力与知识溢出

企业的知识吸收能力决定了企业内外部知识转移的效率和效果,是创新能力的关键因素(Lane,Lubatkin,1998)。Cohen 和 Levinthal(1990)将知识吸收能力定义为"企业识别外部新知识的价值,通过企业知识整合和应用取得商业成果的能力"。从定义中可以看出,Cohen 和 Levinthal 将企业对知识的吸收过程看做是企业的基本学习过程,这一过程对企业创新能力的培养至关重要,知识吸收能力的发展建立在一定的学习投资基础之上,具有累积性和路径依赖性,受知识分享机制和内部沟通机制的影响。

　　Mowery 和 Oxley(1995)定义知识吸收能力为企业拥有一系列能力的总和,这些能力能够帮助企业处理并转移知识中的默会知识(隐性知识),能够通过适度的调节作用,使外界输入的知识服务于本企业的特定情况。

　　Kim(1997)认为知识吸收能力包括企业的学习知识能力和解决问题的能力两种能力,二者之间虽然有所不同,但存在相互关联的关系。一方面,学习知识的能力是指企业理解、整合外部知识的能力,这一能力有助于企业进行模仿创新活动;另一方面,解决问题的能力可以帮助企业创造新知识,从事自主创新活动。

　　龚毅和谢恩(2005)认为知识是由信息组成的,因而知识转移是一个实现主体间信息传递的"沟通过程",即知识由一方转移至另一方,涉及知识提供者与知识接收者两个主体。而知识吸收能力的研究则侧重于知识接受方一个主体。知识吸收就是指知识提供者的知识成功地转移到了知识接受者那里,知识转移能力加强,从知识接受者角度来说,就是知识吸收能力的加强[99]。

　　徐二明和陈茵(2009)将知识吸收能力定义为一个能够提高企业绩效和创新能力的综合能力体系,这一体系中包括企业获取、整合、转化和应用知识的能力,并指出这四种能力之间是既相对独立又相互补充的关系,知识的转化和发展是一个循环往复、不断上升的过程[100]。

　　从以上关于知识吸收能力的定义可以看出,集群内知识溢出的真正诱因或动机来源于溢出的知识可以被其他企业有效地吸收。正如经济学所研究的:没有需求就没有供给一样,正是这种对溢出知识的较好吸纳能力诱发和推动了集群内的知识溢出。所谓吸收知识指的是将新知识纳入企业知识库之中,并能加以有效的利用。而企业的吸收能力又被许多因素所制约,如学习强度、学习机制以及研究开发等等。这些因素构成了吸收能力的诱因,同时也间接构成了知识溢出的诱因。

3.4.3　技术差距与知识溢出

　　技术差距是知识流动的根本动力。在集群内部,由企业之间技术差距的存在,而造成集群中知识资源分布的不均衡,进而形成了知识密度梯度,引发了知识从高密度企业向低密度企业的流动,即知识的溢出和转移;集群与外部之间的技术差距,是集群与外界环境之间(外部企业、市场)进行知识交流的原始动力。某个企业的技术水平越低,该企业在(集群)知识溢出中的收获越大,这是因为知识提供方与吸收方之间的技术差距越大,吸收方的追赶和学习空间越大,因此知识/技能水平提高的也就越快。

　　实证研究表明,技术差距是影响 FDI 技术溢出效应的重要因素,并且这种影响是非线性的。一部分学者通过实证研究发现,企业之间的技术差距越大,企业的学习和提升空间也越大,因而从 FDI 溢出中获益就越多(Findlay,1978;Sjoholm,1999);然而另一部分学者通过实证研究却得出了相反的结论,即内外资企业的技术差距越小,溢出效应越显著(Haddad 和 Harrson,1993;Kokko,1996;Iau 和 Parker,2001)。Kokko(1994)采用连乘变量法分析技术差距对内资企业劳动生产率的影响,研究结果表明,当内外资技术差距较大时,相应的连乘变量与被解释变量之间呈负相关关系,即技术差距太大会阻碍溢出效应的产生。这一部分学者认为,内资企业在技术差距小的情况下才有能力进行学习和追赶,而过大的技术差距会导致内资企业的学习能力不足,无法吸收溢出的知识。综合考虑以上两类学者的研究结论,Sjoholm(1999)认为技术差距与溢出效应之间可能存在非线性关系,当技术差距处于一定的范围内,知识溢出效应才能发生,并且溢出效应存在最大值。Flores(2000)也认为只有当技术差距在一定的范围内时才有利于溢出效应的产生,技术差距太大或太小都不利于当地企业获取技术溢出效应。图 3.5 为溢出效应与技术距离之间的关系曲线示意图。

从图中可以看出,在 $0 < \triangle T < \triangle T_m$ 阶段,溢出效应的大小随着技术差距的增加而增加;在 $\triangle T_m < \triangle T < \triangle T_1$ 阶段,随着技术差距的增大,溢出效应反而减少,这是过大的技术差距反而会成为企业间知识溢出及转移的障碍,此时,技术差距对知识溢出的正向作用力,已经小于由技术差距而引起的反向作用力,因而溢出效应将与技术差距呈负相关关系。当 $\triangle T \geqslant \triangle T_1$ 阶段,意味着当地企业现有的知识或技术水平/能力基础难以支撑其对外部先进技术的吸收,此时,知识溢出效应为零,企业之间不能发生知识溢出效应。这一临界值 $\triangle T_1$ 被学者们称之为发展门槛(Borenztein,1998;Blomstrom,1994),只有当知识吸收方通过学习和发展,拥有了足够的技术和知识基础才能够跨过发展门槛,享受到 FDI 技术溢出带来的益处。因此,后发地区通过引进、吸收先进技术而实现技术赶超的关键,就是要有一定的

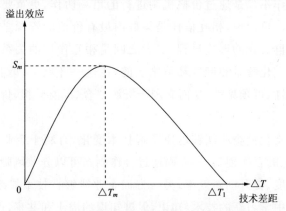

图 3.5　溢出效应与技术距离之间的关系曲线

技术基础,即在现有技术差距下,后发地区只有拥有一定的学习能力和吸收能力才能进行有效的技术学习并实现技术赶超。

技术的进步来源于企业对既往知识存量的获得,而技术进步的重要途径就是通过集群内部的企业间知识溢出。通过获得溢出知识,落后企业通过模仿和技术消化有效地弥补了技术上与先进企业的差距,促进了整个集群的技术水平提高。

3.4.4 集群文化与知识溢出

集群文化是一种具有共性性质的整合文化,是集群实现持续成长的核心动力。牟绍波和王成璋(2008)将集群文化定义为集群各行为主体在长期互动成长过程中形成的独特的价值理念、行为模式和管理制度,体现了集群企业及其员工的价值观念、竞争理念、行为规范[101]。还有学者将集群文化定义为"在一定的社会历史条件下,集群在长期的物质生产过程中形成的具有本集群特色的文化观念、文化形式、行为模式、管理制度与员工心态,体现了集群企业及其成员的认知模式、价值观念、经营哲学、竞争理念、行为规范、道德准则、共同信念以及由此表现出来的企业共同风范和精神"[102]。

本文定义集群文化如下:集群文化是指在一定的社会文化与经济发展背景下,集群中企业基于固有的经济、社会网络关系,在长期的合作、竞争、发展中逐渐形成的一种共同的价值理念,这种价值理念被集群全体成员所信奉和遵循,包括对市场竞争的共同判断、经营哲学、道德准则、管理制度和社会责任等。

集群文化是集群形成和要素整合的"凝结剂",在促进集群内企业间的交流、合作、知识转移以及知识共享等方面有着重要的影响作用。产业集群的核心竞争优势是集群效应,集群效应是由企业间的协同合作而产生"1+1>2"的效果,这种产业集群内部的协作不仅是通过价格机制进行的市场协作,更重要的是基于集群内信任机制的协作。可以说,相互信任是集群内最有价值的资源之一。信任机制的作用过程也是集群文化的形成过程,二者之间是相互作用的关系。信任是建立在企业间共同社会文化背景和制度环境之上的,在这一环境下,集群内企业、组织间的行为具有可靠性、可预见性,从而有利于资源整合、风险共担、价值增值以及协调能力提升等。

集群的协作文化使企业能够迅速了解技术变化,有利于企业对技术方向的把握,促进相关企业的合作创新,一方面通过合作创新可以分散风险、较少创新障碍,从而加快创新速度、提升创新效率;另一方面企业能够在技术战略联盟、虚拟企业等合作创新过程中学习新的技术、知识,促进知识的溢出和共享,产生溢出效应,并从人力资源和技术等方面的资源互补中获得协同效应,进而提升集群整体的产出效率和创新能力。

产业集群内企业间知识和技术的扩散要明显快于集群外企业。从单个企业的层次来看,其学习绩效依赖于企业自身的学习能力和吸收能力(包括知识的识别能力、获取能力、内化能力和运用能力等);而集群内企业间相似的产业文化、行为方式和技术标准,在一定程度上增加了企业的学习能力和技术/知识的吸收能力,再加上集群内这种特殊的学习文化,集群内多边学习和技术扩散的效率得到了大大提高。

此外,集群文化所营造的良好发展环境,既有利于促进集群内部企业之间的知识流动,产生知识溢出效应,又能够增强集群对周边区域各种要素资源的吸引力,加速集群与外界之间的信息、资源与能量的流通,而这种资源要素流通过程就是资源的整合与有效运作的过程,也就是集群与群内企业共同发展的过程。

3.4.5 政策环境与知识溢出

产业集群的政策环境对知识溢出的影响作用表现为对内和对外两个方面。对于产业集群内部,地方政府通过制定相应的政策法规,不断完善集群内企业之间的沟通平台和知识共享平台,能够促进群内企业之间的协同合作与竞争合作,鼓励企业间的合作创新与联合攻关,从而提升集群整体的创新效率和创新能力,并在合作过程中实现群内企业间的知识流动,增强溢出效应的积极影响;对于集群外部,政府可以通过一定的优惠政策,以增强集群对外部知识或资本资源的吸引力,促进外部优势资源的流入,同时也可以通过一些政策性引导来鼓励中介、行业协会等机构积极开展一些对外的技术交流活动,以促进群内企业与群外企业之间的沟通,并提升集群的知名度和影响力。

此外,集群内企业作为区域内的一个主体,除了集聚共生效应使得企业在某一地理区域集中外,他本身也是市场的一个主体和政策的控制单元。集群作为一种特殊的企业地理集中形式,也是要受到所在区域的市场规律限制和约束的。市场机制或价格机制在集群的知识溢出中扮演着重要的角色。一个好的市场机制有效地刺激了技术领先企业的创新,同时通过市场机制使得创新企业用来源于新产品的垄断利润弥补了由于知识溢出所导致的创新的外部性,使得创新得以延续,溢出得以完成。政策机制为知识溢出提供了良好的制度环境和保证,是知识溢出长期化的必然趋势。

第4章　企业学习机理研究

一只山猪在大树根部,分外勤奋地磨獠牙。狐狸看到了,好奇地问它,既没有猎人来追赶,也没有任何危险,为什么要这般用心地磨牙? 山猪答道:"你想想看,一旦危险来临,就没时间磨牙了。现在磨牙,等到要用的时候就不会慌张了。"[103] 同样,对一个企业来说,学习是关系到企业生死存亡的重要因素。

当今,是一个"融智"比"融资"更重要的时代,企业唯有不断地学习、有效地学习、坚持不懈地学习才能生存,才能谈及发展。据 1983 年壳牌石油公司的一项调查发现,1970 年列入美国《财富》杂志"世界 500 强企业"排行榜的公司,在 80 年代初有 1/3 销声匿迹。在我国,因不能适应市场变化而失败的企业案例更是不胜枚举。剖析中外企业的失败案例,一个最关键的原因就是,在当今这个快速发展的世界经济背景下,企业如果不能通过有效的学习,及时调整自身的发展战略、组织结构和经营方式,以适应外部变化,那么等待他们的就只有被迅速淘汰出局的悲惨命运。企业学习已经成为关系到企业生存和持续发展的必要条件。

本质上,学习能力是一种开发资源的能力,通过学习所开发的资源是一类特殊的、重要的可再生资源——知识资源。知识资源已经成为小至个人、大到国家获得核心竞争力的不可或缺的资源,而学习就是掌握这种可持续竞争资源的唯一途径。对于企业而言,知识就是企业竞争力之基,学习就是企业发展之道。在以创新为主的竞争中,市场竞争的实质就是知识的竞争,是企业学习速度和学习能力的较量。在这一背景下,有关企业学习、组织学习、心智模式以及团体学习等方面研究引起了学术界和社会各界的广泛关注,各类书籍不断问世,国际管理界推出了创造学习型企业的战略举措。大量实践证明,企业通过开展自我超越、心智模式及团体学习等提高学习的训练,都能在原有基础上取得显著进步。通过企业学习的训练,一方面有助于提高企业员工的自我学习意识,在企业内部形成良好的学习氛围,在科学的学习机制的推动下,能够加快企业对新知识、新信息的消化和吸收,同时提高企业的学习和创新能力。

产业集群作为一种重要而典型的经济现象,对集群中的企业学习有着不可忽视的影响作用,而知识溢出又是产业集群的典型特征之一,深入研究在这种复杂而又特殊的环境下企业应如何学习的问题就愈显迫切而重要。本章在对知识溢出的内涵及特征进行分析的基础上,结合产业集群中企业学习的特征,展开对集群中企业学习机理的深入分析。具体先揭示企业学习能力的成因,得出企业学习能力的组成及相应的影响因素;然后,在此基础上分析企业学习与企业成长之间的耦合关系;再次,对企业学习中的典型方式——"干中学"过程进行深入的研究;最后,结合集群企业的特征,挖掘集群中企业学习的优势所在。

4.1 文献回顾

回顾组织学习理论、知识管理理论和企业学习能力理论的发展进程,可以发现,尽管各个学术流派的研究角度和核心立论都不尽相同,但在基本分析框架和理论命题上却已达成了不少共识,这些都成为本书研究的重要基础。针对本书的研究对象和主体内容,将分别对企业学习、组织学习和企业学习能力的含义、企业学习与组织学习之间的关系进行相关理论和研究的综述。

4.1.1 企业学习和组织学习的含义

企业学习作为企业获取外部信息,不断提高认知能力和行为能力,并最终获取竞争优势和可持续发展能力的重要手段,已经得到众多学者的认同与重视,"学习型组织"一时间成为最热门的词汇,而如何构建"学习型组织"以及企业应该如何学习、企业员工应该如何学习已成为理论界和企业界关注的焦点。

有关企业学习的研究可以追溯到 1989 年,Amsden 在其著作《亚洲的下一个巨人:韩国和后工业化》中从宏观的角度研究韩国工业化过程中国家和大企业的相互作用,并且探讨了三个产业的学习过程,在学术界首次鲜明地提出了"学习是一个工业化的新模式",这也是这本书在技术学习研究领域中最重要的理论贡献[73]。Amsden 的主要理论观点和结论是学习是一种工业化的新模式;后发国家技术学习的来源中,初始阶段技术引进占有重要的地位;学习者在国际市场上的竞争,是以低工资、政府援助及其对现有产品的质量和生产率的增量提高为基础的;工业化的模式决定了企业在竞争中的战略重点;后发国家的经济技术追赶过程呈现为一定的阶段性;政府不但可以影响产业界的学习动力,而且还在相当大的程度上决定了产业界学习和整个国家工业化进程的速率。

傅家骥、姜彦福和雷家骕(1992)在其关于大中型企业技术创新的数理分析中,用了较多的篇幅探讨了创新的效用函数与学习机制,这是在国内研究中较早研究创新与学习问题的文献。关于基于创新学习的国内其他研究有,王伟强、吴晓波和许庆瑞(1993)指出了"国内研究与开发是企业创新学习的另一重要形式",企业的研究和开发活动在创造新技术知识的同时,也极大地提高了企业的学习能力[104]。司春林(1995)研究了技术引进与企业学习的关系[105]。施培公(1997)在定义模仿创新的概念时指出模仿过程就是企业的学习过程[106]。

表 4.1　企业学习/组织学习的含义汇总

企业学习/组织学习的含义	文献来源
企业学习是从企业外部知识环境搜索和获取对企业有用的技术知识、进行消化吸收,将其纳入自己的技术轨道或重建技术轨道,从而增强组织整体技术能力的过程。	赵晓庆. 技术学习的模式. 科研管理 2003,24(3):39—441
组织学习是两个或两个以上个人的有意识协调的活动或力量的系统。	Chester I. Barnard,系统组织理论,1938
组织学习活动包括系统地解决问题、试验、从自己的过去与经验中学习,向他人学习以及促进组织内的知识扩散等五项内容。	Garvin D. A.,五类模型,1993
组织学习是一种由组织制度形成的社会关系中进行学习的社会过程。它是一个包含学习和组织两个概念的隐喻,它俨然是一个能够学习、处理信息、反思经历,拥有大量知识、技能和专长的主体。	西尔维亚·盖拉尔迪和戴维德·尼科利尼,组织学习的社会学基础,2001
组织学习是关于有效地处理、解释、反应组织内部的各种信息,进而改进组织行为的过程。	阿吉瑞斯和舍恩,组织学习:行为透视理论,1978
组织学习是通过其成员拥有的知识和能力来完成的,组织中的每一个成员都发展了自己的心智模式、自己的思维方式即自己的'格局',也是使个人隐秘的心智模式转变为可共享,以及把共享的心智模式转变为可检验、可重构的过程。	芮明杰,组织学习视角:公司核心竞争力与组织学习方式相关性研究,2006
在处理信息的过程中,如果一个组织的潜在行为发生了变化,我们就说这个组织是在学习。	乔治·P·休伯,组织学习——一个建设性过程,1991
经济组织面对变化的环境,协调各种行为主体拥有的环境信息的能力。	F. A. Hayek,The Use of Knowledge of Society. 1945
组织学习是企业相对竞争优势的保持和对企业创新能力的促进,可以被看做是一个企业促进知识创新或知识的获得并使之传播于全组织,体现在产品、服务和体系中的能力。	野中郁次郎和竹内弘高,创造知识的企业(日美企业持续创新的动力),2006
组织学习是一种行为上的改进,这种改进可以产生抽象或具体的积极结果,使得企业面对变化的经济和商业环境时,能够改善和发展新的技术、结构和经营实践。它能推动无形资产的创造,而无形资产正是持久竞争优势的基础。	彼得·圣吉,学习型组织的五项修炼,1990

由于行业的特征,学习对于科技型企业(高技术企业)的重要意义更加显而易见,针对科技型企业的特点进行企业学习的研究也颇为众多,而"技术学习"也因此成为一个专有名词受到学者们的广泛关注。技术学习指的是组织利用内部和外部有利条件,获得新技术的行为(Hobday,1995;谢伟,1999)[107]。Dodgeon(1991)指出技术学习对高技术企业成长有决定性作用,技术学习包括内部学习和外部学习两方面,内部学习的关键在于组织设计,而外部学习的关键在于企业与其他企业及

科研机构之间的联系。

王梓薇(2003)通过电冰箱行业成败企业案例比较研究,探讨跨国创新网络中中国企业的技术学习机制,作者从分析企业技术学习的要素、过程、技术基础与制度环境入手,勾画了企业技术学习的一般结构,考察了在跨国创新网络中弱势企业进行技术学习的特殊性。在此基础上,作者以海尔集团和雪花集团分别作为成功和失败的技术学习案例,对比了两个企业的技术学习过程及其关键特征,分析了其制约技术学习的制度与文化差异,阐明了在跨国创新网络中,企业只有具备明确的战略目标,构建有效的交流网络,具备一定的技术能力,营造相应的制度环境,才能确保个人知识的获取及其向组织知识的转化,也才能确保企业各个学习环节的有效整合,由此实现企业技术学习的目标。最后,提出了在跨国创新网络中建构中国企业技术学习机制所应遵循的若干原则。该文的研究结论在一定程度上增进了有关创新网络和技术学习间关系的认识,在实践上则可望为中国企业技术学习机制的构建提供一定的理论支持[108]。

蔡铂(2003)运用创新系统方法和价值链方法,围绕产业集群的创新机理进行了深入的分析和研究,建立了产业集群创新的理论框架,提出了通过产业集群的技术学习循环机制、专业化互补机制、知识外部性机制和隐性知识的地方性传播而产生创新的观点,并结合武汉光电子产业集群发展的现状、特点和创新特征,对集群的创新过程和存在的问题进行了分析研究,提出了促进武汉光电子产业集群创新的规划框架[109]。

综上分析,虽然关于企业学习的概念目前意见还不一致,但都基本认同企业学习对提高企业竞争优势和可持续发展能力以及促使战略革新是有益的。其实,技术学习并不仅仅存在于科技型企业或高技术企业间,任何行业领域的企业在经营中都存在一定的技术性。

4.1.2 企业学习能力与企业学习过程

企业学习能力,是一个企业在知识经济时代拥有的比自己竞争对手学习得更快的自创未来的能力,是企业以一定的存量知识为基础,通过知识发现、吸收、扩散、共享、利用和创新等知识活动,实现企业知识的动态增长并获得持续竞争优势的能力。企业学习能力影响着企业从技术开发、产品生产、运营管理到营销各个环节的方方面面,代表了企业资源存在、配置与发展的活力,是企业科技与人才的培养开发与优化配置的表征。企业学习能力的强弱直接影响到企业的持续发展和创新能力。事实上,企业学习能力是所有与学习相关的企业所拥有的知识量的总和,企业学习绩效是企业知识总量的外在表征。学习能力的知识本质,是研究学习能力内在构造及其作用机理的基础。

佛睿斯特(1965)在《企业的新设计》一书中首次提出"学习力"一词,并运用系统动力学原理构想出未来企业的思想组织形态——层次扁平化、组织咨询化、系统开放化,逐渐由从属关系转向工作伙伴关系,不断学习、不断重新调整结构关系。他认为学习力是一个人学习态度、学习能力和终身学习的总和,个人学习力是组织学习力的基础,组织学习力可能大于组织内个人学习力的总和,也可能小于这个总和。

连玉明(2003)认为企业学习力的影响要素包括个人学习力、团队学习力、组织结构与组织文化、领导人学习力、领导人对学习的推动,以及能够有效地提升企业学习效率的信息技术等[110]。吴勇军(2004)认为通过学习而获得企业行为变化是企业学习力的本质属性,这种行为变化所指的是企业克服发展阻力的自创未来的发展力,企业学习具有明确的目标方向、作用和追求,是一种"合目的性"的价值追求,是在满足学习需要而又同时满足发展需要的相互联系中体现学习与发展的相互作用的[111]。

企业学习是致力于长远发展的企业以提高企业技术水平和技术创新能力、增强企业抗风险(干扰)能力和企业盈利能力,不断提升企业市场竞争力为目标的企业组织的集体性活动(行为),企业的学习能力是指集群中企业搜索、获取、消化、吸收、整合和利用外部知识的能力,学习能力的强弱由企业的先验知识、企业的 R&D 投入、企业的组织管理因素及动力机制决定。企业学习的关键在于组织学习的整体性、成员学习的主动性以及坚持学习的持久性。企业学习能力受多方面因素影响,包括:企业的学习文化与氛围、企业成员的技术创新能力、企业所处集群的技术溢出现状以及其他企业的影响等等。有学者认为狭义的企业学习能力指企业的实际学习能力,而广义的学习能力既包括企业的实际学习能力,又包括企业的潜在学习能力。

企业的学习能力主要包括企业对于新知识的消化能力与吸收能力两部分,其中消化能力主要取决于企业对于知识的获取能力和消化能力,吸收能力主要取决于企业对于知识的整合能力与利用能力,具体指标及意义参见表 4.2。

表 4.2　企业对新知识的消化能力与吸收能力

消化能力	知识获取能力	企业在准确识别外部知识源的基础上,进一步接近外部知识溢出源,并通过某种方式搜索、评估和获取新知识能力。
	知识消化能力	企业理解和解释所获取的外部新知识的能力,消化的结果与创新不同,它并没有任何商业化成果,只是有可能丰富有关人员的知识领域和提高有关人员的知识水平。

	知识整合能力	知识在企业内的流动扩散，与现有知识进行融合与有效整合。
吸收能力	知识利用能力	企业利用现有知识，有效把握和开发市场机会，创造新知识并产生商业化成果的能力。

Huber(1991)[112]和 Slate(1995)[113]基于企业的学习过程，将学习经历划分为三个阶段：知识获取、信息扩散和信息解释，最终通过组织记忆的方式存储到组织知识库中，并在需要的时候再将知识从知识库中提出来进行再加工。

具体而言，企业学习的内容包括企业在制度上的学习与改进、企业在文化上的学习与完善、企业在技术研发上的学习以及企业在发展中战略上的总结学习四个方面。其中，由于企业制度比较明确，企业在与先进企业的比较学习中较容易发现其现存问题，但在实际的改革实施过程中困难较大，因而，企业制度上学习的重点在于如何顺利推动新制度的实施；由于企业文化比较抽象而且独特性较强，因而企业在这方面的学习重点是结合企业自身特点进行有取舍的文化优点的吸收；技术上的学习包括两方面，即显性技术知识的学习和隐性技术知识的学习，显性知识较容易学习并掌握，而隐性知识需要企业全体人员多思考、多悟、多沟通才能真正达到学习的效果；最后，企业在发展中战略上的总结学习主要针对于企业的领导者、决策者，不断地总结过去的企业发展经验，同时学习其他优秀企业的先进做法，有利于提升企业领导者决策的科学性，往往在关键时刻领导者的一个决策有可能决定着企业的生死存亡。

高章存和汤书昆(2008)构建了基于主体和过程二重性的企业学习能力内涵及特征分析模型，如图 4.1 所示。模型中，企业学习能力的起点在于学习主体（个体、团队和组织）和知识存量（包括企业外部环境知识和内部个体、团队与组织知识）。知识的发现、吸收、扩散、共享、应用和创新等活动体现了企业学习能力的动态性[114,115]。

企业在学习过程中还存在着诸多问题，进而将会带来相应的学习风险。其中，学习近视症(Myopia of Learning)就是企业学习过程中经常存在的问题之一，企业学习近视症主要表现在三方面：一是只关注短期现状，而忽视了企业长期的可持续发展；二是忽视企业间地理位置上的差异，学习时没有做到结合实际，灵活变通；三是忽视对企业学习失败问题的考虑，即缺乏经验的总结。刘帮成(2007)通过对在中国的新加坡公司进行研究发现，由于学习近视症的存在，不少企业的学习实践却给其长期竞争优势和可持续发展带来了灾难[116]。

集群企业学习经历了从企业的单独学习、企业间合作研发，到知识溢出与集群中企业的集体学习的演进过程，这一过程伴随着企业学习成本与交易成本的降低、

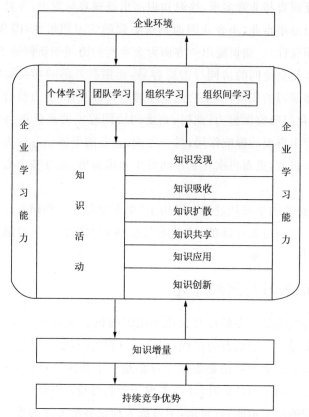

图 4.1　基于主体和过程二重性的企业学习能力内涵及特征分析模型

企业学习愿望的增强与企业间协同性的提高。在企业的单独学习或企业间合作开发阶段,产业集群的形态还没有完全显现,企业的单独学习行为反映出企业间交流的有限与协同意识的淡薄;伴随产业集群的演进过程,集群内企业间联系越来越紧密,集群的一体化性质越加凸显,集群内企业间的共同学习现象逐渐加强,企业学习方式的多样化进一步激发了企业学习的积极性,集群环境为企业集群提供了良好的知识交流与共享平台,大大降低了学习成本。

随着产业集群的形成与发展,知识溢出现象逐渐成为集群的典型特征之一,知识溢出在企业间的协同行为方面对企业学习有着重要的积极影响。与先前企业之间的技术交换方式不同的是,知识溢出基本上不发生知识的购买成本,或者这种购买成本相对于知识本身的价值而言非常微不足道。也就是说,企业间知识的溢出不是以金钱为前提,而是以相关企业间的知识势能差为原始驱动力,以企业自主学习动力为核心动力,同时溢出的过程又受到企业间协同程度的影响。如:某项技术对于一个技术水平处于行业领先地位的大企业而言用处不大,但是对于一些技术薄弱的小型企业而言却非常渴求,这时知识溢出就很容易发生,并且大企业很可能无偿将知识溢出给小企业,小企业因而具备更强的学习积极性(即获取知识、消化与吸收知识的积极性)。知识溢出一方面为企业间的协同创新创造了良好条件,即低廉的学习成本使企业间的协同行为更容易,而集群外部的知识溢出又常常激发集群内企业集体学习的积极性,集群内企业通过资源互补、能力整合共同为外部新知识的溢入、消化与吸收而努力,此时,企业间协同程度的高低将会对知识溢出及企业学习效果产生重要的影响作用;另一方面,企业的集体学习行为又可以为知识溢出提供新的知识源,进而再次在企业间发生知识溢出,提升整个集群知识结构与技术水平。

总而言之,企业的学习从过程上经历了"单个学习—合作研发—知识溢出—集体学习"的过程,这一过程伴随的是"学习与交易成本降低—学习愿望的增强—协同性的提高"过程。

4.1.3 企业学习与组织学习

企业学习与组织学习都是提升企业或组织的核心竞争力,实现其可持续发展的重要途径。学习是一个动态的过程,在这一过程当中,如何提高自身的学习能力是关键。而无论是企业学习还是组织学习都是一个持续的过程,只有坚持不断的学习才能带来竞争力的不断提升,才能实现企业的可持续发展。

学习是组织的基本功能,近年来,学习成为理论界所关注的重点内容之一。人们逐渐能够认识到学习是超越个体的,组织学习的新知识通常会通过组织惯例或者信念的改变保留下来并传递给新成员。因而,组织也从其个体成员的学习中获益[117]。

组织学习的概念也一直众说纷纭,社会学、管理学、经济学、知识创新学以及组织学等各个学科的学者从自身的专业角度,对组织学习的本质都有不同的表述。各种定义充分表明了国内外学术界对组织学习概念的理解是一致性与差异性并存。在学术界,一般认为组织学习概念最早由 Herbert Simon(1957)提出,而 Argyris 和 Schon 在 20 世纪 70 年代则将组织学习的理论研究推到一个新的阶段,他们把组织学习比喻成这样一个过程:"组织成员充当组织的学习者,发现并纠正组织理论应用中的错误,并将探索结果融入个人意向和组织的共享图式中。"在西方管理领域激起了强烈的反响,被认为是管理理论的一大变革[118]。1963 年,Cyert 和 March 的著作《企业行为理论》(A Behavioral Theory of the Firm)的问世引起了国际学术界和社会各界的高度关注。十五年后,《组织学习:行动透视理论》(Argyris 和 Schon,1978)一书的出版标志着国外学者对组织学习系统化研究的开始。

Argyris 是美国哈佛大学组织行为学教授,被誉为组织学习研究之父,成为世界组织学习研究领域的领军人物。Argyris 开创性地提出了单环学习(single-loop learning)、双环学习(double-loop learning)和防卫性习惯等重要概念。Crossan (1999)提出了组织的动态学习模型,认为组织学习的关键是将信息获取和信息利用有机地结合起来。

20 世纪 80 年代以来,组织学习理论得到了快速发展。国外学者纷纷从心理学、经济学、管理科学、系统动力学、组织社会学和计算机技术等不同领域对这一课题开展了多视角的分析和研究。总体来看,目前国外对组织学习的研究主要聚焦于如下三个方面:(1)对组织学习的概念和机理等基础性理论问题的研究和分析;(2)对促进组织学习的方法和工具的探索,开发了一些有益的辅助学习工具,并在实践中得到了推广应用;(3)从案例分析角度对组织学习进行研究,并积累了大量组织学习的典型案例。

在诱发组织学习上,产业集群比其他更为传统的组织间关系拥有独特的优势,原因在于产业集群是建立在信任和长期委托关系基础之上的。在传统的组织关系中,相关企业不愿意泄漏其具体的操作过程或者战略内容,以免被其他企业利用使自己丧失竞争优势。相反,当企业长期处于一个产业集群中时,他们会认为,通过合作而非竞争能获得更大的战略利益。随着信息在网络成员中的顺畅传递,机会主义行为将大大减少,部分是因为合作有利,部分则是因为存在着事后惩罚和信誉毁坏的可能。产业集群中的企业先天具有追求共赢的"禀赋",这种"禀赋"同时也为企业之间的学习提供了条件[119]。

将企业学习与组织学习相比较,最大的差异就在于学习的过程是否包含"集成"这一过程。集成(Integration)一词本意是指"将独立的若干部分加在一起或者结合在一起成为一个整体"。随着技术创新与制度创新融合后,对集成研究的不断深入,认为集成是一个过程、一种方法、一种思想,但它不是简单的叠加汇聚,而是通过创造性的融合,使各项集成要素之间互补匹配,形成更高级有序的整体结构,使集成以后的整体功能实现质的跃变,形成独特的竞争优势,以及由此产生的规模效应、群聚效应[120]。

本书认为,企业内部的学习过程可描述如下:企业从搜索到的外部知识中进行初步筛选和整合,将适用的知识存入企业知识库或员工的大脑,再经过内化和吸收,转化为企业的知识;在此基础上,企业员工利用知识创造产品和服务,而其中可能又包含了思维和实践的结晶——新知识,这又进一步地充实企业的知识库。企业学习包括企业内各个组织单元自身进行学习和组织单元彼此之间知识学习的集成两个过程,因此,在某种程度上企业学习比组织学习更复杂。

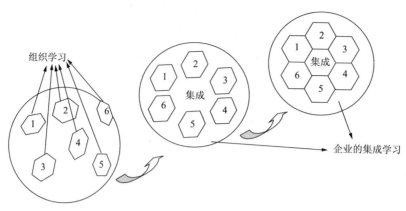

图 4.2 企业的集成学习过程

当一种知识具有稳固化、无意化和能力化的特征后才是真正的内化了。同样，在一个企业中，仅实现了各组织单元自身的学习不能算是完成了企业学习的全过程，实现组织单元之间的集成学习也是企业学习的一个重要过程，需要通过对学习资源的有效整合真正使各组织学习的知识内化为企业自身的知识与能力。如图4.2所示，企业中各组织学习是分散的、无序的和没有方向性的，通过对组织学习资源进行整合，可以有效实现企业的集成学习，使各组织学习成为有序化、有着共同方向性的学习，更有利于组织之间的知识共享、知识融合，促进企业的知识升级与创新、学习能力的增强。

4.2 企业学习能力的成因

企业学习能力是企业知识增长与创新水平提升的核心动力。本质上，企业组织学习过程是知识创造和创新的过程，是通过知识的增加和增值保持企业的竞争优势[121]。

纵观国内外学者对企业学习能力的文献资料，大体上都是从主体能力、过程能力以及主体—过程综合能力三个维度开展相关研究。主要流派和代表性观点如下：

（1）主体能力观

从企业学习能力主体的角度对企业学习能力的形成和演进机理进行研究。Dave Ulrich 和 Todd Jick(1993)认为企业学习能力主要取决于企业管理人员的能力，具体包含三个方面：一是管理人员需要具备能够产生有感染力和影响力思想的能力；二是管理人员必须具备传播和扩散这些思想的能力；三是只有扩散和传播的思想具有足够的影响力才能形成真正的学习能力[122]。Swee Goh 和 Gregory

Richards(1997)运用规范研究方法,确立了蕴涵在组织特性和管理实践中对组织学习影响的五个主要条件,并指出通过识别并确立一套影响组织学习的组织内部条件和管理实践,就能够确定组织的学习能力[123]。Mick Cope(2001)提出了企业的一体化学习模型,作为一种综合性的组织学习架构,该模型由 4 个核心要素、10个子要素组成构成[124]。

(2)过程能力观

这一派学者在研究中更加注重组织学习的过程性和动态性,基于组织学习的过程性视角来构建企业学习能力理论。比较有代表性的是马克斯的信息空间(Max H. Boisot, 1998),他将信息的编码、抽象和扩散三个过程定义为空间中的三个维度,并将这三个维度统一于 I—空间,即信息空间中,并在这个空间内研究企业的学习过程和机理。他认为新知识的创造和扩散活动激活了信息空间的三个维度,并且这一激活过程是按照特定的顺序进行的,博伊索特称这个顺序为"学习循环"(learning cycle)或"学习循环的过程",具体包括扫描、解决问题、抽象、扩散、吸收和形成影响六个步骤[125]。此外,我国学者陈国权(2005)等提出了企业学习能力的"6P-1B"(6P:6Process;1B:Base)模型,指出企业学习是由"发现、发明、选择、执行、推广、反馈"六个阶段和一个"知识库"组成的,并且企业组织与其外界环境之间也存在知识的相互交流关系[126]。

(3)主体—过程综合能力观

综合考虑主体能力和过程特点,这一派学者主要从学习主体与学习过程的整合视角来进行研究,他们意识到企业学习在本质上,是静态主体性与动态过程性的统一,一方面在静态上表现为学习主体的能力,另一方面在动态上又表征为学习过程能力。其中,最有代表性的就是野中郁次郎(Nonaka)的知识创造的 SECI 模型,他指出企业在本质上是不断学习和创造知识的主体,并将企业内部知识的创造过程划分为分享缄默知识、创造概念、验证概念、建造原型、转移知识五个阶段[127]。埃德温 C. 内维斯、安东尼·迪拜乐和珍尼特 M. 古尔德(Edwin C. Nevis,Anthony J. Dibella ,Janet M. Gould;1995)针对学习主体提出了七种学习定位和十种促进学习的要素,并将学习过程划分为知识获得、知识共享和知识利用三个阶段[128]。

总体而言,企业的学习能力包括识别知识的能力、获取知识的能力、消化知识的能力和吸收知识的能力,下面依次分析各个能力的成因。

识别知识和获取知识是企业学习的第一步,对某一知识体系产生了认知,也是知识溢出的前提,认知距离太大,无法吸收到对方的知识,认知距离太小,交流不会产生新知识。企业是否能够及时准确地识别周围的知识源,并且有效地从中获取知识主要取决于内外两方面因素:一方面,取决于企业所处的环境是否为企业提供了便利的获取信息的渠道,企业是否能够方便及时地了解其他企业的技术发展动态,而产业集群显然为集群中的企业提供了这方面的便利条件,相对于集群外的企业,集群内的企业可以以较低的时间成本完成知识的识别过程;另一方面,还取决于企业自身主动学习知识这种愿望的强烈程度,以及企业是否为发现知识、获取知识做了充分的准备。如果企业主动学习的愿望非常强烈,那么它可能会更积极地进行市场调研与分析,更有效的利用集群的知识共享与交流的平台,因而也就拥有了更多接触新知识、了解新知识进而获取新知识的机会。简而言之,企业所处环境中的知识密度越大越有利于企业识别、获取新知识,企业主动学习的愿望越强企业识别、获取新知识的机会也就越大。

消化知识是企业学习的第二步,也是企业学习的关键步骤,企业对知识消化能力的强弱影响着企业对新知识的有效利用率。企业根据自身认知系统对共享知识资源的理解,运用自有的知识挖掘能力识别出对自身有价值的知识后,就需要进行知识的消化过程,这一过程是知识内化的前提,是形成适合企业的新的"知识基"的基础。Mariano和Pilar(2005)的研究表明,如果公司的员工都受过良好的培训,并有很好的教育背景,则企业更容易完成新知识的消化,这样会促使企业更乐于尝试享用新知识,并更积极地努力去寻找新的知识源。因此,企业应积极的鼓励员工参加各种培训,拓宽员工的知识面,提升员工的专业技能水平,为员工提供良好的技术交流平台,以提高企业对于新知识的消化能力。此外,公司的先验知识存量以及员工对于新知识的储存方式也会影响企业对于知识的消化能力。如果企业具有丰富的先验知识,并具有某方面的技术专长,那么企业在获取到类似新知识、新技术的时候,就能够更好的理解知识本身的内涵与意义,提高新知识的利用效率,进而增大知识内化的数量与深度,并在实现有效利用新知识的同时为知识的吸收与创新提供便利条件。因此,企业不仅应注重可运用到的新知识,对于暂时不能利用或暂时看来对于企业发展没有意义的知识,企业也应该有条理的进行编码、存储,以备将来使用。

对于新知识的吸收能力是企业学习能力的最终体现,是维持企业学习动力机制运转的关键动力,没有吸收到知识需求者的知识库内,网络就是在作无用功[129]。只有完成知识的吸收过程,才能算是真正实现了知识的内化,才有可能实现知识的创新、技术的创新,进而生成新的知识,实现企业自身知识结构的升级,促进整个集群技术水平的提升与创新活动的发生。吸收能力主要取决于企业的学习能力、学习机制和研发活动强度等因素。企业对集群内知识溢出的吸收能力及应用能力与企业本身拥有的知识存量密切相关,与企业投入于学习的用心程度有关。同时吸收与利用新知识需要一个过程,需要一套有效的学习方法与经过大量的练习,如干中学（learning by doing）与试错学习（learning by failure）[130]。Cohen 和 Levinthal(1990)认为吸收能力是企业先验知识(prior relate knowledge)水平的函数,而企业的先验知识既包括员工的基本技能、教育背景、知识的多样性、理解能力,也包括某一领域最新科学技术发展的相关知识。而企业先验知识通常受企业自身 R&D 水平的影响,企业通过自身 R&D 投资,能够利用和获得更多的外部信息,企业吸收能力可能是企业 R&D 投资的副产品。Anker(2003)认为企业吸收能力受企业高学历员工的比例,企业内部网络联系的强度及企业人力资本管理模式的影响。Ja-Shen Chen,Russell 和 Monica(2002)的研究表明,企业的客户关系、企业原有知识的多样性及经验对企业的吸收能力有着较大影响。显然,如果企业的研发投入和研发力度较大,那么企业就应该具备较高的技术水平;企业如果为员工提供了积极的知识交换、知识共享的平台,如实行员工的轮岗制,鼓励跨部门之间的合作,就更容易促进企业各个部门对于新知识的交流与共享,增强各部门之间知识的匹配度。因此,可以认为企业对于知识的吸收能力受企业知识的现有水平和知识的交流两大方面的影响。具体而言,企业吸收能力的影响因素可以概括为:企业 R&D 活动、先验知识与个人技能、组织内部的知识共享机制,其中企业 R&D 活动包括 R&D 支出、持续的创新活动及是否设有 R&D 实验室;先验知识与个人技能包括员工受教育水平、技术看门人、经验和技能;组织内部的知识共享机制包括部门协调程度、员工交流程度、知识共享激励以及组织文化等方面。

另外,企业吸收新知识还需要有知识守门人的接口角色,不仅要吸收外部的知识,还要将通过内化、同化、外化以及整合（Nonaka and Takeuche,1995）新知识转化为组织内部知识的能力。

4.3　企业学习与企业成长的耦合关系

企业各方面能力的提升都有赖于企业的学习,企业的持续成长需要不断的学习作为保障。钱德勒认为成长是企业组织能力的增强与市场范围的扩大[131],强调了企业成长过程中的制度基础;彭罗斯(Penrose)认为企业成长是规模的扩张与获取资源能力的增强[132],强调了企业成长的资源约束。我国学者陈劲(1994)通过对不同技术学习模式与创新投入、创新人员的数量、质量等创新资源之间的关联关系进行初步探讨,得出企业学习模式与企业的不同成长阶段的资源约束关联密切的结论。他认为,企业成长不仅表现为资源约束的打破,还表现为企业竞争空间的扩张,由于受竞争空间扩张的驱动,企业的创新需求与动机、管理水平等制度基础也随之发生变化,为技术学习模式创新提供适宜环境,而随着技术学习模式创新,技术创新层次随之得到提升[133]。而同一个企业处于不同的成长阶段,其拥有的资源与能力亦不同,相应的企业学习重点也不同,企业学习的目的就是为了实现企业更好的成长,因而企业学习模式的选取应与企业的学习能力以及企业所处阶段的成长特征相匹配。

本节以企业成长中的资源约束与制度变迁为基础,按照生命周期理论中对企业成长阶段的划分,即种子期、初创期、成长期和成熟蜕变期,深入分析企业成长过程与学习能力演变之间的关系,揭示企业学习与企业成长之间的耦合关系,明晰企业不同成长阶段企业的学习特征。

企业的学习能力通常是伴随企业的学习过程而提升的,企业学习能力与学习过程之间的关系如图 4.3 所示。企业学习初期主要以识别获取新知识为主,企业学习的主导模式为"简单的模仿",企业对于获取到知识的理解还比较肤浅;随着企业内部新知识数量的增多,其必然要对获取到的新知识进行消化,此时企业学习的主导模式为"精细模仿",即不仅仅是简单的、表面内容上的学习与模仿,而是对于产品或技术的深层次信息进行编码与学习,企业对于新知识的认识更为深刻,进而完成知识的消化过程;企业对知识理解能力的加强是企业学习能力增强的直接表现,完成知识的消化过程为知识的内化奠定了基础,知识的内化程度与企业吸收能力成正相关关系,与吸收新知识适应的企业学习主导模式为"模仿活动与少量创新活动"同时进行;而在此之后,随着企业知识内化能力的增强与内化知识数量的增加,企业将有能力从事更多的知识创新活动。

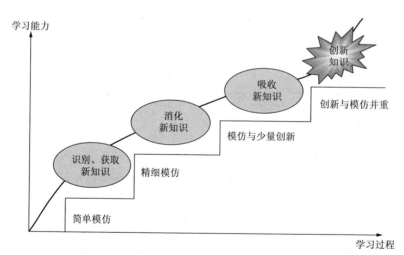

图 4.3 企业学习能力与学习过程之间的关系

在此基础上,分析企业成长各个时期的企业学习特征,以及与其相适应的企业主导学习模式。

种子期是企业生命周期的第一个阶段,也称创意期、创业前期,该时期企业最大任务就是进行产品原形的设计与开发,同时也在进行一定的市场调研。此时,企业的经营活动还没有正式启动,企业的学习特征非常明显,即单纯的模仿或者完全的创新,采用单纯模仿的学习模式的企业是将自身定位为市场的追随者,而采用完全创新模式的企业将自身定位为市场的开拓者。市场追随者以非科技小型民营企业为典型代表,企业选择生产经营的产品多为市场中的热销产品,产品的模仿痕迹很重,甚至不仅仅模仿产品制造本身,还会模仿畅销产品商标,如市场上经常可见与娃哈哈牌冰红茶外形酷似的饮料产品。而市场开拓者多为科技型企业,科技型企业在种子期阶段更像是一个研发团队,由科技人员提出技术设想(创意),通过其创造性的探索研究,形成新的理论、方法、技术、发明或可进一步开发的成果的阶段,具有强烈的创新特征,核心的投入要素是科技人员的智力和技能,资金的投入较少,一般占创业时投入资金总量的 5%～10%。需要说明的是,虽然这一阶段科技型企业的创新特征非常显著,但并不意味着企业的学习能力非常强,这一创新特征多为产品思路上的创新,而并非技术研发思路的创新,企业的学习模式表现为经验学习,即企业对于产品或技术的研发是受到市场中既有产品或技术研发过程的启发,并且这种启发的作用非常大。

初创期也称孵化期,是创业人员或机构将其经过种子期探索研究所形成的具有商业价值的项目成果,通过产业创业来实现科技成果向产业化转变的阶段,是企业创立形成的阶段。此阶段,企业主导学习模式为——简单模仿向精细模仿的过渡阶段,这是由于企业成长的初期仍对应着企业学习的初级阶段,企业自身物力、财力以及人力资源等仍较为薄弱,企业在 R&D 上的投入也不足以让企业具有很强的技术创新能力,但这时的企业却具有很强的技术模仿能力。如温州地区早期的皮鞋生产,其款式设计基础是通过模仿上海等国内著名厂家进行的,并且与广州、香港有着紧密的信息上的联系。此时企业学习的主要任务是识别企业周围存在的新的知识源,企业学习的重点是进一步提升企业识别新技术的准确性与及时性,扩大企业获取新知识的途径。

成长期是企业由小到大、实力逐步增强的时期。企业经过艰苦创业,实现了创业项目的工业化生产,作为一个自主经营、自负盈亏的经济实体,开始进入其正常的成长发展时期。这一阶段的风险主要表现为企业运营的经营风险和市场环境变动带来的市场风险。企业成长阶段涵盖了两种企业学习模式,即“精细模仿”与“模仿和少量创新”。在企业成长的初级阶段,随着企业识别、获取新知识数量的增加以及相应学习能力的提升,企业必然要对获取到的知识进行消化,这一时期企业的主导学习模式由“简单模仿”升级为“精细模仿”,企业学习的关键是提升企业对新知识的理解能力与接受能力,这就需要企业的基本技术能力作为保障,如果企业现有技术水平与新技术水平之间的差距过大,知识溢出就不会发生,企业也就无法消化新知识。此外,企业的消化能力还受企业资源的约束,伴随着企业的成长,企业无论在人力、物力还是财力上都会逐渐加强,R&D投入增大,相应的企业消化知识的能力也会有所提升,进一步促进企业的成长。当企业发展进入高速成长阶段,企业在消化新知识的同时,也会发生越来越多的知识内化。此时,企业的主导学习模式升级为"模仿和少量创新",知识的内化即吸收过程不仅对企业的技术水平提出更高要求,同时也对企业部门之间、员工之间的融合性提出考验。一个具有良好沟通环境的企业,通常拥有较大的包容性,外部的新知识则更容易与企业原有知识融合在一起,完成知识的内化过程,为创新做准备。

成熟蜕变期是企业经过一段时间的高速发展之后步入的企业发展的成熟期。这一阶段,企业的产品成功地占据了市场甚至获取了优势地位,生产规模得以扩大,盈利水平达到高峰但增长速度放慢。此时是企业发展的一个转折点,如果企业不能够发生更高级的蜕变,则面临的是渐渐的衰退,最终远离市场。这一阶段的风险主要是转型风险,即转型过程中,因涉及大量资源的重组和置换,有可能带来企业经营收益上的波动和企业转型的失败。企业的蜕变,也称之为转型或第二次创业,不仅仅表现在规模能力由中小型企业向大型企业转变,更重要的是表现在其品质内涵上的转变,即企业经营的产品或业务水平层次的大幅度提升,企业的人才素质、组织结构、信息管理、设备技术以及营销服务等各方面也都应发生深刻的质变。要成功实现这种质变,需要企业从前期以模仿为主导的学习模式升级到"创新和模仿并重"的学习模式,这种学习模式的关键在于企业吸收能力的强弱,而吸收与利用新知识其实是需要一段练习过程的,吸收新知识不只是记忆与背诵,纳入知识库之中也不是简单的拿来与放入,要将新知纳入现有的知识系统,并加以充分利用,需要一套有效的学习方法并且经过大量的练习,无论是员工个人或是组织的知识库,吸收与学习新知识都需要有方法并且花费心力。针对企业这一阶段的成长特征与学习的特殊性,最有效、最常用的学习过程就是"干中学与试错学",他们是吸收与学习新知识的重要手段和必要的过程。

总而言之,企业学习能力伴随着企业学习过程呈现上升趋势,企业学习模式的升级与企业的成长具有一定的耦合关系,耦合的基础是企业的资源条件与制度基础。一方面,企业学习模式的升级受到资源约束与制度基础的制约,而企业的成长不断打破了这种制约关系,为技术学习模式的提升创造条件,同时,企业学习模式的升级与学习能力的增强又促进企业技术创新层次的提升,从而进一步促进企业的成长。另一方面,新的学习模式通常会在原有技术学习模式边际效益基本穷尽后,在新的资源约束与制度基础上产生新的技术学习模式,为新的技术创新层次和企业成长注入新的活力,在时间上具有连续性;同时,一个产业内部往往存在不同成长阶段的企业,不同层次的企业学习模式又具有空间上的并存性,使集群整体学习能力的提升成为可能。

4.4 企业的"干中学"过程与知识的内化过程

"干中学"的学习模式在集群企业发展过程中是普遍存在的。这一学习模式在创业初始时就已存在,但这时的干中学是一种适应学习,是模仿学习、拷贝式学习的辅助学习模式。而在企业的成长阶段,这一学习模式成了有意识地突破原有技术基础的自主学习模式,它是企业在创业阶段中立足之后,企业取得一定发展,企业本身的生产环境和物质基础改善后,为了在产品的质量、用途等方面优于周边生产者,鼓励对原有的模仿与复制产品进行不断改进和创新,从而争夺更有利的市场地位而采取的一种学习模式。

学习在经济增长中的重要作用众所周知,自阿罗最早提出"干中学"的思想后(对于各种学习理论的综述见 Jovanovic,1995),有许多学者认为从外部引入的学习过程能解释不发达国家的后发优势问题,但目前的理论一般只强调人力资本的学习对于增长的作用(如 Lucas,1993)。"学习"是发达国家对发展中国家的技术扩散机制,这种机制往往是通过投资来实现的,也可以称为"投资中学"。现代经济增长的来源一般理解为技术进步,内生增长理论更直接定义为人力资本和 R&D,而赶超国家的技术进步更可解释为依附于投资和人力学习经验的"干中学"[134]。

Romer (1986)认为,一个企业在增加了其物质资本的同时也学会了如何更有效率地生产。经验对生产率的这一正向影响被称成为"干中学"。

Barro (1994)指出新经济增长理论基于两个假设:

① "干中学"要靠每个企业投资来获得。特别是一个企业的资本存量的增加导致其知识和技术存量的同样增加。

② 每个企业的知识和技术是公共品,任何其他企业都能无成本的获得,换言之知识和技术一经发现就会溢出。

在这两个假设中,知识和技术的溢出是自然而然的,因为若一家企业利用了一种知识和技术,并不妨碍其他企业的利用。但企业有动机对其发明保密以及利用正式的专利保护措施来保护其发明。因而有关生产率改进的知识和技术只会逐渐披露,创新者在一定时间内会保持竞争优势,知识只具有部分共享性。知识部分共享性的存在,在市场条件下积累知识和技术的积极性就得以保护,其他生产者为获取知识和技术便要付出相应的代价,所以知识和技术溢出并不是自然而然地立刻完成的,而是有一定的过程,这就是知识和技术溢出的过程。

Parente(1994)探讨了知识溢出的影响因素,研究了技术扩散、"干中学"和经济增长之间的关系,并设计了一个特定厂商选择技术和吸收时间的"干中学"模型。他认为,在前后吸收各种知识之间,厂商通过"干中学"积累的专有知识为进一步的技术引进做好了准备。他还证明,厂商吸收知识的决策和产出增长依赖于资本市场的有效性。

尽管信息、知识全球范围内传播速度日益加快,但一些重要的知识却具有明显的空间根植性,而产业集群提供了知识学习、技术创新和扩散的"摇篮"和途径,促发了企业家的集体学习行为,在聚集区域内出现了"干中学"、"用中学",它不同于知识信息的单方向传播的扩散,而是对原有技术进行改组和传播,引入新的生产方法和新的消费方式,通常是在研究与开发活动之外的生产实践中长期和持续发生的。聚集在一起的企业可以边干边学,形成一个"聚集—学习—竞争"的相互作用、自我激励并具有演化性的动态过程。

区域产业集群的内生增长关键在于区域内聚集企业集体学习的效果。产业集群通过"干中学"过程,能够大大降低获取知识的成本,提升知识交流的效率,进而强化了集群中企业的技术能力,提升企业的核心竞争力。此外,由于知识在人们之间通常分布并不均匀而且具有相当的异质性,不同概念的结合常常能创造更好的创意,因此"干中学"的实践性知识交流有助于创意的发展,对于区域经济成长有着重要意义。

"干中学"的技术进步对于后发国家有加速增长的效果,对于后发的企业也有同样的激励效应,因此"干中学"在技术进步扩散方面表现为模仿——套利机制。即一家企业通过引进设备,生产一种产品获利后,这一模仿产品的市场被开发出来了,大量的后发企业会跟进,模仿性地引进设备(甚至是更先进设备),挖一些现成企业的成熟人员,进行该产品的生产获利后,大量模仿者进入就形成套利扩散机制[135]。

一般而言,产业集群中的企业在知识创新上拥有更加丰富的资源,企业之间能够享有更多元、更有效的知识传递与知识共享的权力,这种情况下更加有利于企业进行"干中学"的学习模式。由于区域内部既存在显性知识又存在隐性知识,使知识有程度不一的排他性。其中,显性知识的可编码性较强,可以利用(广义)信息技术和附着于商品的方式在集群内扩散,因而显性知识的排他性通常较弱;然而,隐性知识难以编码化,跨区域扩散将极其有限,所以不同区域的隐性知识具有某种程度的可排他性。因此,只有透过个人、厂商间的聚集互动,隐性知识才能相当程度地被学习、分享与扩散。产业集群中的非正式制度对于知识学习的重要性是多方面的,由于许多知识是不假言传的隐性知识,也不易转化为可买卖的商品;由于相关技术与系统整合过程如此广泛而复杂,通常大企业无法完全拥有发展所需要的知识,产业核心知识必需通过聚集企业之间的学习而流通;信息的品质则需仰赖信息提供者的信誉,而只有相似背景与工作经验的人方能确保信息的品质。由共同专业背景与个人经验所构成产业集群学习的基础形成了"干中学"的规模经济效果,因此,只能借助于产业集群的"干中学",区域产业才具有可持续发展的源源不断的内生动力。

4.5　企业学习能力演进与产业集群绩效的关系

由于本书研究的是产业集群中的企业学习,因此认为产业集群的绩效主要体现为集群整体的技术能力,即集群整体技术能力的提升意味着产业集群绩效的提升。产业集群技术能力是通过集群成员的技术学习活动积累起来的,以改善集群生产系统的价值创造功能为目的的,嵌入在集群企业网络内部并依附于网络成员的人力资源要素、设备要素、信息要素和组织要素的所有内生化知识存量的总合。

由于集群中企业间的技术水平、知识存量和人员素质都存在较大差距,借用"势能差"这一概念可以很好的描述这种现象,集群中的势差现象可以分为"知识存量势能差"与"技术能力势能差"两种。在本书以"知识能力"表征企业"知识存量"与"技术能力"的总合,集群中企业之间"知识能力"势能差的存在使集群中呈现出知识能力分布的非均衡现象,同时对产业集群的总体技术水平有着重要影响。按照企业性质与行业性质知识势能差又可以分为横向势能差与纵向势能差两类。横向势能差存在于同一生产单元中的不同企业间,体现的是从事相同或相似生产经营企业间知识存量与技术水平的差异,这种差异可以用这些企业从该生产单元所获附加值的多少来表征。纵向势能差存在于分属不同生产单元的企业间,体现的是出于不同生产经营领域的企业间知识存量与技术水平的差异,纵向势能差的存在意味着面向不同生产单元的企业知识能力在水平上存在不相协调的情况。

知识溢出的发生需要企业间存在一定的势能差,但并非企业之间的势能差越大越有利于知识溢出的发生,因为过大的势能差会因为低势能企业过低的技术水平而无法消化新知识,意味着企业间关系的疏远。因而,综合考虑关系维与势差维的双重影响,企业之间存在着一个知识溢出的最优化区域,有学者通过运用 Matlab 数学软件对这一问题进行了结果拟合。

总体来看,集群中的企业可以分为高知识势能企业与低知识势能企业两大类。集群中没有绝对的高知识势能企业与绝对的低知识势能企业,企业知识势能的高低一方面与企业自身的学习强度相关,另一方面也与势能差的维度相关,因为一个企业在横向比较中属于高知识势能的企业也有可能在纵向上属于低知识势能,同

理,一个企业在纵向比较中属于高知识势能的企业也有可能在横向上属于低知识
势能。由于知识的溢出方向始终是从高知识势能企业向低知识势能企业溢出。因
而,一个接受知识溢出的企业并不仅仅是一味的接受,也有可能成为其他企业的知
识溢出源。

　　如图 4.4 所示,企业 A 在横向上相对于企业 B 而言为低知识势能企业,即企
业 B 与 A 之间存在势能差,可能发生知识溢出,其中企业 B 为知识溢出方,企业 A
为知识溢入方;然而在纵向上看,企业 A 相对于企业 C 而言又具备高知识势能,即
企业 A 与企业 C 之间亦存在势能差,可能发生知识溢出,企业 C 为知识的溢入方,
而这时企业 A 又作为知识的溢出方。

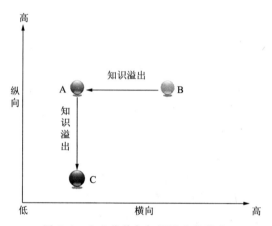

图 4.4　企业位势与知识溢出的发生

　　由此可见,集群中知识溢出发生的始点与终点既不是固定不变的,也不是单一
的,一个企业有可能既是一种知识溢出的溢入方(知识溢出的终点),同时也是另一
种知识溢出的溢出源(知识溢出的始点)。这一特殊现象反映了集群中知识溢出的
灵活性与多样性,这样的知识溢出有利于企业技术水平的全方位提升,因而也有利
于加速集群整体技术水平的提升。

　　产业集群整体的技术水平与技术创新能力成正相关关系,集群中技术能力势
差在时间维度上的演变过程与高知识势能企业与低知识势能企业各自的学习强度
有关,而学习强度是企业学习频率和学习效率的增函数,前者与企业学习动力的大
小成正比,后者取决于企业学习过程本身。此外,集群的开放程度也会影响集群绩
效的提升,一方面,集群外企业技术水平的提升必然会给集群内企业的学习带来压
力与动力;另一方面通过知识溢出可以很好的实现集群内外企业之间的知识共享
与知识互动,有利于知识创新活动的发生与新知识的诞生。如图 4.5 所示,同样的
学习强度下,集群的开放性越强,集群整体绩效水平越高。

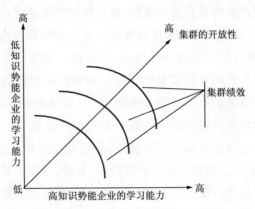

图 4.5　集群的开放性与集群绩效之间的关系

高知识势能企业与低知识势能企业技术学习强度的不同组合会影响企业之间知识能力势差的演变过程,从而间接作用于集群技术能力的增长过程,影响集群整体的绩效提升。按照高低知识势能企业的最基本组合方式,以企业学习强度为自变量,企业学习能力为因变量,可得到如下组合:"低—低"、"低—高"、"高—高"、"高—低",如图 4.6 所示。

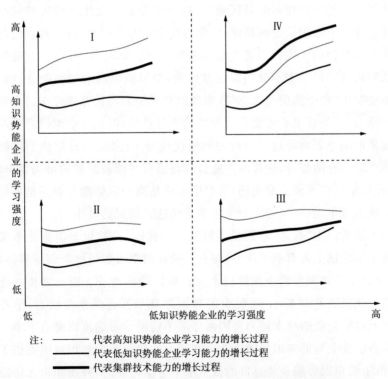

注:　　————代表高知识势能企业学习能力的增长过程
　　　　————代表低知识势能企业学习能力的增长过程
　　　　————代表集群技术能力的增长过程

图 4.6　企业学习能力的势差演变与集群绩效增长之间的关系

在图 4.6 中，最理想的组合是区域 Ⅳ，即高知识势能企业与低知识势能企业都有较高的学习强度。较高的学习强度意味着无论是高知识势能企业与低知识势能企业都进行着频繁而有效的企业学习活动，与此相对应的是企业间发生更多的知识溢出，同时企业间频繁的知识溢出也为高低知识势能企业的技术创新活动提供了动力与便利，进而促进企业学习能力的提升。具体体现在以下两个方面的影响：一方面，高知识势能企业的知识溢出缩减了企业与其他低知识势能企业之间的势能差，因而向企业的原有技术提出了新挑战，给企业技术研发提出了更高的要求，从一定程度上促进了企业创新活动的开展；另一方面，低知识势能企业的大量知识溢入，快速提升了该企业的技术水平，缩减了企业与高知识势能企业技术之间的差距，技术上的进步激发了企业的学习动力，企业的学习行为主动性远大于被动性，同时大量的知识溢入也促使企业必须提高消化吸收新知识的速度，加强企业的学习强度。加之集群外部企业的竞争压力与技术水平提升的影响，更大程度的激发了集群中企业的学习热情，整体集群中企业学习的动机非常积极，因此，这时出现高低知识势能企业相互易位的想象是不足为奇的，集群中将上演超越和反超越的生动场面，整个集群生机勃勃，呈现快速发展状态。

与区域 Ⅳ 理想组合相对的是区域 Ⅱ，这一组合是最无生气的集群状态。高低知识势能企业的学习积极性都很低，企业的技术学习强度都很弱，各自的技术能力都没有提升甚至会由于能力的老化反而有所下降。此时，能力势差表现为在原有的或更低的位势上以基本不变的幅度维持着，知识溢出活动也因企业过低的学习能力而不能发生，整个集群毫无生气，集群的技术能力增长几乎停滞。在集群外企业竞争的压力下，集群也有可能存在短暂的学习热情，但企业会因遭遇学习的失败或学习效果的不显著而导致学习行为的短视性与不连续性，致使整个集群的技术能力不能得到应有的提升，这样的产业集群将很有可能被激烈的市场竞争所淘汰。因而，这种现象是应该极力避免的，集群中无论是高知识势能企业还是低知识势能企业都应该通过主动、持续的企业学习来避免这种情况的发生。

区域 Ⅰ 是集群中"贫富"差距最大的状态。此时，高知识势能企业不仅在技术水平上和知识存量上占有绝对优势，还有着较强的学习积极性与创新精神，学习强度较强，保证了高知识势能企业的技术能力得以持续增长。而与之相对应的是低知识势能企业较低的技术水平、较少的知识存量和低迷的学习状态，学习强度很弱。低知识势能企业的技术能力会因为停滞不前的学习态度而略有下滑。虽然此时高知识势能企业与低知识势能企业之间较大的势能差为知识溢出提供了前提条件，但是由于低知识势能企业过低的技术水平与学习能力，致使知识无法溢入到低知识势能企业中。这时，集群中的能力势差将不断扩大而形成"马太效应"，虽然得溢于高知识势能企业不懈的学习努力带动着整个集群的技术能力仍将有所增长,但毕竟是局部繁荣效果有限。集群的整体学习状态属于较好状态,在集群外部企业的刺激下,很有可能激发集群内企业学习的积极性,如果过低势能企业能够与集群外部企业之间发生知识溢出(集群内企业为知识的溢入方),那么这种集群状态很有可能过渡到区域Ⅳ的理想状态。

区域Ⅲ是集群局部繁荣的另一种状态,与区域Ⅰ不同的是,区域Ⅲ中高低知识势能企业之间的差距在逐步减小,低知识势能企业的学习积极性较强,企业通过多种方式寻求新的知识源,主动学习的动机非常明显。重点体现在企业不再是被动的接受知识溢出,而是主动的学习高知识势能企业的先进技术,积极努力地消化吸收新知识、新技术,知识的内化程度较高,带来企业知识存量的增加与技术的进步,良好的学习效果进一步促进企业创新活动的开展与学习动力的增强,企业学习步入良性发展的轨道。而此时的高知识势能企业可能由于经验惰性、学习瓶颈或发展低迷期等原因,致使企业学习动力不足,创新能力下降,带来企业技术能力的停滞不前甚至倒退。因此,这时集群中的低知识势能企业很有可能通过与集群外企业高效的知识溢出活动,而赶超集群内原有的高知识势能企业,即高低知识势能企业发生易位。集群创新的主要动力是低位势企业高昂的学习动力与创新积极性,集群整体技术能力虽然会在低位势企业的带动下有所提升,但由于低知识势能企业原有技术水平偏低,而高知识势能企业的停滞不前给集群带来的不良影响,使得集群整体技术水平趋于均衡,但技术能力的提升幅度较为有限。

总而言之,集群整体绩效与集群企业的学习能力与学习强度成正相关关系,集群绩效提升的关键在于集群内的企业学习与创新氛围是否活跃,活跃的学习与创新氛围源于多数企业较大的学习动力与较高的学习强度,高低知识势能企业之间易位现象的发生也是集群活跃的重要表征。此外,集群的开放性也会影响集群整体绩效的提升,开放性越高,集群内的企业越容易与外界企业发生知识溢出,进而产生知识的创新与技术水平的提升。当集群中高、低知识势能企业的创新活动与学习行为都很低迷时,集群绩效将会停滞不前,或者渐渐萎靡,甚至走向衰亡。因此,无论是高知识势能企业还是低知识势能企业都应积极地进行企业学习,努力提升自身的技术能力与学习能力,增加企业知识存量的同时,加大对新知识内化的数量与深度,使企业的创新能力得以最大化发挥。

第5章 产业集群中的企业学习动力研究

5.1 企业学习动力动因研究

5.1.1 产业集群层次的集体学习动因分析

产业集群集体学习的动因可以归结为交易成本、资源利用和协同性三个方面。这三个动因都是集群这种特殊的产业组织形式所赋予的,因此,脱离了产业集群这个载体,这种集体学习就不能发生。

（1）交易成本

产业集群集体学习的方式可以节约交易成本,这是集群企业集体学习的动因之一,这一动因源自于产业集群的两个属性,一个是产业集群的中间组织属性,另一个是产业集群的根植性。

首先,产业集群是介于纯市场组织和纯层级组织之间的一种所谓威廉姆森"双边规制"型的中间组织,这一中间性体制组织属性,既能保持单个企业的灵活性,有效发挥市场机制的调节作用,又能利用组织协调机制和地理上靠近所建立的长期合作以及由此带来的信任关系,以协调企业之间交易行为,降低交易成本。具体而言,产业集群作为一个中间性体制组织,在降低企业交易成本方面主要体现在以下三方面:①中间组织为企业提供了更容易甄别的交易伙伴,降低了经济当事人在这方面的搜寻成本;②中间组织提供了集中的交易场所,形成了便利的集散枢纽,节约了客户与供应商营销渠道的成本;③中间组织有利于克服逆选择和道德风险,通过合约的合理设计可以降低缔约与监督合约实施的成本,改进企业间的交易效率[118]。

其次,产业集群的根植性是指,在产业集群成员之间容易形成一种相互依存的产业关联与共同的产业文化,并创建一套大家共同遵守的行为规范,在这一套行为规范的指导下,人们相互信任和交流,从而加快了信息、观念、思想和创新的扩散速度,节约了集群内部企业间的交易成本。

（2）资源利用

从资源观的角度分析,集群企业的集体学习有利于实现企业之间资源的共享与互补,有利于增强集群现有资源的应用性,具体表现为以下五方面动因:

① 提升资源使用效率。集群环境更大化地拓展了集群成员企业已经形成的资源优势的使用范围与效率，并且可以快速分担固定成本。

② 降低资源投入风险。集群中的企业在共享整个集群资源的同时，也共同分担着资源投入的风险，即产业集群引入多个资源投入主体的资源结构无形中降低了每个企业独立承担全部资源投入的风险。

③ 有效实现集群企业资源的互补。任何企业都不可能完全拥有能够有效解决问题的全部资源，然而集群中企业都拥有各自特定的资源优势，有的具有人才优势，有的具有技术优势，有的具有组织优势等等，通过集体学习可以实现相关企业优势资源的优化组合，通过资源互补既可以弥补企业自身资源的不足，又可以发挥各自的优势，解决各自或共同遇到的困难。

④ 有利于模仿学习。模仿是一种重要的学习途径，主要指同行竞争者溢出的知识和信息。在集群环境中，模仿学习非常普遍，这主要是由于距离的接近使同行之间相互都清晰地暴露在对方的视线之下，从而使得这种学习活动的成本大大下降而效率却明显提高，使保密在这种状况下几乎成了不可能的任务。

⑤ 资源的配置。独立的经济组织之间通过同类资源共享或异类资源互补会形成共生体，这种共生体的形成所导致的经济组织内部或外部的直接或间接的资源配置效益的改进称为共生经济，共生经济即可以带来组织效益的增加，又可以带来社会福利的增长[118]。

（3）协同性

从协同理论可知，集体学习的动因是集群的竞争环境。如果这种环境有缺陷，即使协同的方式有利于集群成员企业解决问题，也无法驱使它们进行积极的协同，而集体学习是在其深刻的集群历史、经济和文化背景下产生的，致力于创造有利于协同的集群环境的一种行为。

产业集群的集体学习包括四个方面的协同性：学习内容协同（what），即管理知识学习与技术知识学习的协同；学习主体协同（who），即组织学习与个人学习的协同；学习源协同（whom），即内部知识学习与外部知识学习的协同；学习方式协同（how），即积累性学习与激活性学习的协同。按学习性质又可分为需要实现积累性学习和激活性学习的协同。在积累性学习过程中，组织实现知识积累；而组织和个人的激活性学习过程，必然伴随着对知识的操作、逐渐掌握的过程。

集群企业学习过程中组织与个人学习的良好协同是企业学习的有力保障。在完成企业、组织和个人三个层面学习的同时，通过个人与组织之间知识的沟通，组织与组织之间知识的集成，可以保证企业学习与集群集体学习的协同发展。

5.1.2　企业层次的动因分析之价值链上同一环节

价值链上同一环节的企业之间的知识溢出属于纯知识溢出的范畴。对于横向模式的企业集群主要以纯知识溢出为主。价值链上同一环节的企业之间表现为竞争或者合作的关系。

企业集群的知识溢出主要通过企业之间日常的非正式交流进行，在特定的集群中一波接一波永不停留，还有可能多波同时进行。每个知识波一般是一个多级溢出过程，其波源可能产生于集群外，也可能产生于集群内，可能在集群内新生，也可能在上波的某个级开始演变后形成[136]。

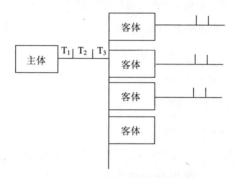

图 5.1　知识波传播的第 1 级

处于某一环节(第 i 波段)的企业数量很有限，而且随着 i 的增大接受知识溢出的新增企业的比例也越来越小，加之后面谈到的产业子群和知识传导路径理论，处于价值链同一环节的知识溢出主体(处于第 $i-1$ 波段)与处于第 i 波段的若干个企业之间的知识溢出可以按照寡头市场的相关理论进行简化处理，这里以最简单的两个寡头为例进行说明，对于有限的 n 其道理是完全一样的，他们之间的策略性行为都是以自身利润最大化为目标的。这里在一般的选择研发投资、产品市场竞争的基础上，提出三阶段模型，即研发投资、知识溢出水平(可控和不可控两部分)与产量决策。其处理的难点在于知识溢出变量的引入[137]。

(1) 企业产量决策

产量决策是第三阶段，按照逆向归纳法首先对其进行分析，这里是以完全信息为假设的，这在集群条件下是有一定道理的。

取双寡头市场为研究对象，两个寡头生产同种产品，产量分别为 q_1 和 q_2，用 Q 表示总产量，有 $Q=q_1+q_2$(相当于其他还没有来得及反应，因而产量不变，所以可以把双寡头的总产量看做是集群内该生产环节的总产量)，记逆需求函数 $D^{-1}(Q)$ 为一阶线性函数，即产品价格 $p=a-bq$，其中，a,b 为常数，且 $a>0,b>0$。设企业生产产品的单位生产成本位 C_i,企业 i 的研究成果为 x_i,两寡头的利润为 $\pi_i(i=1,2)$,设研发成本为研发成果的二次函数,并设企业 i 的研发成本为 $\gamma x_i^2/2$,其中,γ 为常数,s 为政府补贴率。

在第三阶段,两个寡头在产品市场上竞争,各自选择产量已获得最大利润,用 $\pi_{\text{III},i}$ 表示第三个阶段中第 i 个企业的利润,故利润表达式为:

$$\pi_{\text{III},i}=(a-bQ)q_i-c_iq_i-(1-s)\gamma x_i^2/2(i=1,2) \tag{5.1}$$

$\max\pi_{\text{III},i}$ 要求 $\partial\pi_{\text{III},i}\partial/q_i=0$,有:

$$\begin{cases} \partial\pi_{\text{III},i}/\partial q_1=a-2bq_1-bq_2-c_1=0 \\ \partial\pi_{\text{III},2}/\partial q_2=a-2bq_2-bq_2-c_2=0 \end{cases} \tag{5.2}$$

解方程组,得到 $q_i^*=(a-2c_i+c_j)/3(b)$

其中,$i\neq j,i=1,2$,对应的总产量用 Q_{III}^* 表示,有:

$$Q_{\text{III}}^*=(2a-c_i-c_j)/(3b) \tag{5.3}$$

由式(5.1)(5.3),得最大利润:

$$\pi_{\text{III},i}^*=(a-2c+c)^2/(9b)-(1-s)\gamma x_i^2/3d \tag{5.4}$$

设企业溢出水平为 $\beta_i(i=1,2)$,$0\leqslant\beta_i\leqslant1$ 设外生溢出水平为 $e_i(0\leqslant e_i\leqslant1)$,内生溢出为 $\gamma_i(0\leqslant\gamma_i\leqslant1-e_i)$,则混合溢出为:

$$\beta_i=e_i+\gamma_i \tag{5.5}$$

产品成本 c_i 会随着企业自己的研发而降低,同时其他企业的研发成果溢出也会使得自己的成本降低,故下式成立:

$$c_i=A-x_i-\beta_j x_j \tag{5.6}$$

把式(5.5)和式(5.6)分别代入式(5.3)和式(5.4),得到产量和利润分别是:

$$Q_{\text{III}}^*=[2a-2A+(1+e_i+r_i)x_i+(1+e_j+r_j)x_j]/(3b) \tag{5.7}$$

$$\pi_{\text{III},j}^*=\{a-2[A-x_i-(e_j+r_j)x_j]+(1-s)[A-x_j-(e_i+r_i)x_i]\}^2/(9b)$$
$$-(1-s)rx_i^2/2 \tag{5.8}$$

式中,$i\neq j,i=1,2$。

设两个企业在第三阶段都采取不合作的竞争行为,而在前两个阶段上有所不同,可按研发不合作和合作两种情形分别分析。

(2) 非合作学习下知识溢出水平与研发成果

研发不合作中,两个企业追求各自的利润最大化。

① 第 2 阶段(选择可控的知识溢出水平)。

企业首先要选择溢出水平的大小,目的是使自身的利润最大化,即 $\max\pi_{\text{II},i}^N$(其中，N 表示研发不合作情形，II 表示第 2 阶段，i 表示第 i 个企业，$\pi^N_{\mathrm{II},i}$ 的初始值取为 $\mu^*_{\mathrm{III}i}$），首先找到极值点，一阶条件为：

$$\partial \pi^N_{\mathrm{II},i}/\partial r_i = 2(-x_i)\{a-2[A-x_i-(e_j+r_j)x_j]+[A-x_j-(e_i+r_i)x_i]\}/ \\ (9b)-(1-s)\gamma x_i = 0 \tag{5.9}$$

为研究方便，这里只考虑溢出对称和研发成果对称的情况，即：

$\beta_i=\beta_j$，$e_i=e_j$，$r_i=r_j$，$x_i=x_j$，有 $\partial^2 \pi^N_{\mathrm{II},i}/\partial r_i^2 = 2x_i^2/(9b)>0$，这说明，当 $\partial \pi^N_{\mathrm{II}}/\partial r_i =0$ 时，存在一个极小值。那么，$\pi^N_{\mathrm{II},i}$ 的极大值只可能存在于 r_i 的定义域的两个端点处。比较 $r_i=0$ 时 $\pi^N_{\mathrm{II},i}$ 的值以及 $r_i=1$ 时 $\pi^N_{\mathrm{II},i}$ 的值，显然，$r_i=0$ 时，$\pi^N_{\mathrm{II},i}$ 的值更大，故 $\pi^N_{\mathrm{II},i}$ 在 $r_i=0$ 时取得最大值。用 $\pi^{N^*}_{\mathrm{II},i}$ 表示 $\pi^N_{\mathrm{II},i}$ 的最大值，有：

$$\pi^{N^*}_{\mathrm{II},i} = [a-A+(2-e_i)x_i+(2e_j-1)x_j]^2/9b-(1-s)\gamma x_i^2/2 \tag{5.10}$$

② 第 1 阶段（选择研发成果）。

用 x^N_{I}，Q^N_{I}，$\pi^N_{\mathrm{I},i}$ 分别表示不合作情形下第 1 阶段中的研发成果、总产量以及第 i 个企业的利润。

第 1 阶段中，两个寡头各自选择研发成果，目的是使自身的利润最大化，即 $\max \pi^N_{\mathrm{I},i}$（其 $\pi^N_{\mathrm{I},i}$ 中的初始值取 $\pi^{N^*}_{\mathrm{II},i}$）。

一阶条件为：

$$\partial \pi^N_{\mathrm{I},i}/\partial x_i = 2(2-e_i)[a-A+(2-e_i)x_i+(2e_j-1)x_j]/(9b)-(1-s)rx_i \\ =0 \tag{5.11}$$

只考虑对称情况，令 $e_i=e_j=e_0$，$x_i=x_j$，可解得：

$$x^{N^*}_{\mathrm{I}} = 2(a-A)(2-e_0)/[9b\gamma(1-s)-2(2-e_0)(1+e_0)] \tag{5.12}$$

考虑二阶条件，有 $\partial^2 \pi^N_{\mathrm{I},i}/\partial x_i^2 = 2(2-e_i)^2/(9b)-(1-s)\gamma$ 可取 $b(1-s)\gamma>8/9$，则 $\partial^2 \pi^N_{\mathrm{I},i}/\partial x_i^2<0$，此时，$\pi^N_{\mathrm{I},i}$ 有最大值 $\pi^{N^*}_{\mathrm{I},i}$

由式(5.7)、式(5.10)以及 $e_I=e_j$，$r_i=r_j=0$，$x_i=x_j=x^{N^*}_{\mathrm{I}}$，解得总产量为：

$$Q^{N^*}_{\mathrm{I}} = 6(1-s)\gamma(a-A)/[9b(1-s)\gamma-2(2-e_0)(1+e_0)] \tag{5.13}$$

由式(5.9)、(5.10)以及 $e_i=e_j$，$x_i=x_j=x^{N^*}_{\mathrm{I}}$，得利润最大值为：

$$\pi^{N^*}_{\mathrm{I},i} = (1-s)\gamma(a-A)^2[9b(1-s)\gamma-2(2-e_0)^2]/[9b(1-s)\gamma-2(2-e_0) \\ (1+e_0)]^2 \tag{5.14}$$

显然，研发成果、产量和利润的解析式都不包含内生溢出，这说明非合作企业都把内生溢出控制为 0。两企业在采取研发不合作的战略时，都不愿意向对手泄漏任何技术机密，尽管双方都会从彼此的溢出中获得成本降低的收益。

（3）合作学习下知识溢出水平与研发成果

研发合作下双方通过追求利润最大化而达到个体利润最大化，设研发合作下，联合利润为 $\prod^c$，企业的利润为 $\prod_i^c (i=1,2)$。则 $\prod^c = \sum_{i=1}^{2} \pi_i^c$，同样，采用逆向归纳法对 3 个阶段进行分析，因为两种情形下双寡头在产品市场上都采取竞争行为，因此第 3 阶段（选择产量）和前面的分析完全一致。

① 第 2 阶段（选择可控的知识溢出水平）。

用 $\prod_{II}^c$ 表示合作情况下第 2 阶段中双寡头的联合利润，参考式（5.8），联合利润为：

$$\prod_{II}^c = \sum_{i=1}^{2} \{[a-A+(2-e_-r_i)x_i+(2e_j+r_j-1)x_j]^2/(9b) - (1-s)\gamma x_i^2/2\} \tag{5.15}$$

企业选择可控的溢出水平 r_i，目的是使联合利润最大化。即 $\max \prod_{II}^c$，一阶条件为：

$$\partial^2 \prod_{II}^c /\partial r_i = 2x_i[a-A+(5e_i+5r_i-4)x_i+(5-4e_j-4r_j)x_j]/(9b) = 0 \tag{5.16}$$

二阶条件为 $\partial^2 \prod_{II}^c /\partial r^2 = 10x_i^2/(9b) > 0$，此时 $\prod_{II}^c$ 只有极小值。因此，极大值只可能存在于 r_i 的定义域内两个端点处，考虑对称情况，即 $e_i=e_j=e_0, r_i=r_j=r, x_i=x_j$ 则式（5.16）化为：

$$\prod_{II}^c = 2[a-A+(1+e_0+r)x]^2/(9b) - (1-s)\gamma x^2，$$显然，在 $[0,1-e_0]$ 的定义域内，当 $r=1-e_0$ 时，$\prod_{II}^c$ 有最大值。此时，$\beta_i=\beta_j=k$，即企业允许内生溢出达到最大值。此时联合利润为：

$$\prod_{II}^{c^*} = 2[a-A+x_i+x_j]^2/(9b) - (1-s)\gamma x_i^2/2 - (1-s)\gamma x_{Ij}^2/2 \tag{5.17}$$

② 第 1 阶段（选择研发成果）。

用 $x_I^c, Q_I^c, \pi_{I,i}^c$ 分别表示合作情形下，第 1 阶段中的研发成果，总产量以及第 i 个企业的利润。

企业选择研发成果，目的是使联合利润最大化，即 $\max \prod_I^c$（其中，$\prod_I^c$ 的初始值取 $\prod_{II}^{c^*}$），一阶条件为 $\partial \prod_I^c /\partial x_i = 4(a-A+x_i+x_j)/(9b) - (1-s)\gamma x_i = 0$。考虑对称情况，令 $x_i=x_j=x_I^c$，得 x_I^c 的解：

$$x_I^{c^*} - 4(a-A)/[9(1-s)b\gamma - 8] \tag{5.18}$$

将式(5.15)代入式(5.14),得联合利润最大值为:

$$\pi_I^{c^*} = 2(a-A)^2\gamma/[9b(1-s)\gamma - 8] \tag{5.19}$$

每个企业的利润为联合利润的一半,故 $\prod_{I,i}^c$ 的最大值为:

$$\pi_{I,i}^{c^*} = \prod_I^{c^2}/2 = (a-A)^2\gamma/[9(1-s)b\gamma - 8] \tag{5.20}$$

将 $e_i = e_j = e_0$, $r_i = r_j = 1 - e_0$, $x_i = x_j = x_I^{c^*}$ 及式(5.15)代入(5.17),解的总产量 Q_I 为:

$$Q_I^{c^*} = 6\gamma(a-A)/[9(1-s)b\gamma - 8] \tag{5.21}$$

(4) 知识溢出相关系数的讨论

这里有必要对知识溢出系数 β 做一个简单的讨论。集群内企业之间的外生知识溢出的大小,一方面与政府知识产权保护力度有关,另一方面与处于同一价值链环节的企业之间的技术能力差异有关(也称之为资产异质度),即 $\beta_i = e_i + \gamma_i = e_i(t, d) + \gamma_i$,其中 t 表示知识产权,d 表示资产异质度(代表企业能力的互补性)。不同企业之间的互补性越强,知识溢出越大,即 $\frac{\partial\beta}{\partial d} > 0$。同时知识产权管理力度 t 与政府补贴率 s 为政府控制变量,可以通过政府宏观管理上的社会福利最大化来影响集群内企业的利润。当把这些变量都引入以后问题十分复杂,需要具体问题具体分析,要求适当简化,这里不再继续求解下去。

需要明确的是,由于集群内企业有自身的利润目标,因而需要将上述计算结果和企业的利润目标(如期望利润率等)结合起来进行分析。

5.1.3　企业层次的动因分析之价值链上下游

价值链上下游企业之间的知识溢出和集群学习的动力机制可以从知识溢出的原体和受体两个不同的角度进行分析,前者的主要分析工具是需求弹性,后者主要是借助于资产专用性理论进行分析。

(1) 知识溢出原体的动力机制

价值链上下游企业之间的知识溢出属于典型的租金型知识溢出,说明新商品的价格并没有完全反映其产品创新质量的提高;如果创新商品被用作其他企业生产过程的投入,后者将从溢出中得到产品创新的一部分。实际上,当创新商品被用作其他企业生产过程的投入时,租金溢出的存在不只是由于竞争压力与需求弹性的客观原因,而且还有创新企业追求利润最大化的根本利益这一主观原因,这才是租金型知识溢出动力机制的核心。按照博弈论的思想与方法,很容易检验创新企业降低生产成本后仍维持原有产品价格并不是其最优的战略选择,因此可以认为租金溢出是必然的。

首先,从需求弹性进行分析。假设集群内企业的决策是以利润最大化为原则,那么产品的需求弹性是决策的一个重要指标,它表征了企业在降低价格时扩大企业所占市场份额的能力。具体而言,在不考虑其他变量的情况下,$\frac{dQ}{dP}>1$,则企业可以通过降低价格来实现利润最大化;若$\frac{dQ}{dP}<1$,则可以通过提高价格来实现利润最大化。

然后,分析竞争中的博弈。在集群中,企业的收益不仅仅是自身价格的函数,同时也是其他企业价格的函数。通常情况下,企业的收益受制于同行其他企业的行为,如果其他企业同样采取降价方式(这种降价有可能是因为它们也学习了相同的技术而降低了单位生产成本,也有可能是牺牲必要利润的市场防御举措),那么产品的需求弹性就很小,一种极端状况就是,企业自身的降价因受到同行一致降价的挤压而未能在市场份额上获得任何实质性进展,即$\frac{dQ}{dP}=0$。

(2)知识溢出受体的动力机制

在利润最大化假设下,企业开展学习的目的是降低生产成本或提高产品价值,而终极目标就是通过市场实现企业自身利润最大化。企业学习的动力机制如图5.2所示。

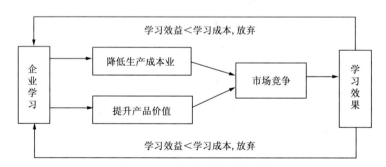

图 5.2　企业学习的动力机制

第一种情况,假设企业学习主要以降低单位生产成本为目的。如果成本能够降低,那么企业就可以降低相应产品的销售价格($P_2 < P_1$),即供给曲线下移($S_1 \rightarrow S_2$),从而提高市场占有率,扩大销售量($Q_2 > Q_1$),如图5.3所示。

第二种情况,企业学习的主要目的在于产品价值的提高,通过企业学习使得产品附加值增加(假设单位成本没有变动),即产品对于购买者的效用(U)增加了,因而消费者愿意支付更高的价格购买该产品,即需求曲线上移($D_1 \rightarrow D_2$)这时企业及

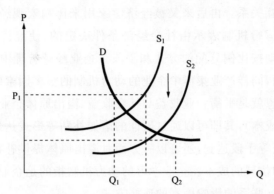

图 5.3　企业生产成本降低与需求供给曲线之间的关系

其客户可以在一个比原先更高的价格（$P_2 > P_1$）和更大的销售量上（$Q_2 > Q_1$）达到
供需平衡，如图 5.4 所示。

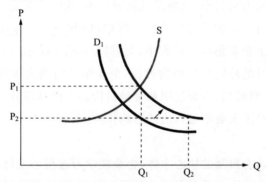

图 5.4　企业产品价值的提升与需求供给曲线之间的关系

　　在这一动力机制中，企业学习的动因存在于两个方面：一方面，学习本身的效
率决定了在一定的学习投资下所能获得的学习效果，即通过企业学习所带来的单
位生产成本降低的幅度或产品附加值提高的幅度；另一方面，行业相关的市场结构
会影响企业学习效果在市场上的货币化实现程度，即一定的学习效果所能获得的
实际回报。显然，在企业作出是否进行企业学习决策时，这两类动力因素的具体情
况是未知的，因此只能由决策者根据经验来进行主观预测，但这样也就意味着决策
者的某些个性特征也极有可能成为企业学习的激励或阻碍因素，比如具有企业家
精神的决策者更容易采取乐观的判断而投资于企业学习。

5.2　企业学习的动力机制分析

　　"机制"一词源自于机械工程学，本意是指机器运转过程中的各个零部件之间
的相互联系、运转方式和工作原理。机制后来移植于生理学和医学，类比为有机体

的构造、功能和相互关系。再后来又被经济学家用来比喻宏观经济的协调方式和原理,如关于经济运行机制表示由社会经济条件决定的、使经济肌体能够协调运动、调解社会总劳动按比例分配的方式和手段。企业经营管理中作业层面上的问题根源在战略层面,同样产业集群中企业的动力机制的很多因素归结于集体、政府层面等,其核心思想就是平衡企业收益与社会收益、溢出原体企业的收益(成本)和溢出受体的收益(成本),其即可以通过硬性的诸如补贴等形式达到,也可以通过软性的诸如社会信任等手段达到,还可以一方面对溢出原体提供补贴,另一方面提高溢出受体的模仿和仿冒的成本。企业学习的动力机制指的是企业在吸收外部知识的过程中,各种相互联系的影响因素的连接方式。

5.2.1 动力的主体

在企业学习的动力机制中,企业是机制的载体,载体所处的外部环境包括政府政策和竞争环境。由于企业学习发生在集群中,因此需要对企业学习的集群环境进行分析。目前关于企业集群的研究中,集群网络可以较好的描述集群的真实形态。考虑到企业学习的环境与学习的过程,企业学习的动力主体要素包括:企业、大学及研究机构、政府机构、中介组织和金融机构。下面具体分析一下各个主体在集群中的地位以及对于企业学习行为的影响作用。

(1) 企业

作为企业学习动力机制的核心主体,企业在学习过程中发挥着最关键的作用,企业学习的主观能动性决定着学习活动是否能发生,影响着学习的最终效果,如果企业内部没有良好的学习氛围,或者自身没有适合学习的技术基础,那么无论外界有多么大的积极影响,集群的企业学习效果都会收获甚小。集群中的企业具体指各个专业化的原料或半成品供应商、成品的生产制造商、分包商、代理商以及各种形式的企业服务商等等,既包括数量众多的中小企业,也包括为数不多的大型企业。

(2) 大学与研究机构

作为集群内重要的知识、技术支撑机构,大学与研究机构常常扮演知识溢出方的角色,他们是新知识源诞生的活跃基地,为企业学习提供着重要的知识后盾,是企业学习动力机制中的基础资源。这是由于大学与研究机构不仅可以创造新思想、新知识和新技术,还可以通过教育、培训以及成果转化等方式,提升企业学习主体的学习能力,进而有效地促进知识、技术的传播与吸收,改善学习效果。

(3) 政府机构

政府及公共部门主要指地方政府以及具有政府职能的各种机构与团体。政府机构在集群中的作用主要是维护集群运营的正常秩序,通过制定并实施相应的政策为集群整体绩效的提升与集群企业的技术进步提供良好的发展环境,通过采取税收、补贴和奖励等转移支付方式、限定行政措施和法律手段将溢出效应内在化。政府对企业研发的补贴包括两种方式:一是对企业研发投入实行按比例的补贴,以减少企业的研发边际成本;二是根据企业研发成果的价值实施补贴,这实际上是一种奖励政策。

(4) 中介组织

中介组织包括集群内存在的各种行业协会、商会及创业服务中心等组织机构以及会计师事务所等各种形式的中介组织。中介组织是产业集群的重要组成要素,在集群企业学习方面扮演着重要的中间角色,中介组织的存在增加了企业获取信息的渠道,拓宽了企业之间知识、技术交流的平台,提供了企业间更多的非正式交流的机会,降低了信息的不对称程度,从而促进了企业之间知识溢出的发生。

(5) 金融机构

企业学习的前提是企业的顺利营运,而任何企业的营运都需要足够的资金,因而,集群中企业的融资渠道是否顺畅,也是企业学习动力机制良好运营的保障因素之一。在区域经济发展过程中,集群内往往集聚了大量的金融机构,特别是在集群经济发达的地区,金融机构的空间集聚程度更高,在集群内的作用也更显著。集群内的一些创新基金、风险投资机构、本地商业银行以及证券市场等提供的金融资本直接影响到集群企业的成长,进而影响整个集群的发展(盖文启,2002)[138]。

按照企业间知识传播的途径可将集群中企业学习方式分为正式学习与非正式学习两大类,企业学习的动力主体之间以及主体与学习方式之间的关系网络如图5.5 所示。

由图 5.5 可以看出,不同的学习方式,知识的传播途径也不同,企业的正式学习主要通过企业与研究机构、高校、行业协会、中介服务机构、供应商、竞争者、外包商、代理商、客户之间的知识溢出传播进行知识的引进、吸收与消化进行,形成了一种企业间正式学习的网络关系,在这种正式学习网络关系下,企业(机构)之间主要是以正式交流与合作的方式进行企业的学习。而企业的非正式学习主要在通过企业中的企业家或工程师与他们的亲戚、朋友、同学、以前同事(如跳槽以后与原单位的同事仍保持联系)、同乡(如华人 IT 工程师网络)、俱乐部成员(如硅谷的 IT 人士俱乐部)等等之间进行知识的传播与交流,由此形成一种集群企业间的非正式学习网络关系,在这种网络关系下企业学习更多的是以非正式交流与合作的形式(如喝茶、朋友聚会等等)实现的。非正式交流是实现集群中企业学习的重要途径之一,马歇尔(1890)认为这种非正式交流会导致"观念的重组","重组"体现出企业学习

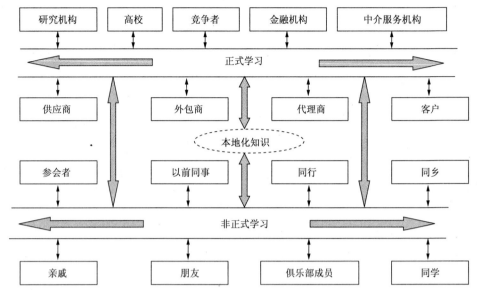

图 5.5   企业学习的动力主体之间以及主体与企业学习之间的关系网络

的重要意义,因为企业学习首先是员工个人的学习,这些人士或多或少地会把重组后的观念和创新的点子带回企业,从而为企业所共享[85]。对一些成熟的高科技集群而言,雇员之间的非正式交流更是一个重要的内在特征,Saxenian(1994)观察到在硅谷的酒吧里经常有工程师聚在一起讨论他们在工作中遇到的技术问题,甚至有相当一部分的技术难题是在酒吧里的这类讨论中找到解决方法的,近来的报道证实了相似的"CLUB 文化"也出现在北京的中关村(王缉慈,2001)[139]。

5.2.2   动力的构成

集群企业之间知识势能差的存在是知识溢出的前提,而知识溢出的发生是企业学习的重要表征之一,大量的知识溢出有利于激发企业的学习动力,知识势能差是企业学习的原始驱动力。

通过企业学习可以缩减低知识势能企业与高知识势能企业之间的技术差距,在提升企业自身竞争力的同时,也促进了集群整体技术水平的提升。集群环境为企业之间进行技术交流、知识共享以及非正式交流提供了便利的条件。集群中企业之间的学习成本远低于集群内企业向集群外企业学习的成本,这一点也在无形中成为企业学习的重要动力,即较低的学习成本是集群内企业之间进行学习的动力之一,属于经济方面的外在动力。

企业内部良好的学习文化与学习氛围以及集群整体积极的学习环境,均会在很大程度上影响企业主体的学习积极性,作为企业学习的内在动力发挥着重要作用。

　　集群内企业技术水平的提升会给企业学习带来压力,促使企业加大学习强度；而集群外企业的技术进步,一方面会给企业学习带来压力,另一方面也会提升内部企业与外部企业合作的积极性,进而通过知识溢出的方式提升集群内企业的知识能力与技术水平。

　　企业学习动力机制的动力构成如图 5.6 所示,按照动力的属性,企业学习动力可分为内在动力与外在动力两种。其中,内在动力指企业自身的学习愿望与学习的积极性,这种愿望与积极性受企业内部学习文化及集群整体学习氛围的影响,同时也与企业现有知识存量与技术水平相关,因为良好的学习能力必然会增加企业学习的信心与动力,此外,企业先前的学习经历(成功或者失败)也会对企业未来的学习动机有影响(积极或者消极)。外在动力主要包括经济性动力、政策性动力与知识势能差带来的动力。协同动力源自于产业集群提供的优越的知识共享与交流的环境,使企业可以用较少的学习成本获得较高的学习收益；政策性动力源自于政府相关鼓励政策的制定与实施,如政府为提升地方产业集群整体的技术水平,增强区域经济竞争力而出台的一些鼓励技术进步行为的优惠政策(如减免税收、缩减科技性项目的审批时间等)与扶持政策(如推进信息网络、公共技术服务平台的建设等)。

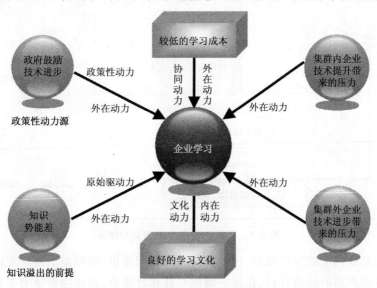

图 5.6　集群企业学习的动力构成

5.2.3　动力体系的构建

　　在分析企业学习动力主体与动力构成的基础上,本书构建了企业学习的动力体系,并分析了动力机制的运行过程。动力体系总体上分为三大区域:企业学习核心动力主体区域、集群内核心区域外围与集群外部。集群内企业学习的动力体系如图 5.7 所示,集群中企业学习动力体系的核心动力主体区域由学习的主体——集群内的高、低势能企业构成,位于核心区域外部、企业集群内部,为集群内企业学习提供外部动力支持的机构包括:给予企业政策性支持的政府机构,为企业提供资金支持的金融保障机构,帮助企业拓宽信息渠道与交流平台的中介机构,以及为企业提供众多新知识源的大学和研发机构。其中,中介机构、大学和研究机构的行为也受政府政策的影响。对于开放性集群而言,集群外部环境中也存在影响企业学习的因素,集群企业相关行业整体技术水平的提升与知识的快速增长,或个别企业的技术创新都会为集群内企业带来新的学习压力与知识溢出的可能,低势能的企业通过技术引进的方式可以缩小与高势能企业之间的差距。

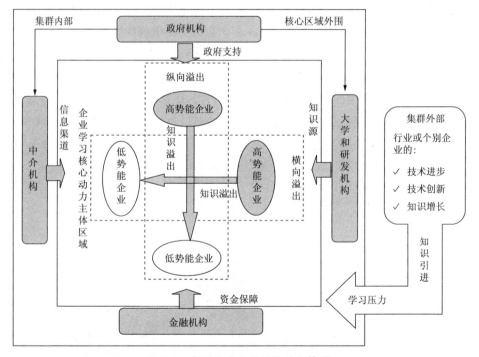

图 5.7　集群内企业学习的动力体系

　　无论是纵向上的知识溢出,还是横向上的知识溢出,知识溢出是企业间协作与知识创新副产品的转移过程,在这一协作与转移过程中,企业的竞争力不会受到直接的影响。也就是说,知识溢出的过程仅仅是集群企业间知识结构本身的优化过程,并没有涉及更多的利益关系与竞争问题。

　　集群企业学习动力机制的运行过程,实际上就是企业学习主体在集群内外各种动力的驱动下,完成企业学习的过程。集群企业学习的目标是企业个体知识与技术结构的升级,同时个体的进步也将带来集群整体知识与技术结构的跃迁。集群内企业学习动力机制的运行过程如图 5.8 所示。在企业学习动力机制的运行中,企业内在的学习动机是整个动力机制的核心动力,充当着机器中发动机的作用,源自于企业内部的强烈的学习愿望,会为学习主体提供持续不断的学习动力,这一点对于整个学习过程是至关重要的,如果企业主动学习的愿望不强烈,将会大大影响企业学习能力的发挥,进而影响最终的学习效果。

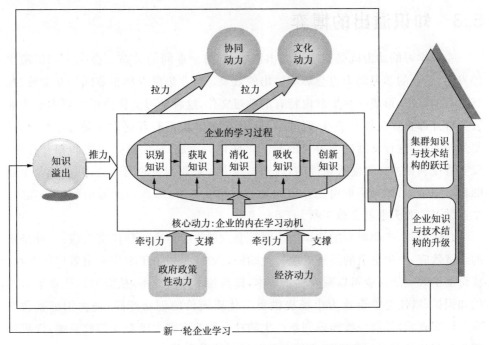

图 5.8 集群内企业学习动力机制的运行过程

同时,虽然企业的学习过程受许多外在动力的驱动作用,但外力对于企业学习过程的影响是间接作用,所有的外力都是通过企业内在的学习动力而发挥作用,因此,企业内在学习动力不足也会影响外部动力对企业学习过程的积极影响作用。从上图可以看出,企业学习运行机制的外部动力通过三方面发挥作用:知识溢出推动企业学习的发生,是企业学习行为的原始驱动力;集群环境为企业间的协同创造了有利条件,通过协同企业可以借助于便利的知识共享平台降低企业的学习成本,可以通过协同共同应对集群外的竞争,降低企业的生存风险,协同动力在企业学习过程中以拉动力的形式体现;集群良好的学习氛围与文化环境可以激发企业的内在学习动力,文化动力以拉动力的形式发挥其作用;政府政策性动力以及金融机构提供的经济动力,都是以基础保障的形式牵动支撑着企业学习行为的发生。企业学习过程的目标,即动力机制的终点是产业集群的跃迁与企业的升级。在完成跃迁与升级之后,产业集群中原有的高低势能企业格局很可能被打破,在新的企业格局下,将会再次发生各种类型的知识溢出,引发集群企业的新一轮学习。

企业学习机制的顺利运行需要学习主体与各个动力主体之间的协同努力,学习机制运行的关键在于学习动力的持续性,协同运作的高效性,这样才能在一次次的企业学习中逐步实现产业集群的跃迁与企业的升级,进而更有效的完成下一次的学习,保证企业学习动力机制的高效、有序运行。

5.3 知识溢出的博弈

企业学习的动力既受到知识溢出影响,同时企业间的关系也会决定知识溢出的发生,企业的学习动力也会影响溢出的效果。产业集群内部企业间相互交流、相互学习的氛围,形成一种集群内特有的学习文化,这种学习文化使得集群内部企业较集群外部企业在技术学习、管理学习以及创新方面都有着更大的动力。然而,需要强调的是,这种良好的学习氛围与学习文化的形成,是要以企业之间相互合作、没有直接利益冲突为前提条件的,即知识溢出为企业创新的副产品,并不触及企业的核心竞争力;如果集群内企业之间是一种恶性竞争,那么知识溢出就很难发生,企业学习的源头也就会被切断。

总体而言,产业集群的知识溢出对社会发展将会产生两种经济效应:一种是正的经济效应,一种是负的经济效应。正的经济效应是指由于知识溢出效应的存在,获得溢出效应的企业可以减少创新成本,提高技术开发成本,从而加速产业集群内的知识扩散,使竞争企业为市场提供更多优质廉价的创新产品,进而增加社会财富。研究表明,任何一项知识创新产生的社会收益率都大于企业的收益率,知识创新收益率的分布对创新政策的制定具有很大的影响力。

知识溢出的负经济效应更值得探究,负的经济效应是由于产业集群内的知识溢出具有公共产品的性质,这使产业集群内的企业出现"搭便车"的行为,即它只仿效现有的技术、模式等集群公共知识,而自身并不投入要素进行开发。由于模仿者在生产成本上大大低于开发者,因此,竞争将不仅仅使知识开发者的创新租金被大大耗散,而模仿者利用成本优势实行降价竞争,将可能使得创新者反而获取低于平均资金回报率的创新生产效率。创新企业由于不能得到全部的创新收益,边际收益将不断下降。当企业创新收益小于创新成本时,从事创新的动机就会消失,等待其他企业创新的动机加强。由此可见,集群内的企业学习与知识溢出都是伴随着企业间的博弈过程而发生的,当企业之间博弈的纳什均衡是无人愿意进行创新知识的开发时,集群企业的学习也就停止了,这是一种最坏的博弈结果。通过政府政策的调控,可以在一定程度上改善集群企业间的博弈结果,减少知识溢出的负效应。

　　假设甲、乙两个企业处于同一集群中,在博弈分析中分别代表两个博弈方,他们各自都有"创新"和"模仿"两个策略。在没有政府及相关机构的约束下,博弈双方处于恶性竞争,故甲、乙双方所做的策略选择是没有进行沟通的,即决策双方并不知道彼此的策略,博弈矩阵中每个元素的数组表示所处行、列代表的两博弈方所选择策略组合下双方的得益,其中第一个数字为选择行策略的甲企业的得益,第二个数字为选择列策略的乙企业的得益。下面用划线法分析政府补贴前后,集群内甲乙两个企业之间的博弈情况。

　　在政府补贴前(如图 5.9 所示),企业甲和企业乙对知识外溢采取的最终策略是(模仿,模仿),这是纳什均衡的唯一解。此时集群的集体学习就不能进行,集群的创新氛围非常差,集群整体技术水平难以提升,集群内企业竞争力下降,最终该集群将会在与其他集群的竞争中走向解散或整体沦陷。此时,就需要政府通过补贴等行为改变他们的支付函数,使博弈由 G_1 走向 G_2,由个体理性走向集体理性,防止集群集体学习失效、市场失灵,在政府政策补贴后,集群内甲乙企业的博弈如图 5.10 所示。当然,由于集群集体学习具有分工特性,其博弈的均衡解并不一定是(创新,创新),也可以是(模仿,创新),或者(创新,模仿)。

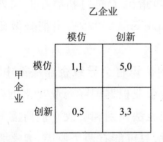

图 5.9　G_1 政府补贴前的博弈　　　　图 5.10　G_2 政府补贴后的博弈

　　在企业集群组织中,知识溢出作为一种公共产品有其存在的必然性和必要性,问题不在于如何完全抑制这种溢出,而在于从更一般的生产效率的角度实行一种补偿机制,使得企业创新的边际溢出能在边际上得到相应的补偿,而维持集群组织作为一个整体的持续创新能力[140,141]。解决问题的有效途径是将知识溢出效应的外部性内在化,内在化的过程就是使个别企业的成本与社会成本相等的过程,也是通过外力对企业生产函数进行调整的过程,其具体实施方式与过程应与集群的整体特点及企业学习的动力机制相匹配。

　　在接受知识溢出的同时,企业本身也成为潜在的知识来源。受企业技术水平的影响,同样的知识存量给予技术水平差异很大的企业,其效果也是相差甚远的。

对于一个技术比较领先的企业,它更有能力去接受知识溢出,并更容易成为一个很具有吸引力的知识来源;而对于一个技术比较落后的企业,它对知识溢出的接收能力往往较弱,虽然接受的溢出通常会对企业技术水平的提高有帮助作用,但也有可能因为企业无法解决伴随知识溢出存在的诸多问题,而将企业发展引入困境,如:新技术与原有技术之间差异性的融合问题、管理知识溢出引发的制度或文化上的冲突等等。因此,合理定位企业自身的技术水平,明确企业的知识吸收能力,对于企业在学习过程中知识溢出的接收效果有着重要影响。然而,当合理定位企业以使得潜在溢出最大时,企业仍受到两点竞争约束:企业在从局部知识中获取最大利益的同时,还要尽量避免将知识溢出给竞争者,这些约束对企业的区域战略提供相反的动机。先进的企业,虽然更适合于接受知识外溢,却使它们远离外部的创新来源;而那些不先进的企业,尽管更愿意获得知识溢出,但却没有能力去获得它们。

任何企业都既是一个(知识溢出的)接收者又是一个(知识溢出的)潜在的来源。先进的技术能力,在协助领导企业从潜在的向内溢出中获益的同时,还可能导致知识的不慎外溢。先进的企业更主要的是代表溢出来源,而不是先进的竞争者。Shaver 和 Flyer(2000)指出,对竞争者的溢出影响着企业对外部经济的净贡献,同时也影响企业是否要定位于某一区域集群的决定。尽管他们的重点是研发合作,而不是区位决策,Cassiman 和 Veugelers(2002)指出了向内和潜在的向外溢出的差异的重要性。同样,Sanna-Randaccio 和 Veugelers(2002)提出把分散研发作为一个防止外溢的机制。

对知识外溢和企业低吸收能力的不正确的认识将会导致企业决策中的矛盾、模糊、和不完整的预测。例如,尽管技术落后的企业根据国际商业文化更有动力去寻求知识,但它们也可能很少这么做,因为它们无法识别和吸收它们所需的外部知识。当技术领先者并不位于技术丰富的区域时,只可能有两个原因:要么是它们不想去寻求知识,要么是它们可能在保护自身的知识产权以防止溢出给竞争者。

相比之下,对低吸收能力企业和知识外溢的关系的合理理解能帮助解释一些不明显的企业行为。减少集聚的收益,这将使得一些地区对于一些企业不那么具有吸引力。当负面影响超过了潜在收益,企业就可能从知识丰富的地区离开——这是国际商业文化不能解释的提法,因为其预测受限于企业,这些企业对技术丰富区域要么依附,要么漠不关心。只有允许净集聚效益为负的理论框架才能容纳并解释这样的提法。

不同技术能力的企业应该侧重选用不同的知识溢出源。由于吸收能力较低,技术落后,此类企业很难从商业化程度低的来源(学术界或政府)中获利,因此,他们应积极寻找产业类的活动,因为产业类活动产生的商业知识更易于消化。相比之下，在技术上领先的企业，由于他们为知识的产生付出了更多的努力，因而更有可能开发自身的吸收能力，以利用学术界和政府的知识来源。从这些来源中受益的能力不一定意味着技术先进的企业将远离高级工业活动，对于这种转变，先进的企业需要关注净溢出。

技术领先企业的先进能力可能导致知识的不慎外溢，因为先进企业是不先进竞争者得到溢出的潜在来源。为了将这种溢出最小化以保护它们的知识优势，领先企业将会从其他技术不先进企业的积聚中远离，它应该定位在高层次产业技术活动的区域。在由学术活动主导的区域中，从领先企业到竞争者的无意知识外溢的风险将会降低。在由政府活动主导的区域中，这种风险还会更低，因为较不先进的竞争对手缺乏吸收能力，以吸收来自这些前沿机构的溢出。因此，可以认为领先企业拥有吸收来自这些前沿机构的溢出能力，并且希望将对竞争者的溢出最小化，将倾向于学术和政府科技活动（较小程度上）水平高的地区。对于落后企业，他们不能利用与前沿地区相关的知识溢出，也不可能作为额外的外溢来源，在对这些来源的偏好中，仍以产业来源为首选，然后才是学术界，最后是政府。

政府在考虑知识创新收益时，不仅要考虑企业的收益率，还要考虑对社会的收益率。特别是那些带有基础性、产业相关度高和知识溢出效应大的领域，如高新技术产业集群，应给予更优惠的政策。因此，知识溢出效应的存在，对制定相应 R&D 投入税收政策具有重要的意义。与此同时，企业必须提高自身的学习能力，促使企业在 R&D 领域进行投资，提高对知识溢出效应的吸收以产生"竞争性溢出效应"。

集群知识溢出负效应的治理办法除了通过政府干预改变支付函数以外，企业的一体化行为是对这种外部性的最有效的治理对策，改变自身的企业边界，当完全一体化后，产业集群实际上就不存在了。企业边界的确定主要受到交易成本、外部化价格与内部化成本三方面因素影响。其中，交易成本指为使交易发生而产生的信息搜寻、交易谈判成本等，外部化价格是指企业外包或外购中间环节产品的价格，内部化成本则是指将所有的中间环节放到企业内部来完成所需的成本。若企业交易成本加上外部化价格的总成本大于企业内部化成本，则所有的生产与交换活动都会整合到企业内部以达到成本最小化；若企业交易成本加上外部化价格的总成本小于企业内部化成本，企业则会适当将生产与交换环节外部化，自己致力最具竞争力的价值活动，以实现成本最小化与专业化利益。

合作是内部化中的一种特殊情况。可以假设两个合作企业之间的博弈是三阶段的，第一阶段选择研发投入，第二阶段选择知识溢出水平（此即策略性行为），第三阶段二者在产品市场上进行竞争。假设二者之间信息是完全的，此时就可以采用逆向归纳法，以（自身或者共同的）利润最大化为目标进行求解。这里技术共享联盟、研发卡特尔和研发联合体都是可供选择的策略性行为,其中技术共享联盟、研发联合体的知识溢出系数 $\beta=1$,研发卡特尔的知识溢出系数 $0<\beta<1$。

此外,专用性资产投资也是企业可供选择的策略性行为。一方面,通过进行专用性资产投资,个体能更专注于核心能力的培养和稀缺资源的培育,专业化的合作可以带来劳动生产率的提高,增加整体收益,最近的研究表明,相关的专用资产投资往往与企业更好的业绩相关联。另一方面,相互进行专用性资产投资可以作为信任的可靠信号和约束方式,增加对合作预期和关系持续性的可信度。随着专用性资产投资的增加,合作的约束能力和单方面毁约的成本都会增加,进而增强彼此的信任程度,背叛成本的提高促使个体将自觉进行自我约束,抑制机会主义行为。

第6章 产业集群中的企业学习过程研究

6.1 产业集群中的企业学习分工与知识传导路径选择

6.1.1 学习分工

分工,就是两个或两个以上的个人或组织将原来以个人或组织生产活动中所包含的不同职能的操作分开进行(盛洪,1992)[142]。集群内部企业学习的环境复杂多变,企业需要通过不断的学习以适应集群整体技术水平的提高与知识结构的升级,然而企业学习过程涉及因素众多且复杂,学习环境的多变也增加了学习的难度,因此合理进行企业学习的分工至关重要。产业集群中的企业学习分工如图6.1所示。

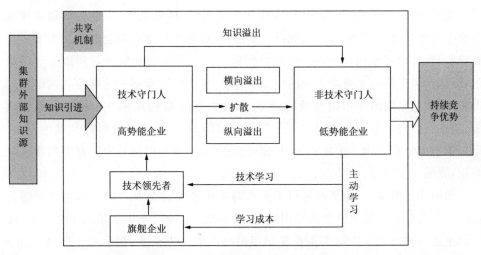

图 6.1 产业集群中的企业学习分工

如上图所示,集群中企业学习的主体是从技术能力维度分出的各个高低势能企业。高势能企业具备较高的技术水平与较多的知识存量,因而是集群内部的关键性知识源,在外部集群与集群之间充当"技术守门人"的作用,为集群内企业学习提供知识源。高势能企业自身主要通过与集群外部企业之间知识溢出的方式开展企业学习。低势能企业在学习过程中主要作为知识溢出的溢入方,通过学习企业通常可以较快地提升企业的技术水平,进而对集群整体绩效的提升有积极的影响。

当然,这种分工并不是绝对的,高知识势能企业未必不能从它的邻居那里获得新颖知识,而低知识势能企业的学习活动也未必完全地被限制在集群边界之内,因而这里所指的分工是从主流意义上而言的。

在这种分工机制下,从技术能力或者说知识的运动轨迹来看,是集群内高势能企业从集群外部引进新知识,再到集群内部扩散给其他企业的过程。如果这个过程能够不间断进行下去,那么可以预见到在企业集群中,将会出现高知识势能企业展翅于前、低知识势能企业跟进于后的雁行发展动态,其间的势差以一种健康的方式演化,集群整体的知识基础将不断充实,其技术能力将持续增长。

6.1.2　企业学习的知识传导路径

集群企业学习的知识传导路径主要有:同一产业链上的知识传导路径、产业链间的知识传导路径、"轮轴式"知识传导路径和集群内外互动的知识传导路径四种。

(1)同一产业链上的知识传导路径

在产业集群内部,地理上邻近带来的诸要素的畅通流动,使知识的自然外溢不可避免,这是企业学习的一种途径,目前大多数产业集群中企业学习主要是这种形式。此外,在产学研合作或者企业合作研发过程中,科研机构、中介机构和主导企业会主动地转移知识,集群发展到高级阶段,这种形式的学习将会越来越重要。企业吸收、整合外部知识,经内化、外化后创造出产品和服务的整个过程即为学习的过程,这是微观层面上单个企业的学习,在同一价值链中有多个这样存在内部学习的企业,他们之间的学习以企业与企业、企业与研究机构或中介机构的联系为纽带,实现集群内的知识流动,(主要是知识溢出的方式)。企业既可以从其他企业、研究机构或中介机构直接获取知识,完成企业学习,也可以通过中间环节间接获取知识,完成企业学习。

如图6.2所示,企业学习可以是企业与企业之间或企业与中介机构之间的直接学习,如:企业1至企业2的知识溢出;也可以是企业将知识溢出给中介机构(或中间企业),再由中介机构或企业将知识溢出给第三方企业,如企业1通过企业3或者研究机构(中介机构)将知识溢出给企业2,实现企业2的间接学习。

(2)产业链间的知识传导路径

如图6.3所示,一个产业集群由多条生产链组成,而生产链之间又会相互交叉,处于交叉点上的企业则成了"知识大使",频繁地在两条及多条生产链之间通过学习传递知识。如一个汽车零部件供应商可能为多个汽车公司生产零部件,它就处在子群的交叉点上,在与一个汽车公司的学习交流中积累的知识会有意无意地在与另一个汽车公司的沟通中扩散开来[143]。

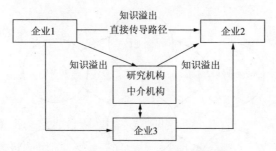

图 6.2 同一产业链上的知识传导路径

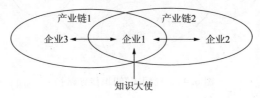

图 6.3 产业子群间的"知识大使"的知识传导路径

（3）"轮轴式"知识传导路径

当产业集群中存在一个核心企业，该企业处于知识搜索和创造的核心地位，围绕在该企业周围有一批具有专项生产能力的中小企业作为该企业产品或技术的转包商时，集群内存在一种特殊的知识传导路径——轮轴式知识传导路径，如图 6.4 所示。当核心企业与转包商之间的技术水平相差不是很大时，产品生产的改进或变革一般是由核心企业与转包商共同完成，具体由核心企业的研究开发部门主导，会同转包商进行学习交流，共同完成知识的创新，并且共享创新成果。当核心企业较转包商科研开发能力强很多，核心企业内部开发出新工艺、新技术后转移给转包商付诸生产，这使大量知识从核心企业流向转包商。核心企业可能把经营活动的一个或多个环节转包给周围的中小企业，这些企业之间可能没有直接关联，也可能是竞争合作的关系。例如通用、福特这样的汽车制造商，它们主要负责产品的最终组装与生产技术难度高、附加值大和对规模效益反应敏感的配套产品，对诸如引擎零部件、电气零部件、驾驶系统零部件以及底盘零部件等交由转包商制造。生产同种零部件的转包商之间存在竞争关系，但知识溢出和转移是必然存在的，因其生产技术背景极其相似，知识溢出和转移的吸收性很强，学习过程较为快捷高效。同时，许多转包商之间必须进行合作，不同零部件要能组装在一起有配套的问题。一种零部件在设计商的改动必定涉及相关配套零部件的变动，这时相关转包商就要进行知识交流，相互学习，并将创造出的知识进一步在企业内外深化扩散。

（4）集群内外互动的知识传导路径

集群是一个开放的系统，与外界不间断地进行着物质、信息和资金的交流。集

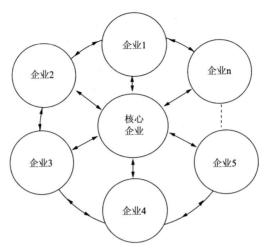

图 6.4 "轮轴式"知识传导路径

群内的任何组织和个人都可能与外部知识源接触、交流。集群与外界的知识交流可能是无意识的,如在生产经营活动中供应、生产和销售上与外界的合作而产生的知识溢出;也可能是有意识的,企业主动向外界寻求新知识或信息。不同性质的组织所需的外部知识是不同的,企业吸收的外部知识一般具有较强的针对性,可直接用于解决实践中的问题,而机构搜集到的信息、知识有些可以交付企业直接使用,有些需经过科研机构进行商业研究后转成技术知识再移向企业应用。集群内外部互动的知识传导路如图 6.5 所示。

集群与外部知识源的交流是双向的,集群内的知识同样会外溢,但对于不同属性和导向的集群,知识外溢程度是不同的。传统型集群中隐性知识占优势,具有很强的地方文化根植性,外界缺少其生长的土壤,知识难以逾越集群边界,而对于一

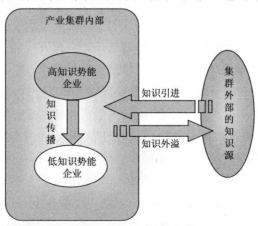

图 6.5 集群内外部互动的知识传导路

些外向性较强,在知识生产及应用上高度依赖外界的集群,知识有很大一部分是外溢出去的。

6.2 产业集群中的企业学习过程

6.2.1 企业学习方式

集群中企业互动学习,形成知识集成的途径有许多,包括模仿、人员流动、组织间合作、企业衍生、非正式沟通及正式沟通机制,这些渠道学习的效果,会通过集群环境的地理接近和社会认同效应而得到极大的改善。为达到良好的学习效果,企业的学习方式需要与知识的来源及特性相匹配。

首先,企业的学习方式应该与知识的来源相匹配。集群中企业来自于竞争对手的知识主要通过模仿、观察、比较和竞争学习,其中直接观察效果较好;来自于上下游互补环节的知识主要是通过专业化、互动、交流和合作来实现,通过技术看门人学习的效果较好。

其次,企业的学习方式应该与知识的特性相匹配。知识特性对集群企业的学习方式有较大影响,依据知识特性的不同,企业的学习方式也应有所变化。知识特性是指企业希望从合作伙伴那里学习的知识类型。温特(winter)提出了以下知识属性:清晰的/模糊的、有形的/无形的、可传授的/不可传授的、简单的/复杂的、独立的/系统的,这种分类具有一定的相对性。依据知识的本质特性可将其分为通用性知识和专用性知识、物化知识和行为知识。

依据以上分析,下面分别详细阐述集群内部与集群外部知识的企业学习方式。

(1)集群内部企业的学习方式

集群内部企业的正式学习方式主要包括模仿学习、企业间合作、平台学习和企业间非正式学习四种方式。

① 模仿学习。模仿是一种重要的学习途径,尤其对于创新基础薄弱、处于技术追赶阶段的中小企业而言,模仿学习是提升企业技术水平和创新能力的最快捷方式之一。在产业集群中,企业间的模仿学习包括在新产品、新技术甚至营销渠道等方面模仿和学习,具体实现方式包括正式的购买许可、非正式的观察和逆向工程。在集群环境中,模仿学习非常普遍,这主要是因为距离的接近使同行之间都互相清晰地暴露在对方的视野中,从而使得这种学习活动的成本大大下降而效率却明显提高,保密在这种情况下几乎成了不可能的事。

② 企业间合作。通过企业间合作进行的集体学习是产业集群所特有的企业学习方式。具体的合作形式包括:企业间自发的合作、企业与科研机构之间的合

作、由政府或行业协会牵头组织的多方企业及科研院所的联合攻关项目组等。企业间合作是一种相对正式的跨边界学习,通常是在学习项目难度较大、风险较高的情况下进行,目的是突破单个组织的资源局限并发挥多方的集体智慧。集群内企业由于地理接近、产业关联性较高、文化和制度背景相似等原因,往往更容易展开高密度、高频率的合作学习和互动。不过值得注意的是,合作学习尽管有其内在的合理性和优势,但其中内隐的较高的道德风险问题也应引起相关机构的足够重视。

③ 平台学习。集体学习平台是促进集群企业间互动、提高学习效率的重要保障。通过构筑公共互动平台,发挥中介、行业协会等机构的纽带作用,促进企业间、企业与科研院所之间、企业与风险投资机构之间的信息沟通与知识共享。科研院所可以通过平台以技术扩散的形式为集群学习提供知识源,传递科学性、基本性的技术和知识,有助于产业共性技术水平的提升;企业可以通过平台了解到最新的行业信息和市场信息,以及时调整企业的经营策略;风险投资机构可以通过平台发掘新的创业投资项目等等。在我国,产业集群的公共平台建设还较为薄弱,需要从基础设施和管理制度两个方面同时加快对公共平台的建设和完善。

④ 企业间非正式学习。非正式学习方式主要有三种:人员流动、企业衍生和企业之间的非正式交流。

第一,人员流动。从集群层面看,人员流动促进了集群整体创新能力的提升。集群内的人员流动可以分为三类:一是集群企业间的人员流动,一般表现为员工的"跳槽"和企业间的技术交流两种形式。由于企业的大部分知识是以隐性知识的形态存储于员工头脑之中,因而员工在企业之间流动的过程就是知识要素在企业之间的扩散过程。基于企业知识的异质性,这种不同企业之间的知识转移和共享会大大提高集群整体的创新效率。二是集群企业与其他机构之间的人员流动,即集群辅助网络与核心网络之间的人员流动。主要包括:当地高等院校向企业输送毕业生,研究人员从公共研究机构向企业研发部门流动当然也有反向流动,从行业协会、中介机构向企业的人员流动等。三是集群内公共服务机构、集群代理机构和科研机构之间的人员流动。由于这种形式的人才流动不直接作用于集群企业,所以在本书不做详细阐述。总而言之,人员流动作为集群学习的一种实现途径,是集群创新系统内部要素互动的重要形式,有利于增强集群整体的创新活力。

需要指出的是,集群的人员流动需要控制在一定的程度和范围之内,过快的人员流动或者重要人才流失到集群外部也都会给集群整体带来损失。这是因为过高的人员流动速率,将破坏知识的时间持续性积累规律,进而影响企业的知识基础,导致集群的学习效率下降,研发能力减弱等问题的发生,甚至可能会破坏特定企业的战略性知识资源。

　　第二,企业衍生。本质上,企业衍生也是一种集群中员工的跨组织流动,是指员工脱离原有企业或机构后自己创办一家新企业,或者由多家企业联合参股组建一个新的公司,或者由现有公共机构或科研院所衍生出新的企业。企业衍生是集群发展的一种特有的形态,现实中有很多集群都是基于原有的几家大企业,在长期的创新和发展过程中不断衍生出一个又一个新企业,进而形成一个集群。企业衍生之所以被称为一种集群学习过程,是因为衍生出的新企业与母体之间存在着千丝万缕的联系,新企业可分享"父辈"企业或机构的知识基础、营销渠道和部分资源。

　　第三,企业之间的非正式交流。非正式交流是指集群企业通过集群的非正式网络进行知识和信息的传递、转移和共享。产业集群的空间集聚性,为不同企业员工之间的非正式交流提供了便利条件,同时由于非正式网络环境一般比较宽松和自由,因而能够营造出较好的隐性知识传播环境。此外,非正式网络的关系互动,通常在日常生活中不知不觉就已发生,无需作大量复杂的准备,因而其互动频率要远高于正式网络。例如,在硅谷的酒吧里,经常有工程师聚在一起讨论工作中遇到的各种各样的技术问题。在这一过程中,传递知识的主体往往是个人,而不是企业或其他组织机构,他们可能来自不同的企业和组织,不同的知识源使他们所拥有的知识具有更大的异质性,知识的碰撞和整合效应更为显著,更容易激发出新想法和新构思。企业通过非正式网络完成隐性知识学习的主要过程如下:(i)通过"企业知识内部化",完成个人对于知识的积累(即知识的内化);(ii)通过"无形学院(invisible college,意指非正式的学术交流)、朋友聚会"等非正式交流完成个人之间的知识转移和共享;(iii)通过"知识编码化"完成个人知识向企业知识的转化(即知识的外化),存储进"组织知识库"中,完成企业之间的隐性知识学习。

　　(2) 集群外部知识的学习方式

　　集群外部知识资源的主要作用是:①每一个企业能够从建立和知识机构关联的地区集群的知识提升中获益;②一个集群企业能够通过它的知识溢出途径获取信息,这个传递途径将在集群中通过地区的"产业空气",将知识溢出给其他企业。

　　技术看门人可以通过多种方式获得集群外的知识,从正式过程来说,看门人对外部知识的学习可以寻求加入跨国公司的分包网络,可以购买世界范围内产业领先者的技术许可,可以和有竞争力的知识来源组建学习联盟或合资企业,可以和外部大学和实验室建立产学研联合体等等。从非正式过程来说,看门人可以对行业领先者的产品进行分解研究,可以从外部招募高层次人才实现隐性知识的转移,也可以在知识高地建立研发机构进行跟踪学习。当然,对于集群企业来说,学习外部知识不是看门人的专利,其他企业和机构也可以在自己的能力范围内,通过各种渠道获得有用的信息。

具体而言,集群企业进行外部学习的主要途径有:引进模仿学习、合作学习和吸引先进企业入驻集群三种。

① 引进模仿学习。与集群内部企业学习相似,模仿学习也是集群内企业进行外部学习的基本方式。引进模仿是指集群内企业购买技术设备或购买其他研究机构或企业的专利技术,通过将成熟的高新技术直接引入企业内部,加以消化、吸收,来提升自己的技术水平与知识结构。这种学习方式的优点是企业可以迅速形成生产能力,以高新技术产品抢占市场,获得市场竞争优势,具有投资少、省力、减少研制开发风险和进入市场快的特点,适合于实力较强的企业。缺点是不容易从根本上提升企业的创新能力,容易成为外部先进企业的附庸或陷入“创新惰性”的陷阱。

② 合作学习。走产学研结合的道路,与科研院所和大专院校合作,是高效率学习的重要途径。高等院校、科研院所是原始知识的生产者,是新知识源诞生的重要基地。与大学、科研院所的合作是集群企业获取最新科研成果和知识的一种有效途径。合作学习可以有效发挥高校与科研机构在创新资源和基础研究方面的优势,并利用企业对市场和行业信息的敏锐性,从而增强基础研究与市场需求之间的匹配性,提升技术创新成果转化率,同时有助于企业减少创新风险,缩短新产品和新技术的研发周期,抢占市场先机,进一步提高企业自身的创新能力。

③ 吸引先进企业入驻集群。在我国,大部分产业集群的整体创新能力都较弱,集群发展多是依赖于当地资源和成本上的优势,迫切需要学习先进国家和地区在生产工艺、产品设计及管理制度等方面的先进技术和经验。吸引集群外的先进企业入驻是提升集群创新能力、吸引创新资源的最快捷方式。

一方面,通过先进企业产生的竞争压力、示范学习效应以及与当地产业链相关主体之间的联系,促进集群的资源利用效率。具体表现为:原有集群企业为配合先进企业的生产需要,需要在产品质量、技术和管理上水平都有所提升,实现与先进企业的接轨,例如进驻企业会对当地企业提出产品规格、式样和质量要求,并可能对当地企业提供技术支持;同时,对于从事相似生产环节的当地企业而言,集群外企业的进入加剧了群内的市场竞争,从而促使其必须加快技术创新速度,提高产品质量;在示范效应方面,先进企业的经营理念、管理原则和执行方式都会对群内其他企业产生影响作用,有利于增强集群整体的技术水平和管理能力。

另一方面,先进企业进入集群的同时也带来了先进的技术和设备,从一定程度上提高了集群的生产能力和技术水平。例如浙江大唐地区就有一些韩国、日本的袜机设备生产商进驻工业园区,当地企业通过购买并使用高质量的产品和设备,促进了自身生产工艺和产品质量的提高。

此外,在培训人才方面,进驻企业因发展需要会在当地招聘新员工,并对其进行培训和指导,使其在短时间内掌握先进设备的操作技巧或先进的管理经验,进而为集群培养出一大批优秀的技术及管理人才。这些人在集群内的流动将有利于提高其他企业的技术水平和管理能力。

6.2.2　企业的组织学习过程

组织学习是组织内成员相互作用的学习过程,这种学习过程涉及"企业中不同生产技能的协调"、"企业内多种技术流的整合"以及"企业组织中价值观的传递"三个方面。组织学习的结果可以是有形的,也可能包含模糊、无形的结果,如科学技术知识的提高、经验的积累和员工素质的提高等。其中经验、技巧和技能依赖于员工层面而存在,而组织文化、组织惯例等依赖于组织层面而存在。网络化的隐性知识共同构成了组织难以模仿、替代、持久和能创造独特价值的核心能力。组织学习通常要求组织内部各职能部门和项目组之间建立广泛、及时、不间断的交流,是一个复杂的社会过程,组织学习产生的新的组织知识必须是可交流的,对组织行为是有用的,并能够被组织成员所理解的。

企业组织的学习过程如图 6.6 所示,组织学习过程是一个开放的系统,一方面企业需要协调、整合内部的各种资源;另一方面,企业需要汲取来自外部环境的信息和知识,并对外部环境的变化迅速做出反应。在企业内部,企业通过组织视野来调节、引导组织学习,组织视野是企业战略与文化的有机结合,为组织所共享,并由此形成了一种组织思维模式,它有利于组织对内外环境的反馈信号进行一致的响应以及组织中合作学习的实现。Mintzberg 认为组织在其产生时期会尝试各种看

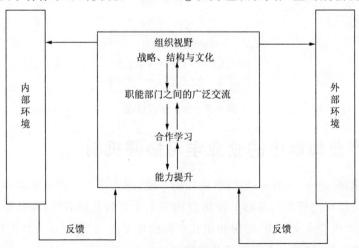

图 6.6　组织的学习过程

待问题和处理问题的方式,然而围绕特定的方式形成一种视野,组织视野将在组织行为中根深蒂固,与之相关的意识形态会在组织成员中逐步成为一种潜意识。

　　企业组织的合作学习也包括知识的获取、知识的消化与吸收、知识的存储和知识创新与溢出四个阶段,合作学习过程如图 6.7 所示。在知识获取阶段,组织通过搜索、购买其他企业专利或研究机构的知识溢出等获得一系列的集群内部知识与集群外部知识,并通过显性化、内化和社会化持续地对知识进行处理,实现显性知识在数据库、文档等和隐性知识在个人和组织层面的知识存贮,存贮的知识能够支持知识的获取、消化、吸收、创新和溢出。对于存贮知识可以通过生产、研究开发、组织变革进行系统的应用,应用过程本身也会创造出新的知识和对新知识产生需求,促进知识获取。经过持续不断的"知识获取→知识消化与吸收→知识存储→知识创新与溢出→知识获取……"的合作学习过程,组织核心能力将不断提升,同时不断提升的核心能力反过来会刺激合作学习,不断增加的合作学习要求职能部门之间更加紧密的广泛交流,并深刻影响组织视野、战略、结构与文化的变革。

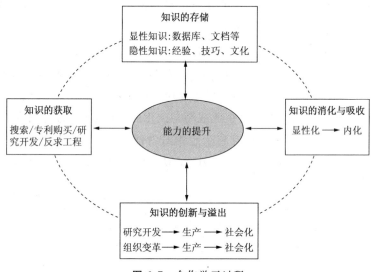

图 6.7　合作学习过程

6.3　产业集群中的企业学习协调机制

　　所谓协调(coordination)是指事物和谐一致,配合得当。产业集群中企业学习协调机制是指在市场规制基础上使集群内部企业之间互动有序,降低企业间交易的成本、减少机会主义行为、实现知识共享和信息交流、促进创新及共担风险等,能够化解集群风险,增强企业集群竞争优势的方式、方法[144]。

　　由于集群风险的存在,需要相应的协调(规制)机制来规范集群内各行为主体的行为,以保证集群内部各行为主体能够同步、互动并且有序的高效协作,维护并增强企业集群的竞争优势,实现集群内各个主体以及集群整体效率的最高化。企业集群内部企业间的交易及互动,是企业集群经济活动的最主要组成部分,同时也是他们相互博弈的一个过程。从本质上看,聚集企业之间的学习亦反映了一种博弈关系,一种区域企业之间的战略互动关系,纳什提出的经典博弈论以完全理性作为关键假定,视经济行为人之间的关系为原子式或机械式的互动关系,假定其他博弈者选择给定的情况下考察个人最优反应。经典博弈论中的动态博弈假定各参与人有特定的对局者,后动者在观察先动者的选择行为做出最优反应,先动者在做出预期到后动者的行为反应后作出最优决策。

博弈论可以分为合作博弈(cooperative game)和非合作博弈(non-cooperative game)。合作博弈与非合作博弈之间的区别主要在于所研究的行动参与人的行为在相互作用时,能否达成一个具有约束力的协议(binding agreement)。如果有就是合作博弈;反之,则是非合作博弈。传统的非合作博弈理论强调的是个人理性、个人最优决策,从纯粹的个人理性出发,不进行合作,其核心概念——纳什均衡存在自身的缺点和难以克服的理论困难。合作博弈理论强调团体理性(collective rationality)、有效性(efficiency)和公正(fairness)和公平(equality)。如果说非合作博弈偏向于对竞争的研究的话,合作博弈则倾向于对成员合作的研究。合作博弈理论虽然也有一些解的概念,如纳什谈判解(Nash bargaining solution),Shapley值、核(core)、稳定集(stable set)及谈判集(Bargaining set)等。但是始终没有形成类似非合作博弈的纳什均衡的中心概念。本部分将构建企业集群企业间的"协调一合作"博弈均衡模型,是假设集群内部存在协调机制并在其作用下,集群内部企业通过偏好的改变,即由非合作向合作转变,能够达到唯一博弈结果的均衡,是一种将纳什均衡概念和合作博弈中的典型概念溶合在一起的一种新的均衡概念[145]。

合作博弈可分为可转移支付联盟博弈和不可转移支付联盟博弈。这里的区分标准是联盟成员能否随意在他们之间分配由于联盟获得的总支付。潜在的假设就是是否存在一个交换的媒介,使得效用能够自由转移,因此每个局中人的效用呈线性变化。在集群中,企业间缺乏一个交换效用的媒介,从而无法自由转移他们的支付,因此,集群内部企业间"协调一合作"博弈均衡模型是一种没有转移支付的均衡模型。

6.3.1 集群的企业间学习过程

集群企业间学习是知识在集群内不同企业间流动的动态过程,包括知识溢出、知识消化与吸收和知识再溢出三个阶段,企业间的知识流动包括隐性知识流动与显性知识流动两类。集群企业的知识以知识溢出的方式在集群内企业间流动，并经过知识溢入方对知识的消化与吸收过程内化为溢入方企业自身的知识，实现"原有知识"与"溢入知识"的融合，进而实现知识的创新，进一步提升企业的知识结构与技术水平，同时增加集群知识库的知识存量。最后，企业内化的知识与新创的知识再从集群知识库中二次溢出，参与新一轮的知识流动，如图 6.8 所示。集群中企业间学习的本质就是不断循环的"知识溢出→知识消化与吸收→知识再溢出"的集群知识的循环运动过程。下面依次对知识溢出、知识消化与吸收以及知识再溢出过程进行阐述。

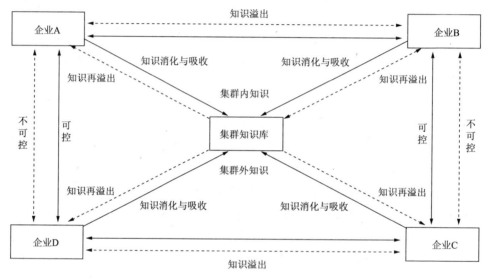

图 6.8　企业间学习过程

（1）知识溢出

如前文分析，集群内企业间由于技术水平与知识结构之间的差距而形成的"势能差"是知识溢出的原始驱动力，而知识溢出双方企业主动的学习愿望也是影响知识溢出的重要动因之一，据此可将知识溢出分为可控知识溢出和非可控知识溢出两类。在可控知识溢出中，知识传播一般是主动的、有意识的和自愿的，知识原体能够有效控制传播知识的内容、对象和渠道，这种溢出可以在集群中的同行企业之间、企业与上游供应商之间、企业与下游的客户之间以及企业与大学和科研院之间发生，在这一过程中企业的学习行为主要是通过企业间的直接而有目的的接触进行技术上的交流与合作，以及模仿式学习等；在非可控知识溢出中，知识传播一般是被动的、无意识的和非自愿的，知识原体无法控制传播知识的内容、对象和渠道，知识受体通过人员流动等溢出形式来吸纳知识原体的技术人员，进而通过共同工作、由其主导培训来挖掘嵌入技术人员头脑中的隐形知识，获取其经验、技巧和技能,在这一过程中,显性知识的溢出成本较低,而隐性知识由于难言性、不易编码等特性,溢出成本较高。而无论是可控溢出还是非可控溢出,知识溢出过程都是一个在集群内由一个或多个知识受体向一个或多个知识原体学习的复杂动态过程,知识溢出并不改变集群内部企业间的竞争关系,知识溢出是先进企业创新的副产品,是企业之间非核心竞争力的溢出。

(2) 知识消化与吸收

知识的消化与吸收过程是指集群内的企业把在知识溢出中获得的知识通过整合、应用和平衡以及联合活动来实现"溢入知识"的内化与创新。在本阶段,集群内企业为解决共同面临的问题,会整合各自不同的知识与能力,协同努力完成知识的消化与吸收。由此可见,集群内企业之间资源的互补性和共同面临的问题是集群内企业协同进行知识消化与吸收过程的主要驱动因素。具体而言,企业之间资源的互补提高了集群整体创新知识的可能性,而集群内企业共同面临的问题比如开发新的技术或产品等,则激励着企业融合各自的能力以实现知识的创新,即一旦有产品或技术存在新的需求,这种合作创新的活动就会发生。这是因为这些需求带来的压力以及潜在的收益会驱使集群内企业对现有的知识进行创新以解决问题,在这一过程中,集群提供的互动学习平台使企业都获取了新的知识,同时,也增加了整个集群知识库的存量。然而,企业间合作解决问题的方式也往往存在较高的道德风险,比如合作者可能会恶意违背承诺减少投资,或者单方面侵占投资成果。总体而言,集群环境在理论上是适合合作活动的开展的,并且合作企业间拥有的知识和需要解决问题之间的差异越大,学习的潜力就越大。在知识的消化吸收过程中,学习的特点是隐性知识学习为主显性知识学习为辅,这是因为集群内企业联合各自的知识和能力进行知识消化吸收的过程中,彼此之间的相互作用和合作更加紧密,个人之间和企业之间的交流和沟通进一步加强,这一过程中包含了许多隐性知识的传递,以及新知识的产生,这些新知识同样会增加到产业集群的知识库中。

(3) 知识再溢出

知识再溢出过程的发生基于集群企业对于知识的消化与吸收过程的完成,前提是通过前一轮知识的流动过程增加了集群知识库的知识存量,产生了一些得以溢出的新知识。这些知识从集群的知识库中流回到集群内相关企业以及其他企业,并应用到它们的其他内部活动或外部活动中。知识再溢出这一过程流动的仍然是显性和隐性两种知识,知识的流动再次为集群内企业获得新知识、提升技术水平提供了条件,对于再溢出知识吸收的效果同样也取决于集群企业学习能力,拥有较强的学习能力的企业能够将产业集群知识库中的知识转化为自己的能力,而不善于学习的企业则从中得到的较少。

6.3.2   知识溢出双方利益关系分析

知识溢出是集群企业学习的原始驱动力,如何协调知识溢出双方的利益关系对企业学习的过程及效果都有重要影响。

在知识溢出的过程中,知识的流向是从具有高知识势能的知识溢出方溢入到处于低知识势能的知识溢入方。因而,从知识存量与技术水平来看,知识溢出的结果是溢入方知识存量的增加与技术水平的提升,知识溢出方不变,即导致了双方在知识存量与技术水平上差距的缩小——对知识溢出方不利。从学习成本上看,知识溢入方企业在学习过程中必然要支付一定的学习成本,可能是以金钱的方式购买知识溢出方的专有技术或专利的使用权,也可能是以其他非资金的成本获取溢出方的知识。同时,企业学习(知识溢出)发生于多个知识溢入方对应一个知识溢出方,学习的过程可能伴随着新的行业标准的形成,即众多知识溢入方在接受知识的同时,也已经接受了知识溢出方制定的新的行业技术标准,因而成为其附庸,即在进行知识溢入的过程中存在地位非但没有上升反而有下降的危险。

为了避免这种风险,低势能企业可以通过与集群外企业之间的知识溢出活动,提升企业技术水平,从而赶超集群内的高知识势能企业,避免被迫成为"标准附庸"的发生。对于这种现象,集群内的高势能企业由于充当着集群"技术守门人"的角色,因而其对集群外部新技术的识别能力通常更强,可以先于集群内其他企业学习外部的新技术,接受外部的知识溢入,进而维护自己在集群中的优势地位。

总之,尽管集群内企业在企业学习中需要协调各种因素的影响,但无论是高知识势能企业还是低知识势能企业,企业的学习行为对于集群整体的技术水平肯定是有益的。

6.4   产业集群中的企业学习与集群优势

根据新增长理论,区域产业集群的许多"外部性"会使聚集企业受益,产业集群充满一种传播新思想、新技术以及最新工作经验的学习"氛围",聚集企业之间的相互学习,促使区域产业的知识存量不断增长,并且形成了不同于其他区域的核心知识和竞争能力,这是产业集群区域可持续发展的内在动力。从发展角度来看,产业集群是企业学习因素的聚集,形成了众多聚集企业竞争力的"合力"。波特(Michael Porter)认为,产业在地理上的聚集,能够对产业的竞争优势产生广泛而积极的影响。从世界市场的竞争来看,那些具有国际竞争优势的产品,其产业内的企业往往是聚集在一起而不是分散的。集群为什么有助于产生竞争优势?波特指出,产业集群能够提高生产率,能够提供持续不断的改革动力,能够促进新企业的诞生。集群的环境与创新氛围大大激发了集群内企业学习的内生性。

相对于"外部学习",即产业集群中的企业通过相互作用,提高了对产业集群中的其他企业成员甚至是竞争者相关知识的了解和洞察,竞争性集群内企业学习的重要影响之一就是促进了集群内知识扩散的范围和速度。换言之,企业学习能够使得产业集群中的企业获得更多其他企业的知识溢出,能够使得知识迅速扩散到整个产业集群,并且能够为知识的进一步转化提供土壤。集群如果要成长起来,需要集群内部知识的不断流动和自我更新,而企业学习是这种知识流动与更新的发动机。

企业学习对于集群成长的另一个影响是抵御外部环境的不确定性。集群内的企业不单单从集群内部获取知识和资源,同时通过自己的社会资本与外部环境进行间断性的交流,进而监控环境的变化。企业对于外部环境变化认知很快会扩散到整个集群,对于非竞争性产业集群尤其如此。这种对于外部环境变化的监控也成为集群内企业有别于集群外其他企业的重要优势之一。

Marshall(1920)观察到,由于信息溢出效应、专业化供给者和熟练劳动力市场的存在,企业在空间的集聚能够降低信息交易成本。Marshall 的观察暗含着知识的外部性、专业化生产和企业之间合作所不得不面对的信息交易成本对于集群的形成有着重大的影响。沿着 Marshall 的思路,Goldstein 和 Gronberg(1984)等人指出:"对于很多存在辅助产业的企业来讲,之所以会选择地理上的靠近,是因为地理上的接近会降低企业之间合作的成本,从而增加产业的经济规模并且获得专业化的收益。"Williamson 也指出,当面对面的信息交流对于企业十分重要的话,企业会选择靠近,这样可以降低人移动的物理成本。在"新经济地理"关于企业集聚现象的研究文献中(Fujita、Thisse,1996),企业集群的原因通常被归结为三个方面:降低了的运输成本,高质量的劳动力市场和当地技术存在的外部性。

此外,集群的创新环境为企业学习带来压力和动力。如图 6.9 所示,由于地理上与行业上的接近,集群内个别企业的技术进步的消息,会很快在集群内传播开,这样就给同行企业带来了竞争压力,激发其学习、革新技术的积极性;而集群外部企业的技术进步,会由于集群内部"技术守门人"的存在而较快的传入集群内,为集群内提供新的知识源于学习动力。

集群的习俗、文化一般是地方化的,他们是特殊地域文化和历史的产物,这种地方化的习俗、文化引起社会化的学习过程,交流特别是非正式交流让人们能够观察、比较其他企业、其他人的行为,这种观察的机会愈多,程度愈深,人们对于知识价值的主观判断愈趋于一致,产生社会化的解释系统。社会化的解释系统包括人们共享的主观(是非好坏)的感受和对客观(技术知识)的理解。主观的感受如什么

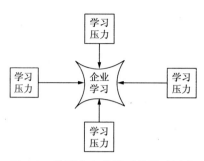

图 6.9 集群内企业学习的学习压力

可以做、什么不可以做这类隐性的知识,客观的理解如对于技术术语的认同等。由于地理接近形成的习俗、文化有利于提升集群的企业间学习效率。共同的产业文化、社会背景形成的共同知识,有利于学习的开展,企业的观察、模仿能力提高,减少了企业的合作成本,强化了企业的共同行动。由于信任机制的建立,相互之间的信息对称以及识别机会主义的能力提高,企业不需要签订明确的法律条款也能展开合作。但是集群的制度、习俗和文化等因素导致集群具有明显的路径依赖特性,致使集群技术锁定,陷入认知陷阱,形成自身的主导逻辑,从而使得集群缺乏活力。因此,它像一把双刃剑,既有可能促进知识的创造和学习,也有可能阻碍学习,在不鼓励合作、不鼓励创新的集群中,企业间学习很少发生。

第7章　知识溢出与产业集群中的企业学习关系影响因素实证分析

7.1　因素分析与假设

学习,既是一种过程(process),也是一种行为(action),同时可能遵从一定的模式(model)。作为"过程"的学习其可能具有一定的路径依赖特性;作为"行为"的学习其可能具有一定的策略性,强调彼此之间的策略互动与博弈;作为"模式"的学习,由于模式是基于过去的行为的,因此需要不断地创新,避免形成认知陷阱(cognitive trap)和主导逻辑(dominant logic)上的错误。因此,从不同的角度来看,集群学习具有不同的特性。知识溢出与产业集群中企业学习关系的因素主要包括五个构面:知识溢出载体、企业的学习能力、学习动力、学习过程和学习效果。

7.1.1　概念模型的构建

根据第2、3、4章关于知识溢出和企业学习的界定与分析及学习机理研究,知识溢出的定义"不给知识的创造者以补偿,或给予的补偿小于智力成果的价值",可以认为不断的知识溢出行为能够在原有生产要素供应量不变的条件下,改变生产的可能边际,提高资源利用效率。本书从知识溢出的载体确定两个变量:集群内知识溢出和集群外知识溢出。企业的学习能力包括识别知识的能力、获取知识的能力、消化知识的能力和吸收知识的能力,由于识别知识的能力、获取知识的能力是企业学习能力的准备和基础,因此,学习能力构面确定两个变量:消化能力和吸收能力。

根据第4章关于产业集群中企业学习动力机制研究,企业学习动力机制的运行中,企业内在的学习动机是整个动力机制的核心动力。集群环境为企业之间进行技术交流、知识共享以及非正式交流提供了便利的条件,因而,集群中企业之间的学习成本远低于集群内企业向集群外企业学习的成本,这一点,也在无形中成为企业学习的重要动力,即较低的学习成本,是集群内企业之间进行学习的动力之一,属于经济方面的外在动力。与此同时,企业学习机制的顺利运行需要学习主体与各个动力主体之间的协同努力,学习机制运行的关键在于学习动力的持续性,协同运作的高效性,这样才能在一次次的企业学习中逐步实现产业集群的跃迁与企业的升级,进而更有效的完成下一次的学习,保证企业学习动力机制的高效、有序运行。因此,动力机制构面设立两个变量:协同学习和交易成本。

企业学习过程是知识在集群内不同企业间流动的动态过程,其包括知识溢出、知识转化和知识收获三个阶段。根据第 5 章的分析得出:在集群内企业的知识通过知识溢出不断实现在集群内部企业间流动,并经知识受体消化与吸收,完成知识的内化与创新,增加集群的知识库存量,然后内化的和新创造的知识从集群知识库流回到各个集群企业中,再次发生知识的溢出。由此看来,学习过程构面重要变量即是学习渠道和信任关系。

学习效果是企业实现生产要素新的组合之后,所取得的效果和表现的生产效率的提高。通常用产品创新或过程创新对企业绩效的贡献程度来表示。

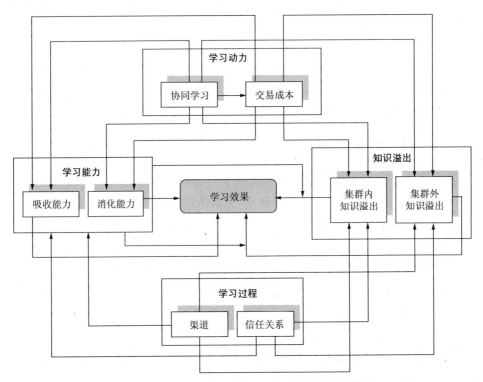

图 7.1　知识溢出与集群中企业学习关系的概念模型

7.1.2　假设的提出

在上一节中,本书分析了知识溢出载体构面、企业的学习能力构面、学习动力构面、学习过程构面和学习效果构面的内涵及研究维度,并提出变量之间作用关系的概念模型,如图 7.2 所示。

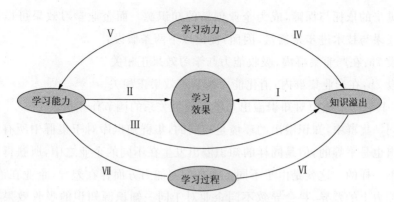

注：Ⅰ代表知识溢出与学习效果的溢出
　　Ⅱ代表学习能力与学习效果的关系
　　Ⅲ代表学习能力对知识溢出与学习效果关系的调节作用关系
　　Ⅳ代表动力机制与知识溢出关系
　　Ⅴ代表动力机制与学习能力关系
　　Ⅵ代表学习过程与知识溢出关系
　　Ⅶ代表学习过程与学习能力关系

图 7.2　集群中企业学习的构面之间的逻辑关系

本部分将在理论推导的基础上分析变量之间的具体相关关系,并提出假设,本书变量之间的逻辑关系是:知识溢出与集群学习效果的关系;学习能力与学习效果的关系;学习能力对知识溢出与学习效果关系的调节作用;动力机制与知识溢出关系;动力机制与学习能力关系;学习过程与知识溢出关系;学习过程与学习能力关系,本部分将按照这种逻辑顺序提出要素之间作用关系的如下假设:

(1)知识溢出与学习效果的关系假设

随着产业集群的形成与发展,知识溢出现象逐渐成为集群的典型特征之一,作为集群内企业学习的原始驱动力,知识溢出的存在,在降低企业学习成本方面有着积极的影响作用,同时对于促进企业间的协同行为也有着积极的影响。因而,提出以下两条假设:

假设 1a:产业集群中,集群内知识溢出与学习效果正相关。

假设 1b:产业集群中,集群外知识溢出与学习效果正相关。

(2)其它学习能力与学习效果的关系假设

企业的学习能力包括企业识别、获取知识的能力,消化、吸收知识的能力,其中识别知识与获取知识是企业学习的第一阶段,是企业学习的基础性行为,任何一个有着学习愿望的企业几乎都有着一定识别、获取新知识的能力,该能力属于前端学习能力;在从其他知识源获取到知识后,会有一部分知识以存储的形式暂时储存在企业知识库中,而另一部分知识则由企业通过对知识的研究、整合完成知识的消化、吸收过程,只有经过吸收的知识才能真正内化为企业自身的知识,才能成为企业技术进步的依托与保障,成为企业创新的知识源。而企业学习效果可以用企业的创新成果与技术进步来衡量,因而,提出以下两条假设:

假设 2a:在产业集群内,吸收能力与学习效果正相关。

假设 2b:在产业集群内,消化能力与学习效果正相关。

(3) 其它学习能力对知识溢出与学习效果关系的调节作用假设

在同一集群中,知识溢出的环境是相同的,集群知识库对于集群中所有企业的知识溢出也是平等的,但是同样的知识溢出发生在不同的企业之中,所获得的效果显然是不一样的。这就是由于不同企业在学习能力方面存在差异,企业在消化、吸收知识能力上的差异,将会导致不同企业对于同一知识源知识的吸收效果存在显著差异,进而直接影响企业在知识溢出中的学习效果。因而,提出以下两条假设:

假设 3a:企业学习能力越高,集群内知识溢出对学习效果的影响越大。

假设 3b:企业学习能力越高,集群外知识溢出对学习效果的影响越大。

(4) 其它动力机制与知识溢出关系假设

在产业集群中,企业之间的协同学习有利于知识的传递与共享,进而有利于集群知识的溢出;集群环境方便了集群内企业之间在地理上交流显性知识的同时,也增加了企业之间面对面进行隐性知识交流的机会,因而降低了集群内企业之间的学习成本,促进了集群内部企业之间的知识溢出,而集群内企业与集群外企业之间由于地理距离、文化差异等因素无形中增大了知识溢出的难度,因而集群内部知识溢出的大量发生在一定程度上给集群内部与外部企业之间的知识溢出带来负面影响;企业间协同的目的之一就是降低交易成本,而较低的交易成本正是集群内企业进行企业学习的重要动力之一。因而,提出以下五条假设:

假设 4a:协同学习与集群内知识溢出正相关。

假设 4b:协同学习与集群外知识溢出负相关。

假设 4c:交易成本与集群内知识溢出负相关。

假设 4d:交易成本与集群外知识溢出负相关。

假设 4e:协同学习与交易成本负相关。

(5) 其它动力机制与学习能力关系假设

在企业学习过程中,企业消化知识与吸收知识的能力受企业原有知识存量与技术水平的影响,这是由于过大的技术水平差距会导致企业无法顺利完成知识的溢入,究其原因就是由于企业对于溢入的知识了解得不够深入,没有掌握知识或技术的根本性要素,而引发这一现象的原因不仅仅在于企业原有技术水平的高低,还与知识溢出双方的协同学习相关。良好的协同学习有利于双方进行充分的技术交流,进而提高知识溢入方企业对于新知识或新技能的掌握能力,进而提升其对知识

的消化及吸收能力。因而,提出以下四条假设:

假设 5a:协同学习与吸收能力正相关。

假设 5b:协同学习与消化能力正相关。

假设 5c:交易成本与消化学习能力负相关。

假设 5d:交易成本与吸收学习能力负相关。

(6) 其它学习过程与知识溢出关系假设

良好的信任关系可以避免知识溢出双方一些不必要的开支(时间或金钱),减少学习成本提高企业的学习效率。而无论在集群内还是集群外,顺畅、丰富的企业学习渠道会给企业之间进行知识的交流提供更便捷的环境,进而有利于知识溢出的发生。因而,提出以下四条假设:

假设 6a:学习渠道与集群内知识溢出正相关。

假设 6b:学习渠道与集群外知识溢出正相关。

假设 6c:信任关系与集群内知识溢出正相关。

假设 6d:信任关系与集群外知识溢出正相关。

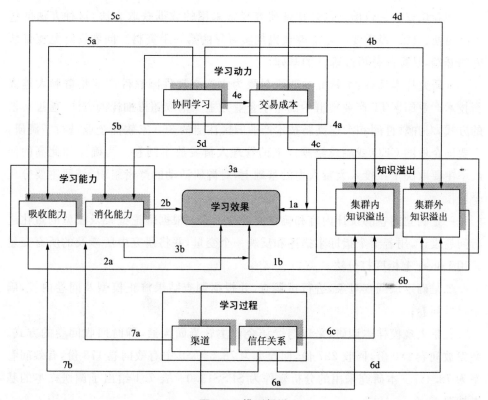

图 7.3　模型假设

（7）学习过程与学习能力关系假设

学习过程中的两个变量学习渠道与信任关系是集群中企业与企业之间、企业内部组织之间学习能力提升的重要条件。在第 6 章中探讨了集群企业在网络中互动学习，形成知识集成的途径有许多，包括模仿、人员流动、组织间合作、企业衍生、非正式沟通及正式沟通机制。这些渠道学习的效果，会通过集群环境的地理接近和社会认同效应而得到极大的改善。企业之间、企业内部组织的合作解决问题尽管有其内在合理性，但是也往往内含有较高的道德风险，良好的信任关系是企业学习能力提高的保证。

假设 7a：学习渠道与学习能力正相关。

假设 7b：信任关系与学习能力正相关。

7.2　数据的收集、变量的度量与分析方法

7.2.1　问卷设计与数据回收

问卷调查法是目前国内外实证研究经常采用的数据获取方法，这种方法的优点是简便、灵活，最重要的是能够获得翔实可靠的第一手资料。问卷设计是实证研究的开端，是提高分析准确性的基础。

本研究样本选择：本研究的调研对象为大连市软件园软件产业集群和大连高新技术产业园区 IT 产业集群中的中小企业为主。采取随机抽样的方法，通过访谈的方式，对在软件园和大连高新技术产业园区注册的 360 家软件企业进行了调研，主要向企业的 CEO 或副总经理以上的管理人员发放了问卷。为确保如此高的回收率主要取决于在投入大量人力的基础上，对调研活动的严密组织，调研主要分三个阶段：

一是确立问卷的设计内容和确立问卷的形式。根据理论框架及模型的量化进行问卷设计，用若干个指标来描述和反映一个变量，并将研究中所涉及的所有变量采用 Likert 七标度打分法；

二是确定试调查对象，进行试调查，并根据调查结果修正模型及问卷内容，确定最后问卷；

三是大规模样本调研，采取与受访企业主管当面沟通，即时回收问卷的方式。共发放问卷 289 份，回收 227 份，回收率为 78.5％，其中有效问卷 178 份，有效问卷率为 78.4％。本研究采用的分析软件为 SPSS13.0。表 7.1 给出了调研样本的基本情况。

表 7.1　样本的基本情况

企业统计变量	企业百分比	企业统计变量	企业百分比
企业性质：		企业行业分布：	
中小企业	98.3	软件企业	94.95
规模企业	1.7	电子与信息制造	0.01
		其他高技术	0.04

大连软件园是大连市政府为推动信息化建设于 1998 年立项兴建的专业化软件园区，其先后被科技部认定为"国家火炬计划软件产业基地"，被国家计委和信息产业部联合授牌和命名为"国家软件产业基地"，被国家发改委、商务部和信息产业部联合命名为"国家软件出口基地"。

经过多年的发展，2005 年大连软件园实现软件及信息服务业销售收入 50 亿元，比上年增长 68%，接近全市软件产业总收入的一半；出口额 2 亿美元，比上年增长 75%，占全市软件出口额的 2/3；新增入园企业 62 家，入园企业总数达到 280 家，其中世界 500 强 19 家，外资企业比例达 41%；大连软件从业人员超过 3 万人，其中软件园近 2 万人，比上年增长 70%。至 2007 年 3 月，大连软件园入园企业数量 364 家，外资企业所占比例为 43%，其中日资企业所占比例为 27%。包括 GE、IBM、HP、埃森哲、松下、索尼、日立、NTT、NCR、甲骨文等在内的世界 500 强企业已达 29 家。

（1）软件与服务业总销售

2005 年大连市软件与服务业总销售收入 100 亿元，比上年增长 42.9%，如图 7.4 所示。

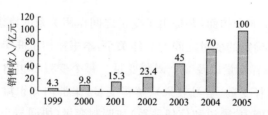

图 7.4　大连市软件与信息服务业总销售收入

（2）软件与信息服务企业

2005 年年末大连市范围内专业从事软件产品开发和服务的企业共计 510 家，比上年增长 13.3%。如图 7.5 所示。

（3）软件出口

2005 年出口交货值 3 亿美元，比上年增长 50%。如图 7.6 所示。

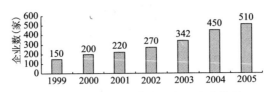

图 7.5　大连软件与信息服务业企业数量

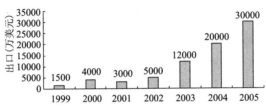

图 7.6　大连软件与信息服务业出口收入

（4）大连市软件与信息服务业人力资源

到 2005 年底,大连市软件与信息服务业从业人员总数为 3 万人,比上年增长 50％。如图 7.7 所示。

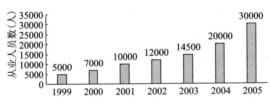

图 7.7　大连市软件与信息服务业从业人员数量

7.2.2　变量度量

在前文,分析了 5 个构面,并提出了变量之间作用关系的概念模型。为了更好地反映这些构面所确定的变量之间的具体关系,本书使用了 9 个变量,其中有 1 个被解释变量,6 个解释变量以及 2 个调制变量。每个变量都包含了几个测量指标。这里将分别对被解释变量(学习效果)、解释变量(集群内知识溢出、集群外知识溢出、消化能力、吸收能力、渠道和信任关系)和调制变量(协同与交易成本)的度量问题进行说明,即这些变量是如何被问卷中的题项所测度的。见表 7.2 变量的组成。

（1）被解释变量

学习效果是本书研究模型中的被解释变量,对于学习效果的度量,一般不能采用单一指标,因为单一指标往往只能反映企业学习效果的某一个方面(比如用公司营业收入增长幅度来代表公司的学习效果,那就无法表示公司的竞争力大小),这很难反映公司的总体学习效果,因此采用多指标共同反映公司的学习能力更为科

表7.2 变量的组成

变量类型	变量名称
被解释变量	学习效果
解释变量	集群内知识溢出 集群外知识溢出 消化能力 吸收能力 渠道 信任关系
调制变量	协同 交易成本

学,如 Ari(2005),Vincent(2005),Josep(2002),Anet(2005)和 Maria&Orj(2004)均采用了多指标表示学习效果。在他们的研究基础之上,采用了4个测量指标来度量学习效果,它是衡量企业学习效果高与低的标准,仍然采用7级李克特打分法,这4个测量指标分别为:①公司营业收入增长幅度;②新产品、新技术对营业收入的贡献程度;③公司产品、新技术在市场中的竞争力;④公司的市场份额增长情况。对每个指标从1到7表示最坏到最好。这4个测量指标分别对应于附录A问卷调查表中53~56题。

(2)解释变量

本书研究模型中的解释变量有6个,分别是:集群内知识溢出、集群外知识溢出、消化能力、吸收能力、渠道及信任关系,下面依次对这6个解释变量的度量进行说明。

集群内知识溢出主要用于说明公司在集群内的知识源获取情况,仍然采用7级李克特打分法,通过5个测量指标对公司的集群内知识溢出进行度量,这五个指标分别为:①从集群获得新技术(专利、专有技术等);②从集群引入新产品、新技术;③与集群内科研院所合作;④与集群内中介服务结构合作;⑤非正式组织间的交流。对每个测量指标从1到7表示集群内知识溢出从最低到最高。这5个测量指标分别对应于附录A问卷调查表中的12~16题。

集群外知识溢出主要用于说明公司在集群外的知识源获取情况,仍然采用7级李克特打分法,通过5个测量指标对公司的集群外知识溢出进行度量,这五个指标分别为:①从集群外获得新技术(专利、专有技术等);②从集群外引入新产品、新技术;③与集群外科研院所合作;④与集群外中介服务机构合作;⑤参加国际交流等。对每个测量指标从1到7表示集群外知识溢出从最低到最高。这5个测量指标分别对应于附录A问卷调查表中的17~21题。

消化能力主要用于说明企业学习能力中消化能力的情况,仍然采用 7 级李克特打分法,通过 5 个测量指标对企业的消化能力进行度量,这 5 个指标分别为:①公司人员都受过良好的培训,并有很好的教育背景;②公司时常进行市场研究;③公司鼓励员工参加各种培训;④公司对某些技术有专长;⑤员工纪录和存储新知识以备将来使用。对每个测量指标从 1 到 7 表示公司的消化能力从最低到最高。这 5 个测量指标分别对应于附录 A 问卷调查表中的 27~31 题。

吸收能力主要用于说明企业学习能力中吸收能力的情况,前人中如 Ari (2005);Mariano&Pilar(2005)均采用了多指标表示吸收能力,在前人的基础上,采用了 5 个测量指标。仍然采用 7 级李克特打分法,通过 5 个测量指标对企业的吸收能力进行度量,这五个指标分别为:①R&D 经费支出占销售收入比重;②公司同其他企业、大学或科研机构合作开发新产品和新流程;③公司会到其他机构发掘能够开发新产品的机会;④公司开发新产品由多个部门一起承担;⑤公司鼓励员工进行干中学。对每个测量指标从 1 到 7 表示公司的吸收能力从最低到最高。这 5 个测量指标分别对应于附录 A 问卷调查中的 22~26 题。

渠道主要用于说明学习过程中公司学习渠道的情况,结合 Anet(2005)与 Maria&Orj(2004)的观点,仍然采用 7 级李克特打分法,通过 7 个测量指标对公司的学习渠道情况进行度量,这 7 个指标分别为:①集群中企业学习渠道的多少;②集群企业信息化建设水平;③集群网络有利于企业间交流;④公司保持经常与政府、中介机构交流关系;⑤公司内部部门之间经常知识交流;⑥公司上下级人员经常知识交流;⑦公司领导重视强调信息交流。对每个测量指标从 1 到 7 表示公司的学习渠道情况从最差到最好。这 7 个测量指标分别对应于附录 A 问卷调查表中的 42~48 题。

信任关系主要用于说明企业学习过程中公司与其他机构间信任关系的情况,仍然采用 7 级李克特打分法,通过 4 个测量指标对公司的信任关系进行度量,这 4 个指标分别为:①企业间文化差异重要程度;②公司与集群内企业建立良好合作关系;③公司与政府、中介机构建立良好合作关系;④信任提供了分享机会和有价值的信息的机会。对每个测量指标从 1 到 7 表示公司的信任关系从最低到最高。这 4 个测量指标分别对应于附录 A 问卷调查表中的 49~52 题。

(3)调制变量

协同和交易成本是本书研究模型中的两个调制变量,它们将对知识溢出以及学习能力产生影响。并且在不同的协同和交易成本条件下,解释变量对学习效果的影响也是不相同的。下面将对协同和交易成本的测度进行说明。

协同主要用于说明公司学习动力情况中公司协同能力的好坏,仍然采用 7 级李克特打分法,通过 5 个测量指标对公司的协同能力进行度量,这五个指标分别为:①良好的协同合作环境;②集群内建立了知识共享平台;③协同学习应对市场激烈的竞争;④政府创造集群协同环境;⑤中介机构营造协同环境。对每个测量指标从 1 到 7 表示协同能力从最低到最高。这五个测量指标分别对应于附录 A 问卷调查表中的 32～36 题。

交易成本主要用于说明公司动力情况中交易成本的高低,仍然采用 7 级李克特打分法,通过 5 个测量指标对公司的交易成本进行度量,这五个指标分别为:①公司愿意为技术获得支付费用;②集群内共性技术免费使用;③集群内企业获取各种信息的信息、沟通成本因而大大降低;④集群内的服务支持体系降低交易成本;⑤集群特有的社会文化网络降低交易成本。对每个测量指标从 1 到 7 表示协同能力从最低到最高。这五个测量指标分别对应于附录 A 问卷调查表中的 37～41 题。具体变量分类方法详见表 7.3。

表 7.3　变量的度量

变量类型	变量名称	测量指标
被解释变量	学习效果	1 公司营业收入增长情况 2 新产品、新技术对营业收入的贡献程度 3 公司产品、新技术在市场中的竞争力 4 公司的市场份额增长情况
解释变量	集群内知识溢出	1 从集群获得新技术(专利、专有技术等) 2 从集群引入新产品、新技术 3 与集群内科研院所合作 4 与集群内中介服务机构合作 5 非正式组织间的交流
	集群外知识溢出	1 从集群外获得新技术(专利、专有技术等) 2 从集群外引入新产品、新技术 3 与集群外科研院所合作 4 与集群外中介服务机构合作 5 参加国际交流等
	消化能力	1 公司人员都受过良好的培训,并有很好的教育背景 2 公司时常进行市场研究 3 公司鼓励员工参加各种培训 4 公司对某些技术有专长 5 员工记录和存储新知识以备将来使用
	吸收能力	1 R&D 经费支出占销售收入比重 2 公司同其他企业、大学或科研机构合作开发新产品和新流程 3 公司会到其他机构发掘能够开发新产品的机会 4 公司开发新产品由多个部门一起承担 5 公司鼓励员工进行干中学

变量类型	变量名称	测量指标
解释变量	渠道	1 集群中企业学习渠道的多少 2 集群企业信息化建设水平 3 集群网络有利于企业间交流 4 公司保持经常与政府、中介机构交流关系 5 公司内部部门之间经常知识交流 6 公司上下级人员之间经常知识交流 7 公司领导重视强调信息交流
解释变量	信任关系	1 企业间文化差异重要程度 2 公司与集群内企业建立良好合作关系 3 公司与政府、中介机构建立良好合作关系 4 信任提供了分享机会和有价值的信息的机会
调制变量	协同	1 良好的协同合作环境 2 集群内建立了知识共享平台 3 协同学习应对市场激烈的竞争 4 政府创造集群协同环境 5 中介机构营造协同环境
调制变量	交易成本	1 公司愿意为技术获得支付费用 2 集群内共性技术免费使用 3 集群内企业获取各种信息的信息、沟通成本因而大大降低 4 集群内的服务支持体系降低交易成本 5 集群特有的社会文化网络降低交易成本

7.2.3 检验方法

为了验证本书概念模型中的研究假设、除了数据收集、问卷设计和变量度量之外，选择合适的研究方法或程序也是非常重要的。依据本研究的目的与构面，本研究首先采用量化方法对所收集的数据资料进行统计分析。采用 SPSS13.0 for Windows 软件，将筛选出的有效数据样本数（N＝178）的数据输入计算机，建立数据库，进行预分析，主要包括描述性统计分析、相关分析、因子分析、信检验和采用多元线性回归（MLR，multiple linear regression）方法对假设进行检验，具体分析内容和步骤如下：

（1）描述性统计分析（Descriptive Statistic Analysis）

本研究利用描述性统计分析，考察各解释变量的均数（Mean）和标准差 SD（Standard Deviation）。

（2）因子分析（Factor Analysis）

因子分析（Factor Analysis）是多元统计分析的一个重要分支。最早由心理学家发展起来,目的是借助提取出的公因子来代表不同的性格特征和行为取向,从而解释人类的行为和能力。而因子分析的主要目的是浓缩数据。通过对诸多变量的相关性研究,可以用假想的少数几个变量,来表示原来变量的主要信息。因子分析的应用主要有以下两个方面:

第一,寻求基本结构。在多元统计分析中,经常碰到观测变量很多且变量之间存在着较强的相关关系的情形,这不仅对问题的分析和描述带来一定的困难,而且在使用某些统计方法时会出现问题。例如,在多元回归分析中,当自变量之间高度相关时,会出现多重共线性现象。变量之间的高度相关意味着它们所反映的信息高度重合,通过因子分析能找到较少的几个因子,它们代表数据的基本结构,反映了信息的本质特征。

第二,数据简化。通过因子分析把一组观测变量化为少数几个因子后,可以进一步将原来观测变量的信息转换成这些因子的因子值,然后利用这些因子代替原来的观测变量进行其他的统计分析,如回归分析、聚类分析和判别分析等,利用因子值也可以直接对样本进行分类和综合评价。

此外,相比于主成分综合性太强的主成分分析法,因子分析中的因子一般都能够找到实际意义。因此本书选择因子分析法对变量进行因子分析,运用 SPSS13.0 软件对测定变量的因子进行分析。

(3) 信度分析(Reliability Analysis)

对于本研究量表中的每一个变量所包含的指标,本书采用测算信度系数 Cronbach's alpha 值的方法进行内部一致性信度检验,即衡量同一概念下各测量题目的一致性,以检验各变量和量表的内部一致性信度。按照经验判断方法(rule of thumb),保留在变量测度题项中的题项对所有题项(item to total)的相关系数应大于 0.35,并且测度变量的 Cronbach's alpha 值应该大于 0.70。

(4) 相关分析(Correlate Analysis)

相关分析用于描述两个变量联系的密切程度,它反映的是当控制了其中一个变量的取值后,另一个变量还有多大的变异程度。因此,本研究就想利用相关分析的这个特性来分析变量间的联系程度,是正相关还是负相关(如果 A 变量增加时 B 变量也增加为正相关,反之为负相关),完全正相关还是完全负相关等解释信息。通过相关系数、P 值和样本数来解释其是否就有显著统计意义。

(5) 多重共线性、异方差和序列相关检验

为了保证正确的使用模型并得出科学的结论,需要研究回归模型是否存在多重共线性、异方差和序列相关这三大问题,所以将用 SPSS 分析本研究模型是否存在多重共线性等三大问题,在不存在这些问题的前提下,对模型进行回归分析。

（6）回归分析（Regression Analysis）

回归分析是处理两个及两个以上变量间线性依存关系的统计方法，是用于说明这种依存变化的数量关系。本书就采用了多元线性回归的方法，得到了变量之间的依存变化关系，并对假设进行了检验。

7.3　数据分析

7.3.1　描述性统计分析

对解释变量进行描述性统计分析，列出了均值（Mean）和标准差（Standard Deviation），见表7.4。

可以看出，表格中所有题项的标准差均大于0.5，具有统计意义。

表 7.4　解释变量的描述性统计分析

解释变量指标名称	均　值	标准差
集群内知识溢出		
从集群获得新技术（专利、专有技术等）	4.01	1.022
从集群引入新产品、新技术	3.74	2.105
与集群内科研院所合作	3.74	0.935
与集群内中介服务机构合作	3.32	0.632
非正式组织间的交流	4.30	1.183
集群外知识溢出		
从集群外获得新技术（专利、专有技术等）	3.17	1.200
从集群外引入新产品、新技术	3.37	1.220
与集群外科研院所合作	3.44	1.207
与集群外中介服务机构合作	3.78	1.384
参加国际交流等	4.79	1.382
吸收能力		
R&D经费支出占销售收入比重	5.43	0.944
公司同其他企业、大学或科研机构合作开发新产品和新流程	5.13	0.614
公司会到其他机构发掘能够开发新产品的机会	5.44	1.019
公司开发新产品由多个部门一起承担	4.84	1.149
公司鼓励员工进行干中学	4.83	0.950
消化能力		
公司人员都受过良好的培训，并有很好的教育背景	5.41	0.936

续表 7.4

解释变量指标名称	均　值	标准差
公司时常进行市场研究	5.76	0.798
公司鼓励员工参加各种培训	5.19	0.717
公司对某些技术有专长	5.70	0.924
员工记录和存储新知识以备将来使用	5.67	0.874
渠道		
集群中企业学习渠道的多少	5.03	0.780
集群企业信息化建设水平	5.12	0.845
集群网络有利于企业间交流	5.23	0.727
公司保持经常与政府、中介机构交流关系	5.12	0.718
公司内部部门之间经常知识交流	5.40	0.708
公司上下级人员之间经常知识交流	5.26	0.729
公司领导重视强调信息交流	5.14	0.955
信任关系		
企业间文化差异重要程度	5.75	0.938
公司与集群内企业建立良好合作关系	4.67	1.024
公司与政府、中介机构建立良好合作关系	4.44	0.843
信任提供了分享机会和有价值的信息的机会	5.15	0.998

7.3.2　因子分析

（1）集群内外知识溢出

首先，对集群内知识溢出和集群外知识溢出这两个变量的所有的 10 个测量指标进行因子分析，如表 7.5 所示，得到的 KMO 值是 0.794（＞0.7），表示该数据适宜作因子分析。

表 7.5　KMO 测度和巴特利特球体检验结果

Kaiser-Meyer-Olkin Measure of Sampling Adequacy.		0.794
Bartlett's Test of Sphericity	Approx. Chi-Square	795.314
	df	45
	Sig.	0.000

但当考察 communalities 指标时（如表 7.6 所示），发现测量指标中"与集群内中介服务机构合作"一项的 communality 值为 0.461（＜0.6），而考虑到实际意义，在集群内与中介服务机构合作对学习效果的影响并不明显，因此，将该指标剔除。

表 7.6   变量共同度

	Initial	Extraction
从集群获得新技术(专利、专有技术等)	1.000	0.666
从集群引入新产品、新技术	1.000	0.944
与集群内科研院所合作	1.000	0.672
与集群内中介服务机构合作	1.000	0.461
非正式组织间的交流	1.000	0.614
从集群外获得新技术(专利、专有技术等)	1.000	0.756
从集群外引入新产品、新技术	1.000	0.673
与集群外科研院所合作	1.000	0.770
与集群外中介服务机构合作	1.000	0.628
参加国际交流等	1.000	0.664

Extraction Method：Principal Component Analysis.

剔除这个指标后,再次对剩下的九个测量指标进行因子分析,结果再次考虑到 communality 值,如表 7.7 所示,测量指标"从集群引入新产品、新技术"仅为 0.357 (远小于 0.6),考虑到这里的原因可能一是由于统计工作中,被调查者对此指标的重视程度不同,二是该指标与剔除的测量指标"与集群内中介服务机构合作"也是密切相关的,故在剔除这一指标后,该指标的 communality 值出现大幅度减小。因此在此处,将其剔除。

表 7.7   变量共同度

	Initial	Extraction
从集群获得新技术(专利、专有技术等)	1.000	0.679
从集群引入新产品、新技术	1.000	0.357
与集群内科研院所合作	1.000	0.706
非正式组织间的交流	1.000	0.605
从集群外获得新技术(专利、专有技术等)	1.000	0.756
从集群外引入新产品、新技术	1.000	0.647
与集群外科研院所合作	1.000	0.657
与集群外中介服务机构合作	1.000	0.637
参加国际交流等	1.000	0.636

Extraction Method：Principal Component Analysis.

对剩下的 8 个指标再次进行因子分析,得到结果见表 7.8,表 7.9。

表 7.8 KMO 测度和巴特利特球体检验结果

Kaiser-Meyer-Olkin Measure of Sampling Adequacy.		0.804
Bartlett's Test of Sphericity	Approx. Chi-Square	761.173
	df	28
	Sig.	0.000

表 7.9 变量共同度

	Initial	Extraction
从集群外引入新产品、新技术	1.000	0.712
与集群外科研院所合作	1.000	0.715
与集群外中介服务机构合作	1.000	0.651
从集群外获得新技术（专利、专有技术等）	1.000	0.760
参加国际交流等	1.000	0.604
从集群获得新技术（专利、专有技术等）	1.000	0.805
与集群内科研院所合作	1.000	0.727
非正式组织间的交流	1.000	0.632

Extraction Method：Principal Component Analysis.

可见 KMO 值为 0.804（大于 0.7），而巴特利球体检验的 χ^2 统计值的显著性概率是 0.000，小于 1%，而 communalities 结果中，各指标值也都大于 0.6，这都表明数据具有相关性，是适合进行因子分析的。

表 7.10 是各指标描述性统计及旋转后的因子载荷系数。

表 7.10 各指标描述性统计及旋转后的因子载荷系数

测量指标名称	描述性统计		因子载荷系数	
	Mean	SD	1	2
集群外知识溢出				
从集群外引入新产品、新技术	3.37	1.220	0.833	
与集群外科研院所合作	3.44	1.207	0.805	
与集群外中介服务机构合作	3.78	1.384	0.798	
从集群外获得新技术（专利、专有技术等）	3.17	1.200	0.778	
参加国际交流等	4.79	1.382	0.687	
集群内知识溢出				
从集群获得新技术（专利、专有技术等）	4.01	1.022		0.896
与集群内科研院所合作	3.74	0.935		0.781
非正式组织间的交流	4.30	1.183		0.667

（2）消化能力与吸收能力

消化能力与吸收能力都是企业的学习能力，因此对这两个变量的 10 个测量指标进行因子分析。首先考察 communalities 指标，如表 7.11 所示：

表 7.11　变量共同度

	Initial	Extraction
R&D 经费支出占销售收入比重	1.000	0.738
公司同其他企业、大学或科研机构合作开发新产品和新流程	1.000	0.510
公司会到其他机构发掘能够开发新产品的机会	1.000	0.511
公司开发新产品由多个部门一起承担	1.000	0.690
公司鼓励员工进行干中学	1.000	0.800
公司人员都受过良好的培训，并有很好的教育背景	1.000	0.768
公司时常进行市场研究	1.000	0.641
公司鼓励员工参加各种培训	1.000	0.760
公司对某些技术有专长	1.000	0.746
员工记录和存储新知识以备将来使用	1.000	0.711

Extraction Method：Principal Component Analysis.

首先，剔除指标"公司同其他企业、大学或科研机构合作开发新产品和新流程"（0.510＜0.6），再对余下指标进行因子分析并再次考察 communalities 指标，如表 7.12 所示：

表 7.12　变量共同度

	Initial	Extraction
R&D 经费支出占销售收入比重	1.000	0.740
公司会到其他机构发掘能够开发新产品的机会	1.000	0.554
公司开发新产品由多个部门一起承担	1.000	0.691
公司鼓励员工进行干中学	1.000	0.800
公司人员都受过良好的培训，并有很好的教育背景	1.000	0.764
公司时常进行市场研究	1.000	0.621
公司鼓励员工参加各种培训	1.000	0.763
公司对某些技术有专长	1.000	0.777
员工记录和存储新知识以备将来使用	1.000	0.717

Extraction Method：Principal Component Analysis.

此次，剔除指标"公司会到其他机构发掘能够开发新产品的机会"（0.554＜0.6）并再次对余下指标进行因子分析，再次考察 communalities 指标，得到结果表

7.13,表 7.14 所示：

表 7.13　变量共同度

	Initial	Extraction
R&D经费支出占销售收入比重	1.000	0.785
公司开发新产品由多个部门一起承担	1.000	0.770
公司鼓励员工进行干中学	1.000	0.745
公司人员都受过良好的培训,并有很好的教育背景	1.000	0.721
公司时常进行市场研究	1.000	0.683
公司鼓励员工参加各种培训	1.000	0.799
公司对某些技术有专长	1.000	0.708
员工记录和存储新知识以备将来使用	1.000	0.735

Extraction Method: Principal Component Analysis.

表 7.14　KMO 测度和巴特利特球体检验结果

Kaiser-Meyer-Olkin Measure of Sampling Adequacy.		0.782
Bartlett's Test of Sphericity	Approx. Chi-Square	872.675
	df	28
	Sig.	0.000

　　此次,保留所有因子(均大于 0.6)。可见 KMO 值为 0.782(大于 0.7),而巴特利球体检验的 χ^2 的统计值的显著性概率是 0.000,小于 1%,这都表明数据具有相关性,是适合进行因子分析的。表 7.15 是各指标描述性统计及旋转后的因子载荷系数：

表 7.15　各指标描述性统计及旋转后的因子载荷系数

测量指标名称	描述性统计		因子载荷系数	
	Mean	SD	1	2
消化能力				
公司时常进行市场研究	5.19	0.717	0.886	
公司对某些技术有专长	5.70	0.924	0.877	
公司人员都受过良好的培训,并有很好的教育背景	5.41	0.936	0.852	
公司鼓励员工进行干中学	5.67	0.874	0.819	
员工记录和存储新知识以备将来使用	5.76	0.798	0.817	
吸收能力				
公司鼓励员工进行干中学	4.83	0.950		0.886
公司开发新产品由多个部门一起承担	4.84	1.149		0.841
R&D经费支出占销售收入比重	5.43	0.944		0.834

（3）渠道与信任关系

对渠道与信任关系这两个变量的 11 个测量指标进行因子分析。首先考察 communalities 指标，如表 7.16 所示：

表 7.16　变量共同度

	Initial	Extraction
集群中企业学习渠道的多少	1.000	0.565
集群企业信息化建设水平	1.000	0.489
集群网络有利于企业间交流	1.000	0.538
公司保持经常与政府、中介机构交流关系	1.000	0.535
公司内部部门之间经常知识交流	1.000	0.627
公司上下级人员之间经常知识交流	1.000	0.581
公司领导重视强调信息交流	1.000	0.669
企业间文化差异重要程度	1.000	0.658
公司与集群内企业建立良好合作关系	1.000	0.809
公司与政府、中介机构建立良好合作关系	1.000	0.706
信任提供了分享机会和有价值的信息的机会	1.000	0.616

Extraction Method: Principal Component Analysis.

首先，剔除指标"集群企业信息化建设水平"（0.489＜0.6），再对余下指标进行因子分析并再次考察 communalities 指标，如表 7.17 所示：

表 7.17　变量共同度

	Initial	Extraction
集群中企业学习渠道的多少	1.000	0.570
集群网络有利于企业间交流	1.000	0.523
公司保持经常与政府、中介机构交流关系	1.000	0.570
公司内部部门之间经常知识交流	1.000	0.602
公司上下级人员之间经常知识交流	1.000	0.597
公司领导重视强调信息交流	1.000	0.687
企业间文化差异重要程度	1.000	0.659
公司与集群内企业建立良好合作关系	1.000	0.808
公司与政府、中介机构建立良好合作关系	1.000	0.717
信任提供了分享机会和有价值的信息的机会	1.000	0.625

Extraction Method: Principal Component Analysis.

此次，剔除指标"集群网络有利于企业间交流"（0.523＜0.6）并再次对余下指标

进行因子分析,再次考察 communalities 指标,得到结果如表 7.18,表 7.19 所示:

表 7.18　变量共同度

	Initial	Extraction
公司与集群内企业建立良好合作关系	1.000	0.818
公司与政府、中介机构建立良好合作关系	1.000	0.720
信任提供了分享机会和有价值的信息的机会	1.000	0.635
企业间文化差异重要程度	1.000	0.638
公司上下级人员之间经常知识交流	1.000	0.614
集群中企业学习渠道的多少	1.000	0.601
公司保持经常与政府、中介机构交流关系	1.000	0.584
公司内部部门之间经常知识交流	1.000	0.586
公司领导重视强调信息交流	1.000	0.704

Extraction Method: Principal Component Analysis.

表 7.19　KMO 测度和巴特利特球体检验结果

Kaiser-Meyer-Olkin Measure of Sampling Adequacy.		0.809
Bartlett's Test of Sphericity	Approx. Chi-Square	765.966
	df	36
	Sig.	0.000

此次,保留所有因子(最小值 0.584 近似于 0.6,给予保留)。可见 KMO 值为 0.809(大于 0.7),而巴特利球体检验的 χ^2 的统计值的显著性概率是 0.000,小于 1%,这都表明数据具有相关性,是适合进行因子分析的。

表 7.20 是各指标描述性统计及旋转后的因子载荷系数:

表 7.20　各指标描述性统计及旋转后的因子载荷系数

测量指标名称	描述性统计		因子载荷系数	
	Mean	SD	1	2
信任关系				
公司与集群内企业建立良好合作关系	4.67	1.024	0.881	
公司与政府、中介机构建立良好合作关系	4.44	0.843	0.848	
信任提供了分享机会和有价值的信息的机会	5.15	0.998	0.794	
企业间文化差异重要程度	5.75	0.938	0.686	
渠道				
公司上下级人员之间经常知识交流	5.26	0.729		0.773

续表 7.20

测量指标名称	描述性统计		因子载荷系数	
	Mean	SD	1	2
集群中企业学习渠道的多少	5.03	0.780		0.770
公司经常保持与政府、中介机构交流关系	5.12	0.718		0.736
公司内部部门之间经常知识交流	5.40	0.708		0.668
公司领导重视强调信息交流	5.14	0.955		0.638

（4）协同与交易成本分析

对协同和交易成本各自的 5 个变量，分别进行因子分析，对协同分析后，考察 communalities 指标，如表 7.21 所示：

表 7.21　变量共同度

	Initial	Extraction
良好的协同合作环境	1.000	0.509
集群内建立了知识共享平台	1.000	0.679
协同学习应对市场激烈的竞争	1.000	0.545
政府创造集群协同环境	1.000	0.734
中介机构营造协同环境	1.000	0.311

Extraction Method：Principal Component Analysis.

剔除"中介机构营造协同环境"（0.311＜0.6）并再次对余下指标进行因子分析，再次考察 communalities 指标，得到结果如表 7.22，表 7.23 所示：

表 7.22　变量共同度

	Initial	Extraction
良好的协同合作环境	1.000	0.599
集群内建立了知识共享平台	1.000	0.652
协同学习应对市场激烈的竞争	1.000	0.672
政府创造集群协同环境	1.000	0.733

Extraction Method：Principal Component Analysis.

表 7.23　KMO 测度和巴特利特球体检验结果

Kaiser-Meyer-Olkin Measure of Sampling Adequacy.		0.760
Bartlett's Test of Sphericity	Approx. Chi-Square	236.949
	df	6
	Sig.	0.000

　　此次,保留所有因子(最小值 0.599 近似于 0.6,给予保留)。可见 KMO 值为 0.760(大于 0.7),而巴特利球体检验的 χ^2 的统计值的显著性概率是 0.000,小于 1%,这都表明数据具有相关性,是适合进行因子分析的。

　　对交易成本分析,首先考察 communalities 指标,如表 7.24 所示:

表 7.24　变量共同度

	Initial	Extraction
公司愿意为技术获得支付费用	1.000	0.424
集群内共性技术免费使用	1.000	0.492
集群内企业获取各种信息的信息、沟通成本因而大大降低	1.000	0.594
集群内的服务支持体系降低交易成本	1.000	0.708
集群特有的社会文化网络降低交易成本	1.000	0.584

Extraction Method：Principal Component Analysis.

　　剔除指标"公司愿意为技术获得支付费用"(0.424<0.6)并再次对余下指标进行因子分析,再次考察 communalities 指标,得到结果如表 7.25 所示:

表 7.25　变量共同度

	Initial	Extraction
集群内共性技术免费使用	1.000	0.551
集群内企业获取各种信息的信息、沟通成本因而大大降低	1.000	0.647
集群内的服务支持体系降低交易成本	1.000	0.702
集群特有的社会文化网络降低交易成本	1.000	0.583

Extraction Method：Principal Component Analysis.

　　再次剔除指标"集群内共性技术免费使用"(0.551<0.6)并再次对余下指标进行因子分析,再次考察 communalities 指标,得到结果如表 7.26,表 7.27 所示:

表 7.26　变量共同度

	Initial	Extraction
集群内企业获取各种信息的信息、沟通成本因而大大降低	1.000	0.620
集群内的服务支持体系降低交易成本	1.000	0.756
集群特有的社会文化网络降低交易成本	1.000	0.686

Extraction Method：Principal Component Analysis.

表 7.27　KMO 测度和巴特利特球体检验结果

Kaiser-Meyer-Olkin Measure of Sampling Adequacy.		0.677
Bartlett's Test of Sphericity	Approx. Chi-Square	145.353
	df	3
	Sig.	0.000

此次,保留所有因子。可见 KMO 值为 0.677($>$0.7),而巴特利球体检验的 χ^2 的统计值的显著性概率是 0.000,小于 1%,这都表明数据具有相关性,是适合进行因子分析的。

(5)学习效果分析

同样,也要对学习效果的四个测量指标进行因子分析。首先考察 communalities 指标,如表 7.28 所示。

表 7.28 变量共同度

	Initial	Extraction
公司营业收入增长幅度	1.000	0.396
新产品、新技术对营业收入的贡献程度	1.000	0.660
公司产品、新技术在市场中的竞争力	1.000	0.755
公司的市场份额增长情况	1.000	0.290

Extraction Method: Principal Component Analysis.

剔除指标"公司的份额增长情况"(0.290$<$0.6)并再次对余下指标进行因子分析,再次考察 communalities 指标,得到结果如表 7.29 所示:

表 7.29 变量共同度

	Initial	Extraction
公司营业收入增长幅度	1.000	0.359
新产品、新技术对营业收入的贡献程度	1.000	0.765
公司产品、新技术在市场中的竞争力	1.000	0.803

Extraction Method: Principal Component Analysis.

这次,剔除指标"公司营业收入增长幅度"(0.359$<$0.6)并再次对余下指标进行因子分析,再次考察 communalities 指标,得到结果如表 7.30 所示:

表 7.30 变量共同度

	Initial	Extraction
新产品、新技术对营业收入的贡献程度	1.000	0.857
公司产品、新技术在市场中的竞争力	1.000	0.857

Extraction Method: Principal Component Analysis.

此次,保留所有因子。而 KMO 值为 0.701(大于 0.7),而巴特利球体检验的 χ^2 的统计值的显著性概率是 0.000,小于 1%,这都表明数据具有相关性,是适合进行因子分析的。通过因子分析,生成了一个新的因子,命名为 Y,利用它来代替原来的两个变量来做今后的回归分析。它就代表着被解释变量"学习效果"。

7.3.3　信度分析

　　信度和效度检验是实证研究过程中的一个重要环节,只有满足信度和效度要求的实证分析,其分析及其结果才能具有说服力,在此,只需要测量在因子分析中保留的因子。而作为被测量的变量,其 Cronbach's alpha 值应该大于 0.70。对表中测量指标进行顺次编号 Q1,Q2,…,Q25 以方便今后的工作,括号中则按测量指标所属的解释变量给出该指标在今后回归方程中所使用的符号 X_{ij},具体符号及信度检验见表 7.31。

　　通过表格可以看出,Cronbach's alpha 均大于 0.7,表明具有非常好的信度。可见量表具有很好的可靠性。

表 7.31　信度检验

变　量	测量指标	Mean	Std. Deviation	Cronbach's alpha
集群内知识溢出(X_1)	Q1 从集群获得新技术(专利、专有技术等)(X_{11})	4.01	1.022	0.774
	Q2 与集群内科研院所合作?(X_{12})	3.74	0.935	
	Q3 非正式组织间的交流(X_{13})	4.30	1.183	
集群外知识溢出(X_2)	Q4 从集群外引入新产品、新技术(X_{21})	3.37	1.220	0.878
	Q5 与集群外科研院所合作(X_{22})	3.44	1.207	
	Q6 与集群外中介服务机构合作(X_{23})	3.78	1.384	
	Q7 从集群外获得新技术(专利、专有技术等)(X_{24})	3.17	1.200	
	Q8 参加国际交流等(X_{25})	4.79	1.382	
吸收能力(X_3)	Q9 公司鼓励员工进行干中学(X_{31})	4.83	0.950	0.817
	Q10 公司开发新产品由多个部门一起承担(X_{32})	4.84	1.149	
	Q11 R&D 经费支出占销售收入比重(X_{33})	5.43	0.944	
消化能力(X_4)	Q12 公司鼓励员工参加各种培训(X_{41})	5.19	0.717	0.907
	Q13 公司对某些技术有专长(X_{42})	5.70	0.924	
	Q14 公司人员都受过良好的培训,并有很好的教育背景(X_{43})	5.41	0.936	
	Q15 员工记录和存储新知识以备将来使用(X_{44})	5.67	0.874	
	Q16 公司时常进行市场研究(X_{45})	5.76	0.798	
渠道(X_5)	Q17 公司上下级人员之间经常知识交流(X_{51})	5.26	0.729	0.809
	Q18 集群中企业学习渠道的多少(X_{52})	5.03	0.780	
	Q19 公司经常保持与政府、中介机构交流关系(X_{53})	5.12	0.718	
	Q20 公司内部部门之间经常知识交流(X_{54})	5.40	0.708	
	Q21 公司领导重视强调信息交流(X_{55})	5.14	0.955	

变　量	测量指标	Mean	Std. Deviation	Cronbach's alpha
信任关系（X_6）	Q22 公司与集群内企业建立良好合作关系（X_{61}）	4.67	1.024	0.847
	Q23 公司与政府、中介机构建良好合作关系（X_{62}）	4.44	0.843	
	Q24 信任提供了分享机会和有价值的信息的机会（X_{63}）	5.15	0.998	
	Q25 企业间文化差异重要程度（X_{64}）	5.75	0.938	

7.3.4　相关分析

本研究采用 Pearson 系数来衡量解释变量各指标之间的相关性，相关性显示了各变量的相关系数及其显著性指标。所有的变量之间两两相关系数表在附录 B 中，由表中可见，虽然存在一些并不相关的变量，但在假设的各组关系中，相关系数都具有统计意义，因此，原始的假设得到了基本的验证。发现学习效果（Y）与 Q8，Q9，Q11，Q25 不相关，而与其他所有变量都与学习效果具有显著性关系，因此在最后对学习效果做回归方程时，要剔出不相关变量。

接下来，对六个解释变量和被解释变量以及两个控制变量做两两相关分析，如下表 7.32 所示，从表中，可以得到一些假设的验证结果，相关系数检验的 t 统计量的显著性概率（sig.(2-tailed)）小于 0.05 或者小于 0.01，则说明，在 0.05 与 0.01 的显著性水平上，拒绝零假设，就认为这两个相关变量有显著的相关关系。因此假设验证结果如表 7.33 所示：

表 7.32　两两相关系数与显著性检验

	学习效果	集群外知识溢出	集群内知识溢出	吸收能力	消化能力	信任关系	渠　道	协　同	交易成本
学习效果	1 (1.000)								
集群外知识溢出	0.164* (0.029)	1 (1.000)							
集群内知识溢出	0.282** (0.000)	0.000 (1.000)	1 (1.000)						
消化能力	0.312** (0.000)	−0.070 (0.356)	0.277** (0.000)	1 (1.000)					
吸收能力	0.051 (0.500)	0.173* (0.021)	0.111 (0.140)	0.000 (1.000)	1 (1.000)				

续表 7.32

	学习效果	集群外知识溢出	集群内知识溢出	吸收能力	消化能力	信任关系	渠　道	协　同	交易成本
信任关系	0.188* (0.012)	0.152* (0.042)	0.040* (0.049)	0.493** (0.000)	0.75 (0.320)	1 (1.000)			
渠道	0.224** (0.003)	−0.101 (0.179)	0.364** (0.000)	0.542** (0.000)	0.101 (0.179)	0.000 (1.000)	1 (1.000)		
协同	0.439** (0.000)	−0.084* (0.047)	0.277** (0.000)	0.736** (0.000)	0.200** (0.007)	0.368** (0.000)	0.640** (0.000)	1 (1.000)	
交易成本	−0.296** (0.000)	−0.150* (0.046)	−0.272** (0.000)	−0.687** (0.000)	0.168 (0.075)	0.207** (0.006)	−0.707** (0.000)	−0.786** (0.000)	1 (1.000)

注:括号内的数值为 t 统计量的显著性概率(sig.(2-tailed))。

* Correlation is significant at the 0.05 level (2-tailed).

** Correlation is significant at the 0.01 level (2-tailed).

表 7.33　假设验证结果

假　设	假设内容	验证结论
假设 1a	产业集群中,集群内知识溢出与学习效果的关系正相关	支持
假设 1b	产业集群中,集群外知识溢出与学习效果正相关	支持
假设 2a	在产业集群内,吸收能力与学习效果正相关	不支持
假设 2b	在产业集群内,消化能力与学习效果正相关	支持
假设 3a	企业学习能力越高,集群内知识溢出对学习效果的影响越大	支持
假设 3b	企业学习能力越高,集群外知识溢出对学习效果的影响越大	支持
假设 4a	协同学习与集群内知识溢出正相关	支持
假设 4b	协同学习与集群外知识溢出负相关	支持
假设 4c	交易成本与集群内知识溢出负相关	支持
假设 4d	交易成本与集群外知识溢出负相关	支持
假设 4e	协同学习与交易成本负相关	支持
假设 5a	协同学习与吸收能力正相关	支持
假设 5b	协同学习与消化能力正相关	支持
假设 5c	交易成本与吸收能力负相关	不支持
假设 5d	交易成本与消化能力负相关	支持
假设 6a	学习渠道与集群内知识溢出正相关	支持
假设 6b	学习渠道与集群外知识溢出正相关	不支持
假设 6c	信任关系与集群内知识溢出正相关	支持
假设 6d	信任关系与集群外知识溢出正相关	支持
假设 7a	学习渠道与学习能力正相关	支持
假设 7b	信任关系与学习能力正相关	支持

具体结果分析如下:

假设 1a 讨论的是集群内知识溢出与学习效果的关系。假设内容是"产业集群中，集群内知识溢出与学习效果的关系正相关"。检验结果表明相关系数为 0.282，P＝0.000＜0.01，显著。假设 1a 通过验证，这与预期是一致的。

假设 1b 讨论的是集群外知识溢出与学习效果的关系。假设内容是"产业集群中，集群外知识溢出与学习效果正相关"。检验结果表明相关系数为 0.164，P＝0.029＜0.05，显著。假设 1b 通过验证，这与预期是一致的。

假设 2a 讨论的是吸收能力与学习效果的关系。假设内容是"在产业集群内，吸收能力与学习效果正相关"。检验结果表明，P＝0.500＞0.05，不显著。假设 2a 没有通过验证。

假设 2b 讨论的是消化能力与学习效果的关系。假设内容是"在产业集群内，消化能力与学习效果正相关"。检验结果表明相关系数为 0.312，P＝0.000＜0.01，显著。假设 2b 通过验证，这与预期是一致的。

由于企业学习能力包含吸收能力与消化能力，因此将其构成一个构面称为"学习能力"来与假设相关的变量做相关分析。

相关系数矩阵表如下：

表 7.34　相关系数矩阵

	学习能力	集群外知识溢出	集群内知识溢出	信任关系	渠　道
学习能力	1 (1.000)	0.173* (0.021)	0.212* (0.031)	0.200** (0.007)	0.168* 0.025

注：括号内的数值为 t 统计量的显著性概率(sig.(2-tailed))。

* Correlation is significant at the 0.05 level (2-tailed).

** Correlation is significant at the 0.01 level (2-tailed).

假设 3a 讨论的是企业学习能力对集群内知识溢出和学习效果之间关系的影响。假设内容是"企业学习能力越高，集群内知识溢出对学习效果的影响越大"。检验结果表明，学习能力与集群内知识溢出的相关系数为 0.212，P＝0.031＜0.05，是正相关的，而集群内知识溢出与学习效果也是正相关的，因此检验结果表明学习能力提高，集群内知识溢出也是提高的，其对学习效果的影响就增大了，验证结论支持假设 3a。

假设 3b 讨论的是企业学习能力对集群外知识溢出和学习效果之间关系的影响。假设内容是"企业学习能力越高，集群外知识溢出对学习效果的影响越大"。检验结果表明，学习能力与集群外知识溢出的相关系数为 0.173，P＝0.021＜0.05，是正相关的，而集群外知识溢出与学习效果也是正相关的，因此检验结果表明学习能力提高，集群外知识溢出也是提高的，其对学习效果的影响就增大了，验证结论支持假设 3b。

假设 4a 讨论的是协同学习与集群内知识溢出的关系。假设内容是"协同学习与集群内知识溢出正相关"。检验结果表明相关系数为 $0.277, P = 0.000 < 0.01$，显著。假设 4a 通过验证，这与预期是一致的。

假设 4b 讨论的是协同学习与集群外知识溢出的关系。假设内容是"协同学习与集群外知识溢出负相关"。检验结果表明相关系数为 $-0.084, P = 0.047 < 0.05$，显著。假设 4b 通过验证，这与预期是一致的。

假设 4c 讨论的是交易成本与集群内知识溢出的关系。假设内容是"交易成本与集群内知识溢出负相关"。检验结果表明相关系数为 $0.272, P = 0.000 < 0.01$，显著。假设 4c 通过验证，这与预期是一致的。

假设 4d 讨论的是交易成本与集群外知识溢出的关系。假设内容是"交易成本与集群外知识溢出负相关"。检验结果表明相关系数为 $-0.150, P = 0.046 < 0.05$，显著。假设 4d 通过验证，这与预期是一致的。

假设 4e 讨论的是协同学习与交易成本的关系。假设内容是"协同学习与交易成本负相关"。检验结果表明相关系数为 $-0.786, P = 0.000 < 0.01$，显著。假设 4e 通过验证，这与预期是一致的。

假设 5a 讨论的是协同学习与吸收能力的关系。假设内容是"协同学习与吸收能力正相关"。检验结果表明相关系数为 $0.200, P = 0.007 < 0.01$，显著。假设 5a 通过验证，这与预期是一致的。

假设 5b 讨论的是协同学习与消化能力的关系。假设内容是"协同学习与消化能力正相关"。检验结果表明相关系数为 $0.736, P = 0.000 < 0.01$，显著。假设 5b 通过验证，这与预期是一致的。

假设 5c 讨论的是交易成本与吸收学习的关系。假设内容是"交易成本与吸收学习能力负相关"。检验结果表明 $P = 0.075 > 0.05$，不显著。假设 5c 没有通过验证。

假设 5d 讨论的是交易成本与消化学习能力的关系。假设内容是"交易成本与消化学习能力负相关"。检验结果表明相关系数为 $-0.687, P = 0.000 < 0.01$，显著。假设 5d 通过验证，这与预期是一致的。

假设 6a 讨论的是学习渠道与集群内知识溢出的关系。假设内容是"学习渠道与集群内知识溢出正相关"。检验结果表明相关系数为 $0.364, P = 0.000 < 0.01$，显著。假设 6a 通过验证，这与预期是一致的。

假设 6b 讨论的是学习渠道与集群外知识溢出的关系。假设内容是"学习渠道与集群外知识溢出正相关"。检验结果表明，$P = 0.179 > 0.05$，不显著。假设 6b 没有通过验证。

假设 6c 讨论的是信任关系与集群内知识溢出的关系。假设内容是"信任关系与集群内知识溢出正相关"。检验结果表明相关系数为 0.040，$P＝0.049＜0.05$，显著。假设 6c 通过验证，这与预期是一致的。

假设 6d 讨论的是信任关系与集群外知识溢出的关系。假设内容是"信任关系与集群外知识溢出正相关"检验结果表明相关系数为 0.152，$P＝0.042＜0.05$，显著。假设 6d 通过验证，这与预期是一致的。

假设 7a 讨论的是学习渠道与学习能力的关系。假设内容是"学习渠道与学习能力正相关"。检验结果表明，学习渠道与学习能力的相关系数为 0.168，$P＝0.025＜0.05$，是正相关的，假设 7a 通过验证，这与预期是一致的。

假设 7b 讨论的是信任关系与学习能力的关系。假设内容是"信任关系与学习能力正相关"。检验结果表明信任关系与学习能力相关系数为 0.200，$P＝0.007＜0.01$，是正相关的，假设 7b 通过验证，这与预期是一致的。

7.3.5 多重共线性、异方差和序列相关检验

采用线性回归的方式研究环境动态条件下组织学习与企业绩效之间的关系，为了保证正确地使用模型并得出科学的结论，需要研究回归模型是否存在多重共线性、序列相关和异方差三大问题。为此首先分析本研究模型是否存在多重共线性等三大问题，在不存在这些问题的前提下，对模型进行回归分析。

（1）多重共线性

多重共线性指解释变量（包括控制变量）之间存在严重的线性相关，可以用方差膨胀因子（variance inflation factor，VIF）指数衡量是否存在多重共线性，经验判断方法表明：当 $0＞VIF＜10$，不存在多重共线性；当 $10≤VIF＜100$，存在较强的多重共线性；当 $VIF＞100$，存在严重多重共线性。通过对后面将介绍的回归模型的 VIF 计算显示，在所有模型中 VIF 值均处于小 10 之间，因此，这些解释变量之间不存在较强的多重共线性问题。详见表 7.35。

表 7.35 方差膨胀因子表

指标名称	VIF 值
集群内知识溢出	
从集群获得新技术（专利、专有技术等）	1.637
与集群内科研院所合作	1.759
非正式组织间的交流	1.534
集群外知识溢出	
从集群外引入新产品、新技术	2.240

续表 7.35

指标名称	VIF 值
与集群外科研所合作	2.639
与集群外中介服务结构合作	2.181
从集群外获得新技术（专利、专有技术等）	3.305
参加国际交流等	2.115
吸收能力	
公司鼓励员工进行干中学	2.407
公司开发新产品由多个部门一起承担	1.634
R&D 经费支出占销售收入比重	2.054
消化能力	
公司鼓励员工参加各种培训	2.878
公司对某些技术有专长	3.005
公司人员都受过良好的培训，并有很好的教育背景	2.951
员工记录和存储新知识以备将来使用	2.647
公司时常进行市场研究	2.400
渠道	
公司上下级人员之间经常知识交流	1.707
集群中企业学习渠道的多少	1.427
公司保持经常与政府、中介机构交流关系	1.597
公司内部部门之间经常知识交流	1.804
公司领导重视强调信息交流	1.818
信任关系	
公司与集群内企业建立良好合作关系	2.890
公司与政府、中介机构建立良好合作关系	2.193
信任提供了分享机会和有价值的信息的机会	1.786
企业间文化差异重要程度	1.624

（2）异方差

异方差指回归模型中的不同的残差项之间具有不同的方差，可以利用散点图判断回归模型是否具有异方差现象，如果出现异方差，则回归分析的结果不再具有无偏、有效的特点，用 SPSS 软件对后面将介绍的各个回归模型以"标准化预测值"为横坐标，"标准化残差"为纵坐标进行了残差项的散点图分析，结果显示，散点图呈无序状态，因此，在本研究的所有回归模型中均不存在异方差问题。

（3）序列相关

序列相关指回归模型中的不同的残差项之间具有相关关系，在本研究中，由于样本是截面数据，因此不可能出现不同期的样本值之间的序列相关问题，通过SPSS 软件来计算回归模型中的 DW 值显示，所有的回归模型的 DW 值均接近于 0并且小于 2，因此，在本研究的模型中也不存在不同编号的样本值之间的序列相关现象。

表 7.36　DW 统计

回归模型	Drubin-Watson
集群内知识溢出	1.001
集群外知识溢出	1.432
吸收能力	1.662
消化能力	1.507
渠道	0.991
信任关系	1.824

7.3.6　回归分析

在前面的因子分析中，剔除了一些变量，并且利用因子分析法，把余下六个解释变量的测量指标合并为一些不具有相关性的因子，而每个因子中所包含的指标之间具有高度相关性。

（1）对集群内外知识溢出的回归分析

将六个解释变量按顺序分别设为 $X_1 \sim X_6$，使用的各指标分别设为 $X_{11} \sim X_{64}$（分别与前文所设的 Q1～Q25 对应，在表 7.31 信度检验中体现），分别以 Q1，Q2，Q3 为解释变量，"集群内知识溢出"为因变量进行回归分析；以 Q4，Q5，Q6，Q7，Q8为解释变量，"集群外知识溢出"为因变量进行回归分析。因变量"集群内知识溢出"的回归分析结果如下：表 7.37 为"集群内知识"回归参数表，表 7.38 为"集群内知识溢出"回归系数表。

表 7.37　回归参数

Model	R	R Square	Adjusted R Square	Std. Error of the Estimate	Durbin-Watson
1	0.962	0.925	0.924	0.27614216	1.001

从表 7.37 中观测回归模型的拟合优度（R Square）、调整的拟合优度（Adjusted R Square），从结果来看，回归的可决系数和调整的可决系数分别为 0.925 和0.924，即集群内知识溢出 90％以上的变动都可以被模型所解释，拟合优度较高。

表 7.38 回归系数

	非标准化系数		标准化系数	t	Sig.	多重共线性分析	
	B	Std. Error	Beta			Tolerance	VIF
常数项	−4.362	0.098		−44.455	0.000		
X_{11}	0.604	0.026	0.618	23.263	0.000	0.611	1.637
X_{12}	0.340	0.029	0.318	11.535	0.000	0.569	1.759
X_{13}	0.156	0.022	0.185	7.184	0.000	0.652	1.534

从表 7.38 中可以看出,各项的显著性概率均为 0.000<0.05,表示 Q1,Q2,Q3 的系数均与 0 有显著差异,Q1,Q2,Q3 都应当作为解释变量出现在回归方程中。因此回归方程 1 为:

$$X_1 = 0.618X_{11} + 0.318X_{12} + 0.185X_{13} \tag{7.1}$$

因变量"集群外知识溢出"的回归分析结果如下:表 7.39 为"集群外知识溢出"回归参数表,表 7.40 为"集群外知识溢出"回归系数表。

表 7.39 回归参数

Model	R	R Square	Adjusted R Square	Std. Error of the Estimate	Durbin-Watson
1	0.960	0.922	0.919	0.28414550	1.432

表 7.40 回归系数

	非标准化系数		标准化系数	t	Sig.	多重共线性分析	
	B	Std. Error	Beta			Tolerance	VIF
常数项	−3.287	0.084		−39.148	0.000		
X_{21}	0.306	0.026	0.373	11.680	0.000	0.446	2.240
X_{22}	0.209	0.029	0.253	7.284	0.000	0.379	2.639
X_{23}	0.223	0.023	0.309	9.805	0.000	0.459	2.181
X_{24}	0.076	0.032	0.092	2.364	0.019	0.303	3.305
X_{25}	0.094	0.022	0.129	4.168	0.000	0.473	2.115

从表 7.39 中观测回归模型的拟合优度(R Square)、调整的拟合优度(Adjusted R Square)的结果来看,回归的可决系数和调整的可决系数分别为 0.922 和 0.919,即集群外知识溢出 90%以上的变动都可以被模型所解释,拟合优度较高。

从表 7.40 中可以看出,各项的显著性概率均小于 0.05,表示 Q4,Q5,Q6,Q7,Q8 的系数均与 0 有显著差异,Q4,Q5,Q6,Q7,Q8 都应当作为解释变量出现在回归方程中。因此回归方程 2 为:

$$X_2 = 0.373X_{21} + 0.253X_{22} + 0.309X_{23} + 0.092X_{24} + 0.129X_{25} \tag{7.2}$$

（2）对消化能力和吸收能力的回归分析

分别以 Q9，Q10，Q11 为解释变量，"吸收能力"为因变量进行回归分析；以 Q12，Q13，Q14，Q15，Q16 为解释变量，"消化能力"为因变量进行回归分析。因变量"吸收能力"的回归分析结果如下：表 7.41 为"吸收能力"回归参数表，表 7.42 为"吸收能力"回归系数表。

表 7.41 回归参数

Model	R	R Square	Adjusted R Square	Std. Error of the Estimate	Durbin-Watson
1	0.993	0.985	0.985	0.12190202	1.662

表 7.42 回归系数

	非标准化系数		标准化系数	t	Sig.	多重共线性分析	
	B	Std. Error	Beta			Tolerance	VIF
常数项	−5.720	0.056		102.54	0.000		
X_{31}	0.399	0.015	0.379	26.636	0.000	0.415	2.407
X_{32}	0.377	0.010	0.433	36.971	0.000	0.612	1.634
X_{33}	0.363	0.014	0.342	26.067	0.000	0.487	2.054

从表 7.41 中观测回归模型的拟合优度（R Square）、调整的拟合优度（Adjusted R Square）的结果来看，回归的可决系数和调整的可决系数分别为 0.985 和 0.985，即消化能力 90% 以上的变动都可以被模型所解释，拟合优度较高。

从表 7.42 中可以看出，各项的显著性概率均小于 0.05，表示 Q9，Q10，Q11 的系数均与 0 有显著差异，Q9，Q10，Q11 都应当作为解释变量出现在回归方程中。因此回归方程 3 为：

$$X_3 = 0.379X_{31} + 0.433X_{32} + 0.342X_{33} \tag{7.3}$$

因变量"消化能力"的回归分析结果如下：表 7.43 为"消化能力"回归参数表，表 7.44 为"消化能力"回归系数表。

表 7.43 回归参数

Model	R	R Square	Adjusted R Square	Std. Error of the Estimate	Durbin-Watson
1	0.994	0.988	0.988	0.10883159	1.507

从表 7.43 中观测回归模型的拟合优度（R Square）、调整的拟合优度（Adjusted R Square）的结果来看，回归的可决系数和调整的可决系数分别为 0.988 和 0.988，即消化能力 90% 以上的变动都可以被模型所解释，拟合优度较高。

表 7.44　回归系数

	非标准化系数		标准化系数	t	Sig.	多重共线性分析	
	B	Std. Error	Beta			Tolerance	VIF
常数项	−7.656	0.066		115.98	0.000		
X_{41}	0.391	0.019	0.280	20.181	0.000	0.348	2.878
X_{42}	0.301	0.015	0.278	19.591	0.000	0.333	3.005
X_{43}	0.206	0.015	0.193	13.743	0.000	0.339	2.951
X_{44}	0.208	0.015	0.181	13.623	0.019	0.378	2.647
X_{45}	0.282	0.016	0.225	17.726	0.000	0.417	2.400

从表 7.44 中可以看出，各项的显著性概率均小于 0.05，表示 Q12，Q13，Q14，Q15，Q16 的系数均与 0 有显著差异，Q12，Q13，Q14，Q15，Q16 都应当作为解释变量出现在回归方程中。因此回归方程 4 为：

$$X_4 = 0.280X_{41} + 0278X_{42} + 0.193X_{43} + 0181X_{44} + 0.225X_{45} \qquad (7.4)$$

（3）对渠道和信任关系的回归分析

分别以 Q17，Q18，Q19，Q20，Q21 为解释变量，"渠道"为因变量进行回归分析；以 Q22，Q23，Q24，Q25 为解释变量，"信任关系"为因变量进行回归分析。

因变量"渠道"的回归分析结果如下：表 7.45 为"渠道"回归参数表，表 7.46 为"渠道"回归系数表。

表 7.45　回归参数

Model	R	R Square	Adjusted R Square	Std. Error of the Estimate	Durbin-Watson
1	0.972	0.944	0.943	0.23905356	0.991

表 7.46　回归系数

	非标准化系数		标准化系数	t	Sig.	多重共线性分析	
	B	Std. Error	Beta			Tolerance	VIF
常数项	−8.857	0.170		−51.974	0.000		
X_{51}	0.441	0.032	0.322	13.699	0.000	0.586	1.707
X_{52}	0.543	0.028	0.423	19.726	0.000	0.701	1.427
X_{53}	0.364	0.032	0.262	11.525	0.000	0.626	1.597
X_{54}	0.315	0.034	0.223	9.226	0.000	0.554	1.804
X_{55}	0.047	0.025	0.045	1.845	0.067	0.550	1.818

从表 7.45 中观测回归模型的拟合优度（R Square）、调整的拟合优度（Adjus-

ted R Square)的结果来看,回归的可决系数和调整的可决系数分别为 0.944 和 0.943,即渠道 90% 以上的变动都可以被模型所解释,拟合优度较高。

从表 7.46 中可以看出,除了"公司领导重视信息交流"一项显著性概率为 0.067>0.05,各项的显著性概率均小于 0.05,表示 Q17,Q18,Q19,Q20 的系数均 与 0 有显著差异,Q17,Q18,Q19,Q20 都应当作为解释变量出现在回归方程中,而 Q21 不应该出现在回归方程中,因此回归方程 5 为:

$$X_5 = 0.322X_{51} + 0.423X_{52} + 0.262X_{53} + 0.223X_{54} \tag{7.5}$$

因变量"信任关系"的回归分析结果如下:表 7.47 为"信任关系"回归参数表, 表 7.48 为"信任关系"回归系数表。

表 7.47　回归参数

Model	R	R Square	Adjusted R Square	Std. Error of the Estimate	Durbin-Watson
1	0.973	0.947	0.946	0.23281440	1.824

表 7.48　回归系数

	非标准化系数		标准化系数	t	Sig.	多重共线性分析	
	B	Std. Error	Beta			Tolerance	VIF
常数项	-5.977	0.123		-48.516	0.000		
X_{61}	0.313	0.029	0.320	10.769	0.000	0.346	2.890
X_{62}	0.430	0.031	0.362	13.988	0.000	0.456	2.193
X_{63}	0.304	0.023	0.303	12.975	0.000	0.560	1.786
X_{64}	0.181	0.024	0.170	7.629	0.000	0.616	1.624

从表 7.47 中观测回归模型的拟合优度(R Square)、调整的拟合优度(Adjusted R Square),从结果来看,回归的可决系数和调整的可决系数分别为 0.947 和 0.946,即信任关系 90% 以上的变动都可以被模型所解释,拟合优度较高。

从表 7.48 中可以看出,各项的显著性概率均小于 0.05,表示 Q22,Q23,Q24, Q25 的系数均与 0 有显著差异,Q22,Q23,Q24,Q25 都应当作为解释变量出现在 回归方程中。因此回归方程 6 为:

$$X_6 = 0.320X_{61} + 0.362X_{62} + 0.303X_{63} + 0.170X_{64} \tag{7.6}$$

(4) 对学习效果的回归分析

接下来,开始利用解释变量对被解释变量"学习效果"进行回归分析,由于前文 相关性分析中,发现"学习效果"与"吸收能力"是不相关的,故舍弃"吸收能力"这一 变量,利用剩下的变量对"学习效果"进行回归分析。回归结果如下两表所示:表 7.49 为"学习效果"回归参数表,表 7.50 为"学习效果"回归系数表。

表 7.49　回归参数

Model	R	R Square	Adjusted R Square	Std. Error of the Estimate	Durbin-Watson
1	0.925	0.855	0.850	0.3762157	1.527

表 7.50　回归系数

	非标准化系数		标准化系数	t	Sig.
	B	Std. Error	Beta		
常数项	−5.87	0.092		−68.69	0.031
X_1	0.218	0.035	0.218	18.168	0.019
X_2	0.169	0.023	0.169	11.317	0.000
X_4	0.151	0.029	0.151	7.396	0.045
X_5	0.045	0.036	0.045	3.495	0.021
X_6	0.131	0.022	0.131	5.396	0.037

从表 7.49 中观测回归模型的拟合优度(R Square)、调整的拟合优度(Adjusted R Square)的结果来看,回归的可决系数和调整的可决系数分别为 0.855 和 0.850,说明整体模型的解释力尚好。

从表 7.50 中可以看出,各项的显著性概率均小于 0.05,表示 X_1,X_2,X_4,X_5,X_6 的系数均与 0 有显著差异,X_1,X_2,X_4,X_5,X_6 都应当作为解释变量出现在回归方程中。因此回归方程 7 为:

$$Y = 0.218X_1 + 0.169X_2 + 0.151X_4 + 0.045X_5 + 0.131X_6 \tag{7.7}$$

(5) 利用调制变量对学习效果的回归分析

通过方差分析,这些调制变量(协同与交易成本)在与"学习效果"相关的问题上存在显著差异,样本存在变异性需要解释。因此,为了验证余下的假设,根据协同样本均值和交易成本均值对样本分别分类,依据协同分类后的样本,可以看出,协同能力强的样本有 109 个(模型 2,N=109),协同能力差的样本有 69 个(模型 3,N=69);依据交易成本高低分类后的样本,可以看出,交易成本高的样本有 114 个(模型 4,N=114),交易成本低的样本有 64 个(模型 5,N=64)。然后分别对这些子样本进行多元线性回归,将它们与建立的总模型统一列表进行比较,见表 7.51:

表 7.51　以学习效果为被解释变量

变　量	总体模型	协同分析模型		交易成本分析模型	
	模型 1 (N=178)	模型 2 (N=109)	模型 3 (N=69)	模型 4 (N=114)	模型 5 (N=64)

变　量	总体模型	协同分析模型		交易成本分析模型	
集群外知识溢出	0.169 (0.109)	0.056 (0.083)	0.173 (0.001)	0.134 (0.059)	0.170 (0.076)
集群内知识溢出	0.218 (0.004)	0.246 (0.021)	0.192 (0.013)	0.178 (0.032)	0.221 (0.007)
消化能力	0.151 (0.055)	0.182 (0.021)	0.143 (0.079)	0.136 (0.043)	0.164 (0.034)
信任关系	0.131 (0.037)	0.154 (0.021)	0.097 (0.000)	0.117 (0.013)	0.150 (0.017)
渠道	0.045 (0.021)	0.079 (0.021)	0.042 (0.047)	0.029 (0.062)	0.039 (0.051)

注:表格内数据为模型中的系数,括号内数据为 Sig.(显著性概率)。

7.4　实证结果分析

本章提出了产业集群中企业学习因素的五个构面(知识溢出载体构面、企业的学习能力构面、动力机制构面、学习过程构面和学习效果构面)的知识溢出与集群中企业学习关系的概念模型。在 7.3 一节中,实证分析结果表明模型拟合较好,提出的 21 条假设中有 18 条获得通过,3 条未获得支持。本节将对这些假设的结果和意义进行讨论。通过验证的假设能够揭示要素之间的作用关系,将分析成立的假设给予的启示。本节重点对于未通过验证的假设进行分析,揭示其没有获得支持的原因。

7.4.1　知识溢出与学习效果的关系

(1) 假设 1a 的讨论

假设 1a 探讨了集群内知识溢出与学习效果的关系,假设 1a 通过了验证。前文已经分析了集群内知识溢出对学习效果的影响,许多理论研究也认为集群内知识溢出对学习效果的影响是具有显著的重要作用的。通过模型 7 也可以看出,集群内知识溢出在模型中对学习效果的影响是最大的,也就是说,在一定范围内,随着集群内知识溢出增大,学习效果的增强速度也会得到显著的提高。因此建议,在实际中,一个集群中的企业如果要增强本身的学习效果,首先要扩大集群内的知识溢出,这样才能最大限度地提高企业本身的学习效果。

(2) 假设 1b 的讨论

假设 1b 探讨了集群外知识溢出与学习效果的关系,假设 1b 同样通过了验证。前文已经分析了集群外知识溢出对学习效果的影响,许多理论研究也认为集群外知识溢出对学习效果的影响是具有重要作用的,通过实证研究也得出了同样的结论。通过模型 7 也可以看出,集群外知识溢出在模型中对学习效果的影响仅仅小于集群内知识溢出。也就是说,在一定范围内,随着集群外知识溢出的增大,学习效果的增强速度也会得到显著的提高。但之所以略小于集群内知识溢出,推测原因,可能是因为集群外知识溢出的获得要比集群内知识溢出的获得付出更大的成本。因此建议,在实际中,一个集群中的企业如果要增强本身的学习效果,在尽量扩大集群内知识溢出的基础上,要扩大集群外的知识溢出,这样才能最大限度地提高企业本身的学习效果。

7.4.2 学习能力与学习效果的关系

(1) 假设 2a 的讨论

假设 2a 探讨了在产业集群中企业吸收能力与学习效果的关系。吸收能力是企业学习能力的最终体现,是维持企业学习动力机制运转的关键动力,只有完成知识的吸收过程,才能真正实现知识的内化和知识的创新、技术的创新,进而生成新的知识,实现企业自身知识结构的升级,促进整个集群技术水平的提升与创新活动的发生。检验结果表明假设 2a 未通过验证,此结论与国内外学者所得结论不一致,本书将从我国软件产业集群发展的特殊性解释其没有通过验证的原因。

本书认为假设 2a 未通过验证主要原因有:第一,软件企业规模偏小。目前印度排名前十的软件公司的人员规模均在万人以上,已成为欧美国家强有力的竞争对手。而被调研软件企业绝大多数为 50 人以下的"作坊式"企业,平均利润率相对较低,处于全球软件产业价值链和产业格局中的下游;第二,主要业务就是软件外包,与日本建立起来的软件外包合作业务,承接日本软件外包 60% 的业务,对日外包占出口总量的 80% 以上。因此,学习效果主要来自于消化能力及从集群内外获得新技术,已在假设 1a,1b,2b 中得到了验证,而在吸收能力变量的因子分析中剔出了"公司同其他企业、大学或科研机构合作开发新产品和新流程"、"公司到其他机构发掘能够开发新产品的机会"等两个指标。

从实践角度看,集群企业应该不断提高自身的吸收能力。集群的吸收能力主要取决于单个企业的吸收能力,但也与集群内部及外部网络联系有关。这种整体上的协调和把握,通常是集群中的中小企业难以做到的,主要依赖于集群中的大企业及政府机构的协调作用。

(2) 假设 2b 的讨论

假设 2b 探讨了消化能力与学习效果的关系,假设 2b 可以通过验证。前文已经分析了消化能力对学习效果的影响,许多理论研究也认为消化能力会在一定程度上影响学习效果。通过模型 7 也可以看出，消化能力在模型中对学习效果的影响是稍微落后于知识溢出类因素的，但是却大于其他的因素。也就是说，在一定范围内，随着消化能力的增强，学习效果的增强速度也会得到显著的提高。因此建议，在实际中，一个集群中的企业如果要增强本身的学习效果，在扩大知识溢出效果的基础上，要尽量增强企业自身的消化能力，这样才能最大限度地提高企业本身的学习效果。

7.4.3 学习能力对知识溢出与学习效果关系的调节作用

假设 3a 与假设 3b 探讨了企业的学习能力对知识溢出与学习效果关系的调节作用。假设 3a 和假设 3b 均可以通过验证。在前文已经分析了学习能力对知识溢出对学习效果关系是具有调节作用的，许多的理论研究也认为学习能力在一定程度上对知识溢出对学习效果的影响起到调节作用，通过实证分析也证实了这种观点。从实际上来说，一个企业自身学习能力的增强，即消化能力和吸收能力的增强，都会对知识溢出与学习效果的影响起到正面的作用。这是因为，假设企业可以接触的知识溢出是一定的，可是如果企业不具备良好的消化能力和吸收能力，这个集群对于该企业的作用是不明显的，因为企业无法获得这些溢出将其良好地吸收并加以消化，这对于企业来说是不利的。因此，在知识溢出一定的条件下，建议企业应该尽可能的增强自身的消化和吸收能力，这样才能对学习效果起到更积极的影响。

7.4.4 动力机制与知识溢出的关系

（1）假设 4a 的讨论

假设 4a 探讨了协同与集群内知识溢出的关系，假设 4a 可以通过验证。前文已经分析了协同能力对集群内知识溢出的影响，许多理论研究也认为协同能力会对集群内知识溢出产生一定程度上的影响。通过实证分析也进一步证明了这种观点，在一定范围内，协同能力的提高，会对集群内知识溢出产生积极的影响。因此，建议在实际中，企业要尽可能的增强协同能力，当然协同能力是动力机制的一部分，有一定的客观性，因此企业可以选择协同能力好的集群，以更好地获取集群内的知识溢出。

（2）假设 4b 的讨论

假设 4b 探讨了协同与集群外知识溢出的关系，假设 4a 可以通过验证。前文已经分析了协同能力对集群外知识溢出的影响，许多理论研究也认为协同能力会对集群外知识溢出产生一定程度上的影响。通过实证分析也进一步证明了这种观点,在一定范围内,协同能力的提高,会对集群外知识溢出产生负面的影响,因为协同能力的提高,就限制了集群外的知识溢出程度,这对企业从集群外来获取知识溢出产生了负面影响。因此,建议在实际中,为了更好地获取集群外的知识溢出,企业应该去选择协同能力比较差的集群。

(3)假设 4c 的讨论

假设 4c 探讨了交易成本与集群内知识溢出的关系,假设 4c 可以通过验证。前文已经分析了交易成本对集群内知识溢出的影响,也通过实证研究证明了,在一定范围内,降低交易成本,会提高集群内知识溢出的获取程度。因此,建议在实际中,一个企业为了获取更多的集群内的知识溢出,应该尽可能地去降低交易成本。

(4)假设 4d 的讨论

假设 4d 探讨了交易成本与集群外知识溢出的关系,假设 4d 可以通过验证。前文已经分析了交易成本对集群外知识溢出的影响,也通过实证研究证明了,在一定范围内,降低交易成本,会提高集群外知识溢出的获取程度。因此,建议在实际中,一个企业为了获取更多的集群外的知识溢出,应该尽可能地去降低交易成本。

7.4.5　动力机制内部协同与交易成本的关系

假设 4e 探讨了协同与交易成本的关系,假设 5e 可以通过验证。前文已经分析了交易成本与协同之间是负相关的,而也通过实证研究证明了,在一定范围内,较低交易成本下,协同机制都是较强的。

7.4.6　动力机制与学习能力的关系

(1)假设 5a 的讨论

假设 5a 探讨了协同与消化能力的关系,假设 5a 可以通过验证。前文已经分析了协同能力对消化能力的影响,许多理论研究也认为协同能力会对消化能力产生一定程度上的影响。通过实证分析也进一步证明了这种观点,在一定范围内,协同能力的提高会提高企业的消化能力。因此建议,企业可以为了增强自身的消化能力,可以选择进入协同较好的集群。

(2)假设 5b 的讨论

假设 5b 探讨了协同与吸收能力的关系,假设 5b 可以通过验证。前文已经分析了协同能力对吸收能力的影响,许多理论研究也认为协同能力会对吸收能力产生一定程度上的影响。通过实证分析也进一步证明了这种观点,在一定范围内,协同能力的提高会提高企业的吸收能力。因此,建议在实际中,企业为了增强自身的吸收能力,可以选择进入协同较好的集群。

（3）假设 5c 的讨论

假设 5c 探讨了交易成本与吸收能力的关系，假设 5c 没有通过验证。前文已经分析了交易成本对吸收能力的影响，假设交易成本与吸收能力之间应该是负相关的，但实际上却拒绝了的假设。本书从实际意义中解释其没有通过的原因。

（4）假设 5d 的讨论

假设 5d 探讨了交易成本与消化能力的关系，假设 5d 可以通过验证。前文已经分析了交易成本对消化能力的影响，也通过实证研究证明了，在一定范围内，降低交易成本，会提高一个企业的消化学习能力。因此，建议在实际中，一个企业为了更好地提高消化能力，应该尽可能地去降低交易成本。

7.4.7 学习过程和知识溢出的关系

（1）假设 6a 的讨论

假设 6a 探讨了学习渠道与集群内知识溢出的关系，假设 6a 可以通过验证。前文已经分析了学习渠道对集群内知识溢出的影响，许多理论研究也都认为学习渠道会对集群内知识溢出产生一定程度上的影响，这也与通过实证分析得到的结论是一致的。良好的学习渠道会提高企业对集群内知识溢出的获取。因此，建议在实际中，企业可以为了获取更多的集群内的知识溢出，建立良好的学习渠道。

（2）假设 6b 的讨论

假设 6b 探讨了学习渠道与集群外知识溢出的关系，假设 6b 没有通过验证。前文已经分析了学习渠道对集群外知识溢出的影响，许多理论研究也都认为学习渠道会对集群外知识溢出产生一定程度上的影响。但却与通过实证分析得出的结论不符合。

实证分析表明，集群企业对外部知识源的利用程度是存在差异的，对集群外部知识的吸收主要由集群中规模较大、技术能力较强的高位势企业承担，而规模较小、技术实力较弱的低位势企业主要向集群内部知识源进行学习。因为在面向集群外部知识源的技术学习方面，高位势企业比低位势企业有更高的强度，而在当地化学习方面，低位势企业比高位势企业有更高的强度。通过低位势企业对高位势企业的挤压效应，使高位势企业产生创新压力，不断吸收外部新知识进行创新，保持自身的创新优势；而高位势企业对低位势企业的拉拔效应，使低位势企业不断学习。本书实证研究选取软件集群中的中小企业，样本为 175 个，占有效样本的 98.3%，因此，在本次实证调研中的结果"学习渠道与集群外知识溢出正相关"关系不明显，假设没有被验证通过。

（3）假设 6c 的讨论

假设 6c 探讨了信任关系与集群内知识溢出的关系，假设 6c 可以通过验证。前文已经分析了信任关系对集群内知识溢出的影响。实证分析也验证了假设，信任关系与集群内知识溢出是正相关的。因此，建议在实际中，为了更好地获取集群内的知识溢出，应该建立良好的信任关系。

（4）假设 6d 的讨论

假设 6d 探讨了信任关系与集群外知识溢出的关系，假设 6d 可以通过验证。前文已经分析了信任关系对集群外知识溢出的影响。实证分析也同样验证了假设，信任关系与集群外知识溢出是正相关的。因此，建议在实际中，为了更好地获取集群外的知识溢出，应该建立良好的信任关系。

7.4.8　学习过程和学习能力之间的关系

（1）假设 7a 的讨论

假设 7a 探讨了学习渠道与学习能力的关系，假设 7a 可以通过验证。前文已经分析了学习渠道对学习能力的影响，提出了学习渠道应该与学习能力正相关的假设。这也是与实证分析结果相一致的。因此，建议企业要想提高自身的学习能力，就应该去构建一个良好的学习渠道。

（2）假设 7b 的讨论

假设 7b 探讨了信任关系与学习能力的关系，假设 7b 可以通过验证。前文已经分析了信任关系对学习能力的影响，提出了信任关系应该与学习能力正相关的假设，这也是与实证分析结果相一致的。因此，建议企业要想提高自身的学习能力，就应该建立起良好的信任关系。

7.4.9　关于调制变量的解释

根据协同与交易成本的高低将样本分类并构建了新的四个模型，表 7.51 以学习效果为被解释变量，通过这四个模型的构建，得到了一些新的结论。

（1）协同机制的削弱会增强集群外知识溢出对学习效果的影响，但却会降低集群内知识溢出、吸收能力及信任关系、渠道对学习效果的影响。

（2）交易成本的提高会提高集群外知识溢出对学习效果的影响，但却会降低集群内知识溢出、吸收能力及信任关系、渠道对学习效果的影响。

第8章 结论与展望

纵观世界各国产业领先区域的产业发展状况,产业集群中企业学习已经成为提高企业乃至整个产业集群竞争力的最有效途径。目前该领域相关研究的焦点是有关产业集群的发展与集群学习的宏观研究,对于知识溢出与产业集群之间关系的研究也很丰富,但是理论界对于在集群环境下企业学习机制的微观研究还较匮乏,同时将知识溢出作为集群特点而专门研究企业学习的文献目前还没有。因此,本书在当前学者有关产业集群学习研究的基础上,针对当前研究存在的一些不足,展开了知识溢出与产业集群内企业学习研究。本书界定了企业学习的概念与知识溢出的内涵,分析了企业学习与知识溢出的演进过程,在集群微观层面上,分别从企业学习能力的成因、企业学习与企业成长之间的耦合关系、企业"干中学"的内化过程以及企业学习能力与学习效果之间的关系四个方面重点分析了集群中企业学习机理,构建了企业学习动力机制,深入分析了集群内企业的学习过程。在理论分析基础上,对基于知识溢出的产业集群中企业学习影响因素进行了详细的实证研究。

8.1 主要研究结论

通过理论研究及实证检验,本书主要研究结论如下。

(1)集群中企业学习是动态发展的过程,是多种关系要素共同作用的结果

理论研究具体包括:企业学习动力机制与知识溢出之间的关系、动力机制与学习能力之间的关系、学习过程与知识溢之间出的关系,这些关系的共同作用影响着集群企业的学习效果,其中企业的学习能力不仅直接影响企业的学习效果,还对知识溢出对企业学习效果的影响起着协调作用。集群企业学习的动力机制涉及多个动力主体,企业的学习过程是在知识溢出为原始驱动力、企业内在学习动机为核心动力以及其他动力主体的共同驱动下完成的。

实证研究表明在高技术产业集群中,企业学习能力与企业学习效果之间具有正相关关系,集群内知识溢出与企业学习效果之间具有正相关关系,动力机制的两个维度协同学习与交易成本分别与企业学习效果之间具有正相关关系和负相关关系,动力机制与知识溢出呈正相关关系,动力机制与学习能力呈现正相关关系,学习过程与学习能力呈正相关关系,学习过程与学习效果之间呈正相关关系,企业学

习能力对知识溢出与企业学习效果之间的关系具有调节作用。本书共提出了21条假设,其中有18条获得通过,有3条假设未通过验证,分别为:2a,5c,6b。

(2)集群内外知识溢出对集群中企业学习效果具有重要影响作用

知识溢出是产业集群内部与外部知识流动的重要途径,知识溢出对集群整体及集群企业的知识结构与技术水平有着重要的影响,而产业集群的环境特征也为知识溢出的发生提供了更好的条件。其中,非正式组织交流是集群企业间隐性知识溢出的重要渠道,受地理及文化的局限,集群内部与外部之间的知识溢出主要为显性知识溢出。企业的学习过程以企业间的知识溢出为始点,经过对于溢入知识的消化吸收过程,完成知识的内化与创新,增加企业与集群的知识存量,最后,以知识的再次溢出为终点。知识溢出是非完全市场化的一种知识转移的过程,知识的溢出并不是以金钱的利益为目的,而是不同知识势能企业间的知识优化与重构过程,因而以知识溢出的方式获取新技术、新知识的企业通常不需要支付资金成本,即知识溢出降低了企业的学习成本,在一定程度上激发了企业学习的积极性,增强了企业内在的学习动力,进而对企业的学习效果有着积极的影响作用。

(3)集群中协同学习对企业学习起着重要的调节作用

在产业集群内部的知识流动中,因为企业之间的协同学习有利于知识的传递与共享,因而在有利于集群企业间的知识溢出的同时,也进一步提高了企业的学习效率与效果;在产业集群内部与外部之间的知识流动中,集群中协同学习有利于企业间的知识结构互补与优化,进而有利于提升集群整体对于外部知识源消化吸收的能力,增加集群的知识存量,为集群内企业创建更好的学习环境。此外,企业间协同的另一重要作用就是降低集群企业间的交易成本,较低的交易成本是集群内企业进行企业学习的重要动力。

8.2　主要创新点

(1)构建了知识溢出与产业集群中企业学习关系模型

系统地界定和分析了知识溢出载体、企业的学习能力、学习动力、学习过程和学习效果等构面关系,构建了知识溢出与产业集群中企业学习关系模型。企业学习模型构建的意义在于不但从理论上揭示知识溢出、企业学习能力、学习动力及学习过程对企业学习效果的作用机制,而且通过对企业学习动力主体及动力构成的分析,设计了企业学习的动力机制,探析了企业学习过程中的博弈问题,从而比较全面地揭示出产业集群内企业学习的微观机制,解决集群企业学习的动力问题。既是对现有集群学习研究的补充,又能为企业学习的实践提供一些启示。

（2）提出并验证了协同学习和交易成本两个重要调制变量对知识溢出与企业学习能力的影响

协同学习与交易成本对于企业学习过程有着双重影响，一方面协同学习直接影响企业学习过程中的知识交流与共享，即影响学习过程中知识溢出环节的发生机制，而交易成本直接影响企业学习的内在动力，进而对企业的学习效果有着直接的影响作用；另一方面协同学习与交易成本又分别对集群的知识溢出有着正向与反向的影响，进而通过对知识溢出的调节间接作用于企业的学习过程，进而影响企业的学习效果。将协同与交易成本共同作为调制变量引入企业学习的分析中，可以更客观、全面的揭示企业学习的实际过程。

（3）引入了企业学习能力的势差概念，揭示了知识溢出、企业学习能力与产业集群竞争力提升之间的关系

通过借用势差概念，依据企业在知识存量与技术水平上的差距，将产业集群内的企业分为高知识势能企业与低知识势能两类，产业集群竞争力提升的关键在于集群内两类企业间知识溢出的多少与学习强度的大小。在一定范围内，高低势能企业之间的势能差越大，越容易发生知识的溢出，但是当高低势能企业间势能差距过大或过小时，知识溢出都不会发生。集群内企业的学习能力越强，学习强度越大，知识溢出越容易发生，集群内的创新氛围越浓，越有利于创新成果的诞生与集群整体竞争力的提升。同时，企业自身学习能力的增强，还会对知识溢出对学习效果的影响起到正面的作用，因此，在知识溢出一定的条件下，建议企业应该尽可能的增强自身的学习能力（即消化能力和吸收能力），这样才能对学习效果起到更积极的影响，进而加快企业与产业集群知识结构优化与技术水平提升的进程，积极地促进产业集群竞争力的提升。

8.3　研究局限与未来研究方向

本书尽管有其理论和现实意义，研究工作具有一定的创新性，但由于受制于主观上的能力局限及客观上的资料约束，研究局限也是明显存在的。比如对调研样本的选择上，本书研究对象是为大连市软件园软件产业集群和大连高新技术产业园区 IT 产业集群中的中小企业，只是软件产业集群进行实证分析，所得结论是否符合其他行业产业集群，还需要进一步深入研究。另外，对于消化能力影响因素对学习效果的作用是否有失真情况，本书没有深入展开。这些局限和值得未来深入研究的地方主要有以下几个方面。

（1）知识溢出作用机制的进一步研究。本书由于在集群框架下知识溢出的载体因素展开研究，没有特别关注知识溢出的属性。知识溢出从属性上看，可分为显

性知识溢出因素和隐性知识溢出因素。因此,还需要充分考察现有知识溢出度量方法的缺点与不足,在提出知识溢出的度量指标等方面进一步深入研究。

(2)衡量变量的指标选取进一步科学化研究。与以往的定量研究类似,本书对企业学习的度量采用了李克特打分法,属于主观评价,尽管采取了多种方法尽可能增加测量的信度和效度,但是由于很难对企业消化能力、吸收能力及集群内知识溢出等变量进行客观评价,研究的可靠性和准确性仍然可能会受到一定程度的削弱,因此,在未来的研究中,应尽可能地采用客观评价题项和方法,提高变量测度和研究结论的可靠性和准确性。

总之,集群中企业学习的研究是系统的研究工作,企业学习相关变量的度量和定量研究是非常复杂和困难的过程,既受企业自身因素影响,也受到集群内外环境因素的影响,因此,还需要进一步深入研究。

参 考 文 献

[1] 阿弗里德·马歇尔. 经济学原理[M]. 廉运杰译. 北京:华夏出版社,2005.

[2] K. Arrow. Economic Welfare and Allocations of Resources for Innovation, National Bureau of Econornic Research. Princeton University Press, Princeton,1962.

[3] P. M. Romer. Endogenous Technological Change Journal of Political Econorny, 1990, 98 (5):71—102.

[4] 吕宏芬,余向平. 传统产业集群技术创新能力提升的内在机理及途径探讨——以瑞安汽摩配产业集群为例[J]. 科技进步与对策,2005,5:49—50.

[5] R. E. Lucas. On the Mechanics of Economic Development. Journal of Monetary Econornics, July,1988, 22(1):3—42.

[6] P. Krugman. Geography and Trade. MIT Press, Cambridge, MA, 1991.

[7] P. Krugman. Developrnent, Geography and Econornic Theory. MIT Press, Cambridge, MA. 1995.

[8] 保罗. A. 萨缪尔森,威廉. D. 诺德豪斯. 经济学[M]. 萧琛等译. 北京:华夏出版社,1999.

[9] Griliches. Issues in Assessing the Contribution of Research and Development to Productivity Growth,Bell Jour-nal of Economics, 1979,10:92—116,102,105.

[10] 郑德渊,李湛. 具有双向溢出效应的上游企业 R&D 政策研究[J]. 管理工程学报,2002,1:84—85.

[11] Coe and Heleman. Time Series Test of Endogenous Growth Models. Quarterly Journal of Econormcs, 1995,110:495—525.

[12] Maskell, Peter & Malmberg, Anders. Localised Learning and Industrial Competitiveness, Cambridge Journal of Economics, Oxford University Press, 1999,23(2): 85—167.

[13] Nicola Brandt. Mark-ups, economies of scale and the role of knowledge spillovers in OECD industries. European Economic Review 2007(51):1708—1732.

[14] J. S. Brown, P. Duguid. Mysteries of the Region:Knowledge Dynamics in Silicon Valley// C. Lee, G. Miller W, M. G. Hancock, H. S. Rowen. The Silicon Valley edge:A habitat for innovation and entrepreneurship. Satanford University Press, Stanford, CA, 2000:16—39.

[15] D. B. Audretsch, M. Keilbach. 企业家精神重要么? 企业家精神理论与实践, 2004: 419—430.

[16] 陈有富. 知识流动的控制[J]. 图书馆. 2002,4:19—21.

[17] 刘丽. 标准知识溢出规律研究[D]. 中国农业大学,管理科学与工程,2005.

[18] 叶建亮. 知识溢出与企业集群[J]. 经济科学,2001,3.

[19] 金祥荣,叶建亮. 知识溢出与企业网络组织的集聚效应[J]. 数量经济技术经济研究,2001,10.

[20] 魏江. 提高浙江省中小企业集群学习绩效的理论分析与对策研究[J]. 科技进步与对策,2003,11.

[21] 辛文昉. 企业集群单波知识溢出的测算[J]. 科技进步与对策,2004,1.

[22] 王浣尘. 论风险承担与公司治理[J]. 上海交通大学学报,2001,4.

[23] 王子龙,谭清美. 区域创新网络知识溢出效应研究[J]. 科学管理研究,2004,5.

[24] 张明龙. 产业集聚的溢出效应分析[J]. 经济学家,2004,3.

[25] 龚艳萍,周育生. 基于 R&D 溢出的企业合作研发行为分析[J]. 系统工程,2002,5.

[26] 吴寿仁,李湛. 科技孵化企业集聚知识溢出效应的理论分析[J]. 上海交通大学学报,2004,3.

[27] 邓莉,梅洪常. R&D 溢出效应与企业簇群创新机制的构建[J]. 企业经济,2004,1.

[28] 辛文昉. 小企业集群知识溢出中知识变化的数量模式[J]. 管理工程学报,2007,3.

[29] G. Cainelli, R. Zoboli. The Evolution of Industrial Districts. Changing Governance, Innovation, and Internalisation of Local Capitalism in Italy, Physica-Verlag. Heidelberg,2004.

[30] G. Cainelli, R. Leoncini. Externalities and long-term local industrial development. Some empirical evidence from Italy. Revue d'Economie Industrielle, 1999, 90:25－39.

[31] G. Cainelli. Agglomeration, technological innovations and productivity. Evidence from the Italian industrial districts,WP2－00320－12,2003.

[32] M. C. J. Caniels. Knowledge Spillovers and Economic Growth :Regional Growth Differentials Across Europe[M]. Edward Elgar, Cheltenham, 2000.

[33] 孙兆刚. 知识溢出的路径分析[J]. 科技成果纵横. 2006.6:30－32.

[34] 林健,曹静. 论产业集群中的知识溢出与知识共享[J]. 统计与决策,2007,4.

[35] Z. Griliches. Capital-Skill Complementarity. Review of Economics and Statistics, 1969, 514:465－468.

[36] Z. Griliches. Issues in assessing the contribution of R&D to productivity growth. Bell Journal of Economics,1979,10:92－116.

[37] J. Jacobs. Cities and The Wealth of Nations: Principle of Economic Life. Viking, London, 1985.

[38] J. Jacobs. The Economy of Cities[M]. Random House,New York,1969.

[39] Z. Griliches. Productivity, R&D and basic research at the firm level in the 1970s. American Economics Review . 1986,76:141－154.

[40] Z. Griliches. The Search for RD Spillovers. Scandinavian Journal of Economics,1992,94:29－47.

[41] M. Hosein Fallah. Knowledge Spillover and Innovation in Technological Clusters,Fallah/Ibrahim,2004.

[42] Effie Kesidou. Knowledge Spillovers in High-tech Clusters in Developing Countries. Globelics Academy. 2004.

[43] J. Stiglitz. Reflections on the Natural Rate Hypothesis. The Journal of Economic Perspectives,1997,11:3－10.

[44] J. E. Stiglitz. S,L. Bailout. In The Reform of Federal Deposit Insurance:Disciplining the Government and Protecting Taxpayers, J. Barth and R. Brumbaugh, Jr. (eds.), Harper Collins Publishers,1992.

[45] Stiglitz, E. Joseph. Whither Socialism? Cambridge: The MIT Press,1994.

[46] A. Kokko. Foreign Direct Investment, Host Country Characteristics and Spillovers, The Economic Research Institute, Stockholm, 1992.

[47] Effie Kesidou. Knowledge Spillovers in High-tech Clusters in Developing Countries. Globelics Academy. 2004.

[48] Nicola Brandt. Mark-ups, economies of scale and the role of knowledge spillovers in OECD industries. European Economic Review 2007, 51:1708—1732.

[49] 徐碧祥,符韶英.产业集群的学习过程机制研究[J].科学管理研究,2006,2.

[50] 孙兆刚,刘则渊.知识产生溢出效应的分析[J].科学学与科学技术管理,2004,3.

[51] 樊钱涛.产业集群的知识溢出和知识获取[J].工业技术经济,2006,25(12):70—71.

[52] 艾凤义.完全信息下基于知识溢出合作行为的博弈分析[J].北京理工大学学报,2004,9.

[53] 梁琦.知识溢出的空间局限性与集聚团[J].科学学研究,2004,1.

[54] 刘柯杰.知识外溢、产业聚集与地区高科技产业政策选择[J].生产力研究,2002,2:999.

[55] 梁琦.知识经济发展的动力:R&D储存与溢出[J].南方经济,1997,7:32—34.

[56] 刘柯杰.知识外溢、产业聚集与地区高科技产业政策选择[J].生产力研究,2002,1:97—98.

[57] 彭中文.知识员工流动、技术溢出与高技术产业聚集[J].财经研究,2005,4:93—102.

[58] Simona Iammarino, Philip McCann. The structure and evolution of industrial clusters: transactions, technology and knowledge spillovers. Research Policy 35 (2006) 1018—1036.

[59] P. C. Grindley, D. J. Teece. Managing intellectual capital: licensing and cross-licensing in semiconductors and electronics. California Management Review, 1997, 39 (2), 8—41.

[60] C. d'Aspremont, S. Bhattacharya, L. A. Gerard-Varet. Knowledge as a public good: efficient sharing and incentives for development effort. Journal of Mathematical Economics, 1998, 30 (4), 389—404.

[61] Deng, Yi. The value of knowledge spillovers in the U. S. semiconductor industry, International Journal of Industrial Organization (2007), doi: 10.1016/j. ijindorg. 2007.09.005.

[62] 郑德渊,李湛.R&D的溢出效应研究[J].中国软科学,2002,9.

[63] 喻金田.企业科技精英中技术知识外溢及防范策略[J].科技管理研究,2002,6.

[64] 付跃龙.产业集群中的技术溢出路径[J].武汉理工大学学报,2006,28(3):126—128.

[65] 彭中文.知识员工流动、技术溢出与高技术产业聚集.财经研究,2005,4.

[66] 缪小明,李刚.基于不同介质的产业集群知识溢出途径分析[J].科研管理.2006,27(4):44—47.

[67] 孙兆刚.知识溢出的路径分析.科技成果纵横.2006.6:30—32.

[68] Gwanghoon Lee. The effectiveness of international knowledge spillover channels. European Economic Review 50 (2006) 2075—2088.

[69] 李镜文等.硅谷优势——创新与创业精神的栖息地[M].北京:人民出版社,2002:23—78.

[70] 林健,曹静.论产业集群中的知识溢出与知识共享[J].决策参考.2007.7:56—57.

[71] Fosfuri A, Ronde T. High-tech Clusters, Technology Spillovers and Trade Secret Laws. International Journal of Industrial Organization,2004,22:45—65.

[72] Nicola Brandt. Mark-ups, economies of scale and the role of knowledge spillovers in OECD industries. European Economic Review 51 (2007) 1708—1732.

[73] Alice H. Amsden. Asia's Next Giant: South Korea and Late Industrialisation. Oxford University Press,1989.

[74] 傅家骥,姜彦福,雷家骕.技术创新:中国企业发展之路[M].企业管理出版社.1992.

[75] 王缉慈,童昕.论全球化背景下的地方产业群——地方竞争优势的源泉[J].战略与管理,2001(6).

[76] 黄勇.浙江"块状经济"现象分析[J].中国工业经济,1999(5).

[77] 王珥. 论专业镇经济的发展[J]. 广东科技,2000(11).

[78] 迈克尔·波特. 竞争论[M]. 高登第等译. 北京:中信出版社,2003:210.

[79] J. A. Theo. Rolelandt,Pim den Hertog. Growth in industrial cluster. A Birds Eye View of the United Kingdom[R]. SIEPR Discussion Paper. 2001.

[80] 仇保兴. 小企业集群研究[M]. 上海:复旦大学出版社,1999:45.

[81] 芮明杰. 中国产业发展的挑战与思路[J]. 复旦学报(社会科学版),2000(1). 56-63.

[82] 慕继丰,冯宗宪,李国平. 基于企业网络的经济和区域发展理论(上)[J]. 外国经济与管理. 2001(3). 38-41.

[83] 王缉慈. 地方产业群战略[J]. 中国工业经济. 2002(3). 18-25.

[84] 柳卸林,段小华. 产业集群的概念、特征与结构[R]. 科技部中国科技促进发展研究中心调研报告.

[85] 马歇尔. 经济学原理[M]. 北京:商务印书馆,1964:280.

[86] 阿尔弗雷德·韦伯. 工业区位论[M]. 李刚剑等译. 北京:商务印书馆,1997:121

[87] 埃德加. H. 胡佛. 经济活动的区位[M]//冯德连,王蕾. 国外企业群落理论的演变与启示[J]. 财贸研究,2000(5).

[88] 奥利弗,威廉姆森. 市场和等级组织[M]. 北京:商务印书馆,1975.

[89] Rosenfeld, A. Stuart. Bringing Business Clusters into the Mainstream of Economic Development[J]. European Planning Studies,1997(1). 2-23.

[90] 盖文启. 论区域经济发展与区域创新环境[J]. 学术研究,2002,1.

[91] 刘友金,黄鲁成. 产业群集的区域创新优势与我国高新区的发展[J]. 中国工业经济. 2001(2).

[92] 张辉. 产业集群竞争力的内在经济机理[J]. 中国软科学,2003(1).

[93] 张淑静. 产业集群内涵、构成要素及识别研究[J]. 生产力研究,2005(7).

[94] P. Swann, M. Prevezer. A comparison of the dynamics of industrial clustering in computing and biotechnology[J]. Research Policy,1996(25):1139-1157.

[95] J. A. Theo. Rolelandt,Pim den Hertog. Growth in industrial cluster:A Birds Eye View of the United Kingdom[R]. SIEPR Discussion Paper. 2001.

[96] P. Morosini. Industrial clusters,knowledge integration and Performance[J]. World Development,2004,32(2):305-326.

[97] 魏江. 小企业集群社会网络的知识溢出效应分析[J]. 科研管理,2003 年,24:54-60.

[98] 赵树宽,王亮. 产业集群中组织学习的机制研究[J]. 集团经济研究,2007,26.

[99] 龚毅,谢恩. 中外企业战略联盟知识转移效率的实证分析[J]. 科学学研究,2005(4).

[100] 徐二明,陈茵. 基于知识转移理论模型的企业知识吸收能力构成维度研究[J]. 经济与管理研究. 2009,1:108-113.

[101] 牟绍波,王成璋. 产业集群持续成长的动力机制:基于集群文化视角. 科技管理研究,2008,4.

[102] 欧阳峣,延超. 技术差距、技术能力与后发地区技术赶超[J]. 中国软科学,2008,2.

[103] 陈正侠. 风靡 office 的管理寓言[M]. 北京:企业管理出版社,2004:138.

[104] 王伟强,吴晓波,许庆瑞. 技术创新的学习模式[J]. 科技管理研究. 1993:5.

[105] 司春林,技术引进与学习. 数量经济技术经济研究. 1995:8.

[106] 施培公. 模仿创新:现阶段中国企业创新的现实选择[D]. 清华大学,1997.

[107] 谢伟. 技术学习和竞争优势:文献综述[J]. 科技管理研究,2005,2.

[108] 王梓薇,王大洲. 跨国创新网络中的企业技术学习[J]. 哈尔滨工业大学学报(社会科学版),2006.2.

[109] 蔡铂,吉晓莉. 产业集群的创新特性[J]. 科技进步与对策,2003,2:79-80.

[110] 连玉明. 学习型组织[M]. 北京:中国时代经济出版社,2003:93。

[111] 吴勇军. 企业学习力辨析[J]. 学术交流,2004(3):50.

[112] G. P. Huber. Organizational learning:The contributing processes and the literatures Organization. Science,1991:88-115.

[113] S. Slater et al. Marker Orientation and the Learning Organization. Journal of Marketing, 1995:59:66.

[114] 高章存,汤书昆. 基于主体和过程二重性的企业学习能力内涵与特征探析[J]. 科技管理研究, 2008 (5):23-25.

[115] 高章存,汤书昆. 持续竞争优势导向下基于知识增长的企业学习能力构成维度研究[J]. 科技进步与对策, 2008, 25 (11): 183-187.

[116] 刘帮成. 矫正组织学习近视症:基于知识管理战略的视角[J]. 科技管理研究. 2007.7:147-148,156.

[117] Dodgson M. Organizational learning :a review of some literatures. Organization Studies , 1993:25-34.

[118] 魏江. 产业集群——创新系统与技术学习[M]. 北京:科学出版社,2003.

[119] 徐碧祥,符韶英. 产业集群的学习过程机制研究[J]. 科学管理研究. 2006,24(2):64-66.

[120] Wang Guohong,Wang Hailong. Practice and Management of Institutional Innovation Model of Dalian Software Park,Proceeding of 3rd International Symposium on Management of Technology and Innovation,2002:123-126,ISTP 检索.

[121] 孙兆刚等. 企业对知识溢出吸收能力的测度[J]. 科学技术与工程. 2005(2):233-236.

[122] D. ULRICH, T. JICK,M. GLINOW. High impact learning:building and diffusing learning capability[J]. Organizational Dynamics, 1993:52-66.

[123] SWEE GOH GREGORY RICHARDS. Benchmarking the learning capability of organizations [J]. European Management Journal. 1997,15(5):575-583.

[124] 米克·科珀. 创造卓越——公司学习的过程[M]. 王钰译. 昆明:云南大学出版社,2001:13-15.

[125] 马克斯. H. 博伊索特. 知识资产:在信息经济中赢得竞争优势[M]. 上海:上海世纪出版集团,2005:219.

[126] 陈国权等. 组织学习影响因素、学习能力与绩效关系的实证研究[J]. 管理科学学报,2005(1): 49.

[127] 竹内弘高,野中郁次郎. 知识创造的螺旋:知识管理理论与案例研究[M]. 李萌译. 北京:知识产权出版社,2005:78-79.

[128] C. NEVIS EDWIN,J. DIBELLA ANTHONY, M. JANET Gould:Understanding Organizational Learning Capability[J]. Journal of Management Studies,1996:361-379.

[129] Maureen O' Hara. Strangers in a strange land:Knowing, learning and education for the global knowledge society. Futures, 2007,39(8):930-941.

[130] 中国经济增长与宏观稳定课题组. 干中学、低成本竞争和增长路径转变[J]. 经济研究.

2006,4:4—14.

[131] D. Chandler. Strategy and Structure[M]. The M. I. T. Press,Mass,1962.

[132] Penrose,T Edith. The Growth of the Firm (Fifth Impression)[M]. Basil Blackwell, Oxford,1972.

[133] 陈劲.从技术引进自主创新的学习模式[J].科研管理,1994,9(2):32—35.

[134] Z. Griliches. R&D and Productivity:The Econometric Evidence[M].Chicago:The University of Chicago Press,1998:382.

[135] 魏江,刘锦.基于协同技术学习的组织技术能力提升机理研究[J].管理工程学报,2005,1.

[136] 王娟茹等.基于知识溢出和吸收能力的知识联盟动态模型[J].中国管理科学.2005(1).

[137] 辛文昉.企业单波知识溢出的测算[J].科技进步与对策.2004(1):71—73.

[138] 盖文启.创新网络——区域发展新思维[M].北京:北京大学出版社,2002.34.

[139] 王缉慈.简论我国地方企业集群的研究意义[J].经济地理,2001,5.

[140] 孙兆刚,刘则渊,孟丽菊.企业对知识溢出吸收能力的测度[J].科学技术与工程,2005,5:233—240.

[141] 谢富纪,徐恒敏.知识、知识流与知识溢出的经济学分析[J].同济大学学报(社会科学报),2001,2:54—57.

[142] 盛洪.分工、生产费用和交易费用[J].上海经济研究,1992,2.

[143] 王步芳."干中学"与产业集群核心能力的形成[J].世界地理研究.2005,14(3):37—44.

[144] 侯汉平,王浣尘. R&D 知识溢出效应模型分析[J].系统工程理论与实践.

[145] 艾凤义等.完全信息下基于知识溢出合作行为的博弈分析[J].北京理工大学学报,2004(9).

附录 A 产业集群中企业学习问卷调查表

◎ 问卷填写说明

感谢您在百忙之中抽出时间来完成此问卷,填写过程中如有任何疑问,或者您对研究结果感兴趣,请随时与本人联系(王国红,E-mail:wanggh@dlut.edu.cn;0411－84708955)。希望通过您对以下问题的回答,了解知识溢出、企业学习及企业学习能力等方面的问题。本问卷中所涉及的一切信息仅限于学术研究使用,在任何情况下都会对企业或被调研人的资料严格保密,不会在研究报告中出现具体企业的名称或被访者的个人资料,谢谢您的支持与合作!

第 12 题项以后的问题采用 7 级打分,1～7 依次表示不同意(或不重要)向同意(重要)的转变和递进,请在合适数字上打"√"。

2006 年 11 月

一、企业基本情况

1. 企业名称:_____ 2. 姓 名:_____ 3. 职 务:_____

4. 联系电话:_____ 5. 现任职位————————

6. 公司成立年限_____年 7. 公司注册资本_____万元

8. 公司员工数_____人 9. 从事研发人员数_____人

10. 企业产品所属技术领域(可多选):

□软件企业 □电子与信息制造 □新材料 □光机电一体化

□新能源、高效节能 □环境保护 □航空航天 □地球、空间、海洋工程

□核应用技术 □其他高技术 □非高技术领域

11. 企业的技术主要来源于(可多选):

□自主研发 □与其他企业合作研发 □与科研机构合作研发

□从其他企业购买 □其他

二、知识获取源情况

12	经常免费或低成本从集群获得新技术（专利、专有技术等）	1	2	3	4	5	6	7
13	经常免费或低成本从集群引入新产品、新技术	1	2	3	4	5	6	7
14	经常与集群内科研院所合作	1	2	3	4	5	6	7
15	经常与集群内中介服务机构合作	1	2	3	4	5	6	7
16	经常非正式组织间的交流	1	2	3	4	5	6	7
17	经常免费或低成本从集群外获得新技术（专利、专有技术等）	1	2	3	4	5	6	7
18	经常免费或低成本从集群外引入新产品、新技术	1	2	3	4	5	6	7
19	经常与集群外科研院所合作	1	2	3	4	5	6	7
20	经常与集群外中介服务机构合作	1	2	3	4	5	6	7
21	经常参加国际交流等	1	2	3	4	5	6	7

三、企业学习能力情况

22	公司人员都受过良好的培训，并有很好的教育背景	1	2	3	4	5	6	7
23	公司时常进行市场研究	1	2	3	4	5	6	7
24	公司鼓励员工参加各种培训	1	2	3	4	5	6	7
25	公司对某些技术有专长	1	2	3	4	5	6	7
26	员工记录和存储新知识以备将来使用	1	2	3	4	5	6	7
27	R&D经费支出占销售收入比重是否合理	1	2	3	4	5	6	7
28	公司经常同其他企业、大学或科研机构合作开发新产品和新流程	1	2	3	4	5	6	7
29	公司会到其他机构发掘能够开发新产品的机会	1	2	3	4	5	6	7
30	公司开发新产品由多个部门一起承担	1	2	3	4	5	6	7
31	公司鼓励员工进行干中学	1	2	3	4	5	6	7

四、企业学习动力情况

32	集群有良好的协同合作环境	1	2	3	4	5	6	7
33	集群内建立了知识共享平台	1	2	3	4	5	6	7
34	集群企业间协同学习应对市场激烈的竞争	1	2	3	4	5	6	7
35	地方政府创造良好的集群协同环境	1	2	3	4	5	6	7
36	中介机构营造良好的集群协同环境	1	2	3	4	5	6	7
37	公司愿意为技术获得支付费用	1	2	3	4	5	6	7
38	集群内共性技术免费或低成本使用	1	2	3	4	5	6	7
39	集群内企业获取各种信息的成本大大降低	1	2	3	4	5	6	7
40	集群内的服务支持体系降低交易成本	1	2	3	4	5	6	7
41	集群特有的社会文化网络降低交易成本	1	2	3	4	5	6	7

五、企业学习过程情况

42	集群中企业学习渠道多少的重要程度	1	2	3	4	5	6	7
43	集群企业信息化建设水平的重要程度	1	2	3	4	5	6	7
44	集群网络有利于企业间交流	1	2	3	4	5	6	7
45	公司保持经常与政府、中介机构交流关系	1	2	3	4	5	6	7
46	公司内部部门之间经常知识交流	1	2	3	4	5	6	7
47	公司上下级人员之间经常知识交流	1	2	3	4	5	6	7
48	公司领导重视强调信息交流	1	2	3	4	5	6	7
49	企业间文化差异重要程度	1	2	3	4	5	6	7
50	公司与集群内企业建立良好合作关系	1	2	3	4	5	6	7
51	公司与政府、中介机构建立良好合作关系	1	2	3	4	5	6	7
52	信任提供了分享机会和有价值的信息的机会	1	2	3	4	5	6	7

六、企业学习效果情况

53	公司营业收入增长幅度	1	2	3	4	5	6	7
54	新产品、新技术对营业收入的贡献程度	1	2	3	4	5	6	7
55	公司产品、新技术在市场中的竞争力	1	2	3	4	5	6	7
56	公司的市场份额增长情况	1	2	3	4	5	6	7

七、其他

57. 除以上问题您认为是否还有影响企业学习的因素？请列出：

　　1. _____

　　2. _____

　　3. _____

58. 您认为影响企业学习能力的最关键的因素是什么？请列出并简要说明理由；

　　1. _____

　　2. _____

　　3. _____

附录 B 相关系数表

	Y	Q1	Q2	Q3	Q4	Q5	Q6	Q7	Q8	Q9	Q10	Q11	Q12
Y	1.000												
Q1	0.276**	1.000											
Q2	0.242**	0.587**	1.000										
Q3	0.299**	0.499**	0.548**	1.000									
Q4	0.173*	-0.178*	0.429**	0.446**	1.000								
Q5	0.266**	0.295**	0.451**	0.506**	0.632**	1.000							
Q6	0.171*	0.243**	0.339**	-0.390**	0.562**	0.594**	1.000						
Q7	0.234**	0.392**	-0.519**	-0.570**	0.698**	0.740**	0.513**	1.000					
Q8	0.130	-0.311**	-0.538**	-0.472**	0.480**	0.501**	0.631**	0.621**	1.000				
Q9	0.036	0.077	0.012	0.007	0.076	0.186*	0.168*	0.095	0.071	1.000			
Q10	0.157*	0.145	0.124	0.098	-0.071	0.173	-0.111	-0.022	-0.185*	0.612**	1.000		
Q11	0.047	0.109	-0.011	-0.052	0.086	0.202*	0.244**	0.085	0.154*	0.709**	0.516**	1.000	
Q12	0.227**	0.284**	0.183*	0.113	-0.163*	-0.207**	0.008	-0.280**	-0.068	0.181*	-0.060	0.215**	1.000
Q13	0.369**	0.253**	0.144	0.145	-0.112	-0.175*	0.058	-0.260**	-0.063	0.134	-0.023	0.200**	0.749**
Q14	0.410**	0.293**	0.247**	0.198**	-0.203**	-0.222**	-0.055	-0.303**	-0.163*	0.195**	0.218**	0.188*	0.703**
Q15	0.175*	0.299**	0.143	0.074	-0.034	-0.001	0.037	-0.174*	-0.100	0.217**	0.236**	0.302**	0.639**
Q16	0.187*	0.233**	0.164*	0.114	-0.058	-0.064	0.068	-0.140	-0.021	0.190*	0.057	0.290**	0.652**
Q17	0.248**	0.332**	0.217**	0.177*	-0.096	-0.118	-0.026	-0.224**	-0.147	0.090	0.251**	0.157*	0.308**
Q18	0.236**	0.283**	0.214**	0.215**	-0.191*	-0.166*	-0.014	-0.290**	-0.161*	0.107	0.163*	0.133	0.332**
Q19	0.218**	0.315**	0.184*	0.129	-0.040	-0.103	-0.029	-0.195*	-0.201**	0.123	0.202**	0.146	0.350**
Q20	0.163*	0.239**	0.117	0.152*	-0.035	-0.103	0.104	-0.153*	-0.040	0.121	0.029	0.155*	0.511**
Q21	0.209**	0.277**	0.086	0.137	-0.040	-0.167*	0.041	-0.174*	-0.076	0.102	0.036	0.064	0.507**
Q22	0.229**	0.180*	-0.074	-0.052	0.085	-0.086	0.143	-0.028	0.137	0.150*	-0.069	0.202**	0.477**
Q23	0.223**	0.102	-0.089	-0.111	0.127	0.024	0.182*	0.055	0.236**	0.173*	0.025	0.215**	0.267**
Q24	0.273**	0.160*	0.005	0.072	0.067	-0.068	0.036	-0.011	0.064	0.242**	0.050	0.238**	0.270**
Q25	0.062	0.178*	0.065	0.034	0.028	-0.075	0.134	-0.092	-0.011	0.134	-0.021	0.207**	0.677**

相关系数表（续表）

	Q13	Q14	Q15	Q16	Q17	Q18	Q19	Q20	Q21	Q22	Q23	Q24	Q25
Z													
Q1													
Q2													
Q3													
Q4													
Q5													
Q6													
Q7													
Q8													
Q9													
Q10													
Q11													
Q12													
Q13	1.000												
Q14	0.749**	1.000											
Q15	0.600**	0.683**	1.000										
Q16	0.607**	0.580**	0.713**	1.000									
Q17	0.366**	0.465**	0.497**	0.351**	1.000								
Q18	0.445**	0.422**	0.315**	0.240**	0.421**	1.000							
Q19	0.345**	0.378**	0.416**	0.309**	0.500	0.466**	1.000						
Q20	0.519**	0.604**	0.495**	0.392**	0.543**	0.313**	0.425**	1.000					
Q21	0.636**	0.599**	0.461**	0.393**	0.475**	0.433**	0.477**	0.594**	1.000				
Q22	0.486**	0.455**	0.447**	0.400**	0.199**	0.163*	0.340**	0.449**	0.614	1.000			
Q23	0.379**	0.315**	0.417**	0.419**	0.265**	0.012	0.171*	0.283**	0.442**	0.726**	1.000		
Q24	0.280**	0.323**	0.321**	0.357**	0.165*	0.066	0.306	0.261**	0.387**	0.640**	0.562**	1.000	
Q25	0.578**	0.576**	0.651**	0.636**	0.344**	0.182*	0.407**	0.553**	0.620**	0.607**	0.484**	0.481**	1.000

* Correlation is significant at the 0.05 level (2-tailed).

** Correlation is significant at the 0.01 level (2-tailed).